DANS LA TOILE

DU MÊME AUTEUR :
Le tricycle rouge (Hugo Thriller, 2017 ; Le livre de poche, 2018)
Le brasier (Hugo Thriller, 2018 ; Le livre de poche, 2019)

ÉGALEMENT DISPONIBLES DANS LA COLLECTION HUGO THRILLER :
Le tombeau d'acier, Bear Grylls
The End of the World Running Club, Adrian J Walker
Corps-à-corps, Martin Holmén
Les anges de feu, Bear Grylls
Wonderland, Jennifer Hillier
Derrière les portes, B.A. Paris
L'Ombre d'Emily (Disparue), Darcey Bell
Notre petit secret, Roz Nay
Compte à rebours, Martin Holmén
Cyanure, Laurent Loison
Itinéraire d'une mort annoncée, Fabrice Barbeau
Mentor, Lee Matthew Goldberg
La journaliste, Christina Kovac
Défaillances, B.A. Paris
Âmes sœurs, John Marrs
Innocente, Amy Lloyd
Les jumeaux de Piolenc, Sandrine Destombes
Hunter, Roy Braverman
Maudite, Denis Zott
Organigramme, Jacques Pons
Irrespirable, Olivia Kiernan
Dix petites poupées, B.A. Paris
La faim et la soif, Mickaël Koudero
Le prieuré de Crest, Sandrine Destombes
Crow, Roy Braverman
Le livre des choses cachées, Francesco Dimitri

34-36, rue La Pérouse
75116 Paris

Collection Hugo Thriller et ouvrage dirigés par Bertrand Pirel
Graphisme de couverture : © Rémi Pépin
Visuel de couverture : © Chris Pinchbeck/Getty Images
Conception graphique Hugo Thriller et mise en page : Emmanuel Pinchon

ISBN : 9782755641028
Dépôt légal : mai 2019
Imprimé en France

Vincent **Hauuy**

DANS LA TOILE

Hugo Thriller

ON NE FUIT PAS SES DÉMONS.

PROLOGUE

Winter Harbor, 5 août 1985, 16:45

« J'ai mal et mon pied est tout rouge.

— On va désinfecter, papa va bientôt rentrer. Et tonton Liam est dans le salon, tu veux que j'aille le chercher ?

— Non, il sent pas bon.

— C'est vrai, mais il n'est pas méchant, tu sais.

— J'ai peur. Le papa de William a dit qu'on peut avoir le tétanos. Il a dit que c'est la mâchoire qui se bloque et après… on peut plus respirer et on meurt. Je veux pas mourir, moi.

— Non. Je t'aime, tu es ma petite sœur et je te protégerai… toujours.

— Tu n'es pas plus grande que moi.

— Si, car je suis sortie deux minutes avant toi. Et ça ne change rien, je te protégerai.

— Moi aussi, toujours.

— Promis ?

— Promis. »

Paris, mardi 24 octobre 2017, 02:55

Je veux bouger.

Impossible. J'ai l'impression qu'un parpaing de béton écrase ma poitrine. Mes doigts ne répondent pas, ni mes bras, ni mes jambes.

Paralysie du sommeil.

La charge qui pèse sur mon torse s'allège progressivement et je parviens à inspirer un mince filet d'air.

Le plafond tourne. J'ai dû trop boire.

Où suis-je ? À qui appartient ce lit ? Et pourquoi suis-je si engourdie ?

Des hurlements et des cris de panique résonnent encore dans ma tête.

Est-ce que j'ai rêvé ? Quelle heure… ? Non… quel jour ? Je ne dois pas manquer mon rendez-vous.

Je verrai ça demain… Je verrai…

Je parviens à basculer ma tête au prix d'un effort colossal. Ma main se soulève à quelques centimètres au-dessus de la couverture. Je reconnais le motif de la housse.

Je suis chez moi. Cette pensée m'apaise. J'ai eu l'impression de revenir à la vie dans un hôpital ou de sortir d'un de ces cauchemars qui semblent si réels.

Mon regard se pose sur l'homme qui dort à mes côtés et mon sourire disparaît.

Chapitre 1

Paris, vendredi 3 novembre 2017, 15:30

Mes paupières papillonnent et j'ouvre les yeux. Le psychiatre n'a pas bougé, toujours prostré dans la même position. Légèrement penché en arrière sur son siège de bureau, la jambe gauche relevée pour former une équerre avec la droite. Son regard est fixé sur la rangée de spots qui diffusent une lumière tamisée.

Comme à chacune de nos séances, il laisse le silence nous envelopper et étire les secondes comme s'il pouvait courber le temps, le piéger dans ses respirations régulières et le laisser s'échapper en minces filets par ses narines. D'un raclement de gorge, il redonne vie au cabinet. Le stylo coincé entre les articulations de l'index et du majeur recommence à osciller à la manière d'un métronome.

Tac, tac, tac…

Le psychiatre frappe sur la semelle de sa chaussure en cuir, presque à l'unisson avec la petite aiguille de l'horloge cerclée de fer qui surplombe la porte d'entrée.

Il hoche la tête puis griffonne quelques notes d'une main assurée sur son grand carnet à spirale posé en équilibre sur son mollet. La bille crisse sur le papier. Il se tourne vers moi, un mince sourire aux lèvres. J'ai l'impression qu'un siècle s'est écoulé.

— C'est la première fois que vous allez au bout de votre récit. C'est un réel progrès. Vous avez plus d'aisance… Vous n'avez pas hésité. Votre ton était également plus affirmé. Je trouve cela très encourageant. En revanche, vous ne m'avez pas parlé de votre cauchemar récurrent. Aurait-il disparu ?

Je le dévisage et tente de faire correspondre ses traits à mes souvenirs de nos séances antérieures. Je reconnais la forme générale, mais c'est comme si je voyais ses yeux pour la première fois. L'iris vert émeraude, les longs cils recourbés. Parfaitement accordés à sa peau impeccable et son teint hâlé.

Cet homme aurait plu à Camille. Jeune, le visage droit et grave, propre, coquet même. Le col de chemise sans plis, les chaussettes noires en soie. Il prend soin de lui et s'habille avec élégance.

Oui, le docteur Adam aurait fait une proie idéale pour elle.

Mais nous sommes différentes. Ses traits fermés, sa manucure impeccable. Ce côté trop lisse le rend presque inhumain. Qui sait ce que cette belle devanture peut dissimuler ? Et son parfum, Cuir de Russie. Bien trop capiteux. On cache forcément quelque chose quand on se vide une bouteille de Chanel dans le cou, non ?

— Madame Northwood-Gros ?

Il me fixe avec la bienveillance – et le brin de condescendance – d'un professeur face à un élève en difficulté.

Northwood-Gros.

Je force un sourire de façade. Le psychiatre est le seul à m'appeler ainsi. Pour les autres, je suis madame Gros ou quelquefois Isabel.

— Excusez-moi, docteur. Cela vous gêne si je brosse un rapide portrait ?

Il hoche la tête. Je me redresse et sors le carnet et le crayon rangés dans mon sac à main. Je dois m'y reprendre à plusieurs fois en raison des tremblements qui agitent mon bras.

Je chasse mon anxiété d'une respiration profonde et parviens à me calmer.

Tout en dessinant son visage, je réponds à sa question :

— Je continue à faire ce cauchemar. Toujours le même depuis la fusillade, avec de légères variations. Sinon, il y a quelques jours, je me suis remise à marcher pendant mon sommeil.

Monsieur Adam déchire le silence de quelques coups de stylo appuyés.

— Le bon côté des choses, c'est que vous vous en souvenez. Je vous suggère de le mentionner à votre neurologue. Mais je suis perplexe. Pourquoi n'évoquer votre somnambulisme que maintenant ?

Je sens passer une vague de chaleur sur son visage. Je pose machinalement une main sur ma joue.

— J'imagine que je ne voulais pas en rajouter. J'ai déjà l'impression d'être un cas désespéré. Entre l'asthme, mes douleurs et le stress… Et puis, le somnambulisme, ce n'est pas nouveau. Cela m'est arrivé bien avant que je me fasse tirer dessus. J'avais de nombreux épisodes durant mon enfance…

Je laisse un silence s'écouler avant de finir ma phrase. Je ferme le carnet, satisfaite de mon esquisse, puis je m'allonge.

— … Ma sœur y était sujette aussi.

La trotteuse-stylo reprend son mouvement.

Tac. Tac.

— Chez l'adulte, on associe souvent le somnambulisme à la nervosité ou l'anxiété. Enfant, vous deviez certainement avoir des terreurs nocturnes. Je dirais que…

À la façon dont il me fixe, on dirait surtout qu'il cherche à m'hypnotiser.

— … cela peut être dû à votre stress post-traumatique, ou bien à toute autre chose, qu'il nous faudra découvrir. D'ailleurs, vous venez d'évoquer votre sœur pour la première fois. Ce n'est pas anodin.

Mes mains se crispent sur le tissu râpeux du divan.

Les larmes montent et ma gorge s'étrangle. Plusieurs images refluent de mes souvenirs d'enfance. Je la revois dans une petite robe bleue, chantant devant le miroir de la chambre de mes parents.

Monsieur Adam secoue lentement la tête.

— Je suis désolé d'évoquer le sujet, je sais que c'est douloureux, mais il faut dénouer ce lien émotionnel.

— Vous avez sans doute raison, mais c'est encore trop tôt pour moi. Pour le somnambulisme, peut-être est-ce dû à mon départ ?

Il laisse s'écouler quelques secondes avant de réagir.

— J'ai peur de ne pas bien comprendre. J'ai certainement dû manquer une étape.

Je frotte mes yeux embués.

— Nous allons déménager. Mon mari va ouvrir un cabinet en province. Nous quittons Paris.

Monsieur Adam martèle sa semelle en hochant la tête. Je décèle quelques tressaillements au niveau de ses zygomatiques.

— Les déménagements peuvent effectivement être une grande source de stress, mais dans votre cas, c'est tout à fait mineur en comparaison avec ce que vous avez subi. Où allez-vous, sans indiscrétion ?

— Dans les Vosges, à Plainfaing.

— Je vois, dit-il les yeux levés vers le plafond couleur crème.

Non. Visiblement pas, si j'en juge son regard absent. Moi-même, j'ignorais l'existence de ce village aux abords du col du Bonhomme, bien loin du tumulte parisien. À des lieues des quartiers de la capitale que j'ai arpentés jusqu'à en dépérir. Mais ce changement de mode de vie est pour le mieux. Il me faut de la verdure pour me ressourcer, pour m'éviter de me vider de mon sang dans un bain chaud. J'aurais pu retourner dans le Maine de mon enfance. Malgré tout ce qui s'est passé entre nous, mon père m'aurait accueillie à bras ouverts dans sa petite cabane à la lisière du parc Great Pond Mountain Wildlands, mais Franck n'aurait pas franchi le pas. C'est déjà un gros sacrifice de sa part d'abandonner sa clientèle de la rive gauche et de tout reconstruire en Lorraine.

Alors pourquoi les Vosges ? Pour leur ressemblance avec le Maine. Des sapins, des lacs, la nature. Je n'en demande pas plus.

— Je peux vous recommander à un confrère si vous voulez, continue le docteur Adam. C'est important de poursuivre votre traitement. Peut-être avez-vous l'impression d'avancer trop lentement ou même de stagner. Mais je peux vous assurer que vous avez accompli de réels progrès. Cela serait contre-productif d'abandonner la thérapie à ce stade.

Comment lui annoncer ? Je l'apprécie et je ne voudrais pas le vexer.

— Sans vouloir vous offenser, c'est… justement pour… (je cherche le bon mot)… *échapper* à la psychothérapie et me ressourcer que nous quittons Paris.

Je n'ai rien trouvé de mieux à dire, mais c'est la vérité. Je voudrais simplement parvenir à oublier que je suis anormale, et ces séances ne font que me le remémorer.

Tac, tac, tac.

Monsieur Adam coince sa lèvre inférieure entre ses dents et émet un petit bruit de bouche désagréable.

— Vous ressourcer ? Avez-vous suivi mes conseils, au moins ? Je ne vous ai pas seulement prescrit des antidépresseurs. Les médicaments servent à soulager votre mal-être, mais ne soignent pas le mal à la racine. Avez-vous lancé votre blog ou entamé la rédaction d'un journal ? Et la peinture que vous aimiez tant, enfant ? Avez-vous recommencé à peindre ? Il est important que vous puissiez libérer vos émotions, ouvrir un canal.

Il tente de le cacher, mais le ton employé est chargé de reproches. Je voudrais disparaître dans le fauteuil. Machinalement, je porte mon index à ma gorge pour tâter mon pouls. Il accélère.

— J'ai commencé un blog et je compte me remettre à peindre une fois que je serai là-bas. Adieu ma carrière de critique et marchande d'art et bonjour ma vie d'artiste bohème. Je passe de l'autre côté du miroir, en quelque sorte.

Je laisse échapper un éclat de rire nerveux avant de reprendre :

— Vous savez, j'ai bon espoir de réaliser de grands progrès là-bas. Ne m'en voulez pas, en ville je me sens prisonnière.

Il laisse s'écouler quelques secondes de silence. Je sens bien que je l'ai vexé, mais il conserve un visage neutre.

— C'est votre choix, bien entendu. Mais pour tout vous avouer, et sachant que votre mari est médecin, je suis étonné de votre décision. Alors je vous conseille de bien y réfléchir ; la psychothérapie est un long chemin, sur lequel il faut s'armer de patience et de persévérance. Vous souffrez d'un syndrome post-traumatique sévère. Il ne va pas s'évaporer en un claquement de doigts. Les raccourcis n'existent pas en la matière, et je doute fort que…

Je ne l'entends plus. Je tourne la tête et fixe la fenêtre qui donne sur le boulevard haussmannien. Je savais par avance ce qu'il allait me dire. Le laïus sur la psychothérapie, je le connais, Franck me l'a déjà servi. Compte tenu du traumatisme, j'ai accepté de m'y soumettre et je me suis enfilé une bonne dizaine de séances. Mais rien n'y fait. Le vide est toujours présent dans ma poitrine. Un gouffre dans lequel je peux sombrer à chaque instant. Je suis toujours terrifiée à la moindre sonnerie, je suis incapable de tenir plus de quelques secondes dans la foule avant que mon cœur ne s'emballe et que je manque de m'évanouir. L'idée d'entrer dans un café me terrorise. Je peux continuer, la liste est longue. Je ne souhaite qu'une chose, ne plus avoir peur. J'ai suffisamment payé et je veux vivre à peu près normalement.

Une corneille vient de se poser sur le rebord de la fenêtre. L'oiseau bat des ailes puis se tourne vers moi.

Je me redresse dans le divan.

Curieux. On dirait qu'il me fixe.

Je suis tellement captivée qu'il m'est impossible de détacher mon regard du volatile. Mon pouls s'accélère et j'ai l'impression que mon sang quitte mon corps.

L'oiseau donne un coup de bec sur la vitre, puis un deuxième.

Mes mains se couvrent d'une moiteur froide, ma gorge se noue. J'ai envie de crier, mais je n'ai pas d'air dans les poumons.

La corneille croasse et martèle la vitre à une vitesse inouïe. Le verre se fend.

Le bec se brise. Le sang éclabousse la fenêtre.

Tu n'as aucun éclat, ma colombe, hurle une voix distordue.

— Un problème, madame Northwood-Gros ? demande le psychiatre, inquiet.

Je me tourne vers lui, grimaçante de peur, puis je lève le bras vers la fenêtre.

Intacte. Pas de sang. Pas d'oiseau non plus.

— Je… je…

Mes mains partent à la recherche de la Ventoline coincée au fond de la poche de mon pantalon.

Pas de crise… pour l'instant.

Je sors mon téléphone et note dans l'agenda du jour « 16h30 : hallucinations chez le psychiatre, pas de dyspnée. »

— Écoutez, réfléchissez bien à ce que je vous ai dit. Je ne vais pas vous rappeler votre fragilité. Ce stress doit être traité. Les attaques paniques peuvent avoir des répercussions, aggraver l'hypoxémie…

Il a raison, mais je n'ai pas envie de l'entendre. Je voudrais pouvoir boucher mes oreilles et ne plus avoir l'image de cet oiseau en surimpression sur ma rétine.

Le minuteur installé sur l'accoudoir de son fauteuil vient à ma rescousse. Je prends une grande inspiration et je me lève, légèrement prise de tournis. Peut-être suis-je déjà en carence d'oxygène.

— Merci pour cette séance, monsieur Adam, dis-je en réajustant le col de ma chemise. Je vous donnerai de mes nouvelles.

Je prends la direction de la porte, les yeux rivés à la moquette, mais le psychiatre m'interpelle.

— N'hésitez pas à me contacter si le besoin s'en fait ressentir. Je vous souhaite le meilleur dans les Vosges. Vous êtes une personne admirable. Peu de gens auraient agi comme vous l'avez fait, il faut du courage.

Je l'écoute à peine, encore perturbée par ma vision.

Tu n'as aucun éclat, ma colombe.

Une phrase remontée de mon enfance. Des mots qui m'ébranlent.

Chapitre 2

Plainfaing, vendredi 10 novembre 2017, 21:45

Le BMW X6 quitte la D415 et bifurque vers les Auvernelles. Le tout-terrain est forcé de freiner sa course endiablée pour s'engager sur le chemin étroit. Je me décrispe, mais je reste collée au dossier et garde mes ongles enfoncés dans le siège en cuir. Tant que le véhicule ne sera pas à l'arrêt total, je ne pourrai pas reprendre une respiration régulière. Je maudis Franck qui vient de faire le trajet d'une traite, pied au plancher. Il est parti comme s'il voulait mettre notre vie à Paris derrière lui.

Même la brume ne l'a pas stoppé. Ni le décor sinistre.

Il n'a ralenti que dans les agglomérations bordant la départementale.

La traversée de Fraize et de Plainfaing faite sous la lumière des phares a dévoilé par intermittence des paysages ruraux lugubres.

Maisons mitoyennes grises, craquelées, pourvues de petites fenêtres fermées, et dont les entrées débouchaient sur des trottoirs fissurés. Les quelques beaux chalets aux pelouses rases et aux jardins fleuris étaient clôturés et en retrait, tenus à l'écart d'une misère contagieuse.

Sinistre, oui. Mais pas plus que cette vie en métropole. Emprisonnée au cinquième étage d'un vieil immeuble parisien, emmurée dans mes angoisses avec l'écran d'un ordinateur portable pour seule fenêtre sur le monde.

Je commence à paniquer en imaginant notre future maison et une image se forme dans mon esprit. Un taudis à la façade rongée, aux volets métalliques rouillés. Un carrelage en damier, ou encore du linoléum bleu clair gondolé et maculé de terre séchée. Des sols tordus et des plafonds trop bas, une indélébile odeur de vieux et de renfermé.

Non. Franck a dû nous dégotter une de ces maisons de carte postale, nichée dans un écrin de verdure au bord d'un ruisseau. Un havre paisible dans lequel je pourrai me réfugier, me reconstruire avec mon chevalet et ma peinture. Il n'a rien voulu me montrer. Malgré mon insistance, il n'a pas cédé. « C'est une surprise », m'a-t-il répondu avec son sourire espiègle. Il m'a juste garanti qu'elle me plairait. « Tu vas adorer », a-t-il ajouté en détachant chaque syllabe pour marquer son emphase.

Cette facétie aurait fonctionné il y a quelques années. À l'époque où je croquais la vie à pleines dents. À l'époque où je savais encore rire. Mais là, j'ai dégringolé la pyramide de Maslow et j'éprouve un grand besoin de me sentir en sécurité.

Je réprime un bâillement et ma mâchoire se crispe. Je dois me masser les mandibules pour l'assouplir.

La configuration du paysage a changé. Le chemin s'est rétréci – une seule voiture peut passer désormais – et la grisaille rurale a cédé la place aux cloisons de sapins, blottis les uns contre les autres des deux côtés du sentier cahoteux. Les suspensions du BMW sont mises à l'épreuve, tout autant que mon estomac qui menace de relâcher le café et le croissant ingurgités à la va-vite sur une aire d'autoroute.

Le CD saute dans le lecteur. Le narrateur saute un chapitre.

« … Et là un garçonnet joufflu avec un camion de pompiers… »

Je coupe l'autoradio.

Franck sourit et pose une main ferme sur ma cuisse.

— Désolé, chérie. Le GPS m'indique de passer par ce chemin de terre. On ne devrait pas être très loin de l'Auberge de la Grange, tu sais.

Comme si cela pouvait me rassurer ; je ne la connais pas, cette auberge. Je hausse les épaules.

— Je suis lessivée, j'ai juste hâte d'arriver. Et franchement, le CD peut sauter tant qu'il veut, je n'écoute pas. T'aurais pas pu choisir un truc plus marrant ?

— Il y a des pointes d'humour quelquefois, me répond-il en souriant.

— Bof. Ça reste une histoire d'horreur.

— Alors techniquement, ce n'est pas de l'horreur, mais du thriller, voire du polar. Et puis, tu devrais être fière, cet auteur a rendu ta région natale mondialement célèbre.

Je tourne la tête et pose ma joue contre la fenêtre.

Le spectacle visible à ma droite fait passer les villages que nous avons traversés pour un complexe cinq étoiles. Plus de murs de sapins, mais des herbes folles et hautes dans lesquelles s'étale un dépotoir sordide. Voitures rouillées dont on a enlevé les roues – de vieux modèles de Mercedes, Renault 5 et 4L. Maisons en bois branlantes, au vernis écaillé, renforcées par un bricolage de plaques de tôle. Amoncellement de déchets divers – toilettes en céramiques, lavabos, parpaings, sacs poubelles – dans des cours boueuses.

Irréel. Je ne savais pas que ce genre de dépotoir pouvait exister en pleine nature. Est-ce que des gens vivent ici ? Est-ce un bidonville ?

Je détourne le regard. J'aurais dû forcer Franck à me suivre dans le Maine. Tout n'est pas parfait là-bas, mais j'y suis en terrain connu. Mon grand-père aurait même dit : « C'est un démon que tu connais. » Et puis, vu sa passion pour King, Franck aurait peut-être accepté, finalement.

Il a dû lire dans mes pensées.

— OK, OK. J'avoue que cet endroit est un peu glauque. Mais attends de voir la maison. Je te promets qu'elle va te plaire. Encore un peu de patience.

Il use de sa moue de charmeur, celle qui lui creuse d'adorables fossettes et fait saillir ses pommettes. Il me fixe quelques secondes, puis il tourne soudainement la tête et hurle :

— Putain !

Il colle son pied au frein.

Le X6 pile et ma tête manque de percuter la boîte à gants. La ceinture me cisaille la clavicule.

Dans la lumière des phares, un chien se tient immobile sur la route. Un doberman, émacié, sans collier, hirsute et le regard triste. La bête hésite quelques secondes sur la chaussée, hagarde. Puis le molosse repart d'un pas nonchalant.

Devant mes yeux horrifiés, Franck tente de calmer le jeu :

— Pas de panique. C'est la campagne, hein. Les chiens qui se baladent sans laisse, c'est la norme, ici. Cela n'en fait pas des monstres pour autant. Et puis, regarde le bon côté des choses. On aura des œufs et du beurre de la ferme. Il paraît qu'il y a un type à Gerbépal qui est médaillé pour ses munsters. Les gens font des kilomètres pour venir en acheter. On ira faire un tour, ce n'est pas loin.

Le bon côté des choses… pour lui. J'ai passé les vingt premières années de ma vie aux États-Unis, où je n'ai pas développé le goût des fromages français. Mais après tout, il a bien le droit à des compensations. Il vient de quitter son cabinet pour moi et devra superviser mon traitement à domicile en attendant de trouver une aide-soignante qui prenne le relais.

Le véhicule repart, au ralenti cette fois. Au bout de quelques minutes, la route bifurque à droite vers un petit chemin en gravier qui traverse les bois.

— C'est ici, commente Franck.

Cinq minutes sont nécessaires pour quitter la forêt de sapins et atteindre une éclaircie.

J'aperçois deux maisons qui se détachent de ce coin de nature. L'une d'elles est forcément la nôtre. La première est un chalet haut de deux étages et construit en rondins de bois. Il est pourvu d'une cour avant un peu kitsch ; brouettes fleuries, nains de jardin et fontaines. La façade est recouverte de lierre et de glycine comme si le sol l'avait prise au piège et que la terre était un monstre sur le point de l'avaler.

La deuxième demeure marque un fort contraste avec sa voisine. Elle est à la fois plus sobre et bien plus volumineuse. Une grande maison d'architecte contemporaine en bois sombre, clôturée par une enceinte de pierre culminant à deux mètres. Une lourde porte noire en fer forgé barre l'accès à la cour intérieure. Belle, mais froide. Glaçante.

Le BMW s'enfonce dans l'allée qui, dallée de brique, mène au garage du chalet. Franck stoppe la voiture et tire sur le frein à main.

— Et voilà, *home sweet home*. Alors, qu'en penses-tu ? demande-t-il d'un air satisfait.

La maison me paraît superbe, mais j'ai autre chose en tête.

— Je croyais qu'il n'y avait pas de voisins ?

Il emprisonne son menton entre son pouce et son index et grimace.

— La maison était en vente quand je l'ai visitée. Le panneau de l'agence était encore là la semaine dernière.

— Eh bien, il n'y est plus. Tu ne la trouves pas sinistre, toi ? Elle me fait froid dans le dos.

Franck hausse les épaules.

— C'est le contexte, chérie. Ton imagination s'emballe, c'est normal. Le brouillard, le dépôt d'ordures, le chien. Mais sérieux, on est bien ici, non ? Et puis ce n'est peut-être pas si mal d'avoir des voisins. Tiens, je te parie qu'ils feront bientôt partie de mes patients.

Je hoche la tête.

Il a peut-être raison.

Ce n'est peut-être pas si mal d'avoir des voisins.

Chapitre 3

Plainfaing, samedi 11 novembre 2017, 08:30

D'après Franck, la superficie de notre nouveau chalet avoisine les trois cents mètres carrés, sans compter le sous-sol entièrement aménageable. Il a déjà posé une option pour le transformer en studio de musique, une lubie dont il me fait part depuis des années. Il était guitariste punk dans sa jeunesse et maintenant il voudrait raviver la flamme avant qu'elle ne s'éteigne.

Je n'avais pas l'impression que notre appartement parisien était à ce point encombré de babioles. Pourtant, chacune des chambres est envahie de cartons, y compris celle qui se trouve sous les mansardes, tapissée de posters de groupes de métal et d'affiches de films d'horreur.

Et encore, un camion de déménagement doit venir nous livrer de nouveaux meubles – un canapé d'angle et une table ovale en chêne massif pour le salon – commandés quelques jours avant notre départ.

Ce désordre ne me dérange pas. Bien au contraire.

Une partie de moi aimerait que la maison reste ainsi, coincée dans cet état intermédiaire, une stase entre deux vies, avant que le mobilier ne se place, que les pièces ne se vident et que les grands volumes ne m'écrasent.

J'ai peur qu'à l'angoisse de la solitude ne s'ajoute celle de la vacuité ; les deux mâchoires d'un même étau dont je subirai la pression constante ces prochains jours. D'ailleurs, je pense qu'une aide à domicile serait plus adéquate qu'une aide-soignante.

Je sors de la douche et je prends ma tension pour la deuxième fois de la matinée.

16/90. C'est trop haut. Elle a pourtant tendance à diminuer après une bonne douche.

Un quart d'heure plus tard, les cheveux encore humides et prisonniers d'une serviette en coton, je quitte la mezzanine qui domine le salon et, attirée par l'odeur du pain grillée émanant de la cuisine, je descends les escaliers qui forment un angle droit à mi-parcours.

Je fais glisser ma main sur la poutre verticale accotée à la rambarde ; un large morceau de bois brut fissuré sur sa longueur qui traverse les deux étages pour finir à l'apex de la toiture en triangle. La colonne est rejointe par deux autres linteaux horizontaux ornés de casseroles et poêles en cuivre. Un contraste supplémentaire dans cette maison dont la décoration est à la croisée du kitsch et de la modernité. Ici, les rondins vernis côtoient le métal brossé, les têtes d'animaux empaillés surplombent une cheminée dernier cri qui trône au centre du salon. Et bien sûr, il y a les divers nains de jardin, équipés de brouettes, de pioches ou de haches. Une des premières horreurs que j'évacuerai de ma cour.

Je tente d'imaginer la famille qui vivait ici avant nous.

Franck m'a appris que le chalet avait été construit dans les années quatre-vingt par un jeune couple d'une vingtaine d'années. Ils y sont restés pas loin de trente ans avant de le mettre en vente. Je me demande à quelle date ils ont déménagé et pourquoi ils ont laissé autant de choses. Canapé-lit dans le salon, affaires de toilette dans la salle de bains.

Dans la cuisine nous avons retrouvé casseroles, couverts et assiettes, ainsi qu'une batterie de couteaux incomplète – il en manquait un –, sans compter la nourriture dans le réfrigérateur. Leur départ doit être récent. Ils étaient sûrement pressés ?

Ils n'ont eu qu'une seule fille. D'ailleurs, je soupçonne que la chambre mansardée était la sienne ; certainement une ado, au vu de la décoration.

Si c'est le cas, cela veut dire qu'ils ont attendu un long moment avant d'avoir un enfant.

Ou alors elle est morte jeune, et les parents n'ont jamais retouché la pièce jusqu'à leur déménagement. Tuée dans un accident, terrassée par une leucémie foudroyante…

Cinq, quatre, trois, deux, un…

Je chasse ces idées morbides d'une succession de respirations ventrales, mais elles restent collées à mes pensées jusqu'à ce que j'entre dans la cuisine et aperçoive Franck qui brandit la cafetière fumante. Nos regards se croisent et il s'approche des tasses disposées sur l'îlot central avant de poser la cafetière à côté d'un carton sur lequel est griffonné « Cuisine » au marqueur rouge.

Je désigne les tasses du doigt.

— C'est la première chose que t'as sortie de nos affaires, j'imagine ? dis-je en appuyant ma remarque d'un clin d'œil.

Franck verse le café en bâillant.

— Oui, vu la journée qui s'annonce, j'ai besoin de carburant… et toi aussi on dirait.

Il dessine un cercle autour de ses yeux avec son index et pointe le haut de son crâne.

— Tu devrais voir tes cernes et ta coiffure, ajoute-t-il.

— Sympa. Rien de tel qu'une remarque désobligeante pour bien commencer la matinée.

Je le dis sans animosité, avec une pointe de sarcasme dans le ton.

Il fait glisser ma tasse vers le rebord de l'îlot d'un revers de la main et porte la sienne à ses lèvres :

— Désolé. Le charmant mari est aux abonnés absents. Attendez encore dix minutes que la caféine fasse effet avant qu'il ne soit joignable. Pour l'instant, c'est l'ours qui est aux commandes.

— Mouais, dis-je en tirant un tabouret. Tu sais quoi ? Maintenant que tu le dis, je pense que tu devrais prendre du café toutes les dix minutes, juste pour être sûr.

Il se tourne vers le plan de travail et attrape du bout des doigts une assiette de toasts brûlants.

— Pas de beurre pour l'instant. On a oublié un des sacs à Paris. Alors t'as le choix entre pain rassis grillé nature ou pain rassis grillé tartiné de miel. Sinon, ton jus de concombre-citron vert est posé près de l'évier.

Il saisit un pot au couvercle à moitié collé.

— Miel de trèfle biologique. Trouvé dans l'étagère, mais ça se conserve bien.

Du miel. Petite, je détestais déjà ça, au contraire de ma sœur.

Ma grimace de dégoût fait office de réponse.

Franck lâche un rire sec et s'installe à son tour. Il plante ses yeux dans les miens.

— Alors sérieusement, t'en penses quoi de notre nouveau chez nous ?

Il me fixe comme s'il attendait que j'explose de joie.

— Votre femme est aux abonnées absentes. Laissez-lui quelques jours, le temps que la vie en province fasse effet avant qu'elle ne soit joignable. Pour l'instant, c'est la dépressive traumatisée qui est aux commandes.

Il rit, et pour la première fois depuis l'accident je sens que son regard pétille alors qu'il me dévisage. Un rai de lumière éclaire la partie gauche de son visage et lui fait légèrement plisser un œil.

— J'avoue que j'ai vraiment hâte que cette personne débarque ici, me répond-il avant de se pencher sur l'îlot et de déposer un baiser sur mon front. Elle me manque.

Plainfaing, samedi 11 novembre 2017, 10:32

Je décide de m'attaquer à nos affaires empaquetées. Face à la corvée qui m'attend, je suis tentée d'installer mon chevalet et de commencer à peindre. Mais puisque je suis au rez-de-chaussée, j'opte plutôt pour le rangement de ma collection de vinyles de jazz. Ce n'est pas une priorité – et j'ai un peu honte que Franck doive se charger du plus gros –, mais je n'ai pas encore l'énergie nécessaire pour m'occuper du vaisselier.

Avant de m'intéresser aux six cartons disposés devant la cheminée centrale, je place deux diffuseurs d'huiles essentielles sur les larges étagères laissées par les propriétaires. Le parfum de la lavande fine a tendance à m'apaiser.

Lorsque je fais du rangement, aucune idée noire ne vient me tourmenter. D'ordinaire, ce sont des vautours prêts à fondre sur moi dès qu'une question m'assaille, que je repère un détail insolite ou qu'une légère douleur donne naissance à une angoisse de mort. Ces spectres rapaces ressentent ma peur, s'en nourrissent. Mais ils sont tenus à l'écart quand les tumultes qui agitent mes pensées se calment ou que mon cerveau se brouille et devient sourd à leurs plaintes. Je passe moins l'aspirateur pour la propreté que pour la paix que cette activité me procure. Bien sûr, vu ma santé, je ne peux pas travailler longtemps sans me fatiguer. Et à peine ai-je déplacé un carton que je m'essouffle déjà.

Plainfaing, samedi 11 novembre 2017, 11:34

Je suis exténuée. Il me reste deux cartons à ouvrir, mais je n'attends pas d'avoir déballé tous mes trente-trois tours pour installer la platine – une Michell GyroDec datant des années quatre-vingt-dix, trouvée dans une brocante à un prix cassé –, la sono et deux enceintes. Je tiens dans mes mains l'album *Living Space* de Coltrane, un original – presque neuf hormis les deux coins droits légèrement élimés – hérité de mon grand-père, et il me prend l'envie irrépressible de l'écouter, autant pour le génie du musicien que pour les souvenirs qui lui sont associés.

Dès que le saphir fait crépiter le sillon et que les premières notes de saxophone envahissent le salon, je commence mon voyage. Je m'adosse au tapis persan roulé et bloqué contre le canapé en cuir, je ferme les yeux et je m'évade dans le temps et l'espace.

En quelques secondes, je disparais du chalet vosgien pour me matérialiser dans le Maine avec Granpa Oswald. Je suis dans son atelier, une pièce du demi-sous-sol aménagée pour peindre, écrire, jouer de la musique. On y respire la térébenthine, le cigare froid, on est captivé par les toiles accrochées aux murs recouverts de lambris et de liège, on se prend à rêver d'aventure lorsqu'on pose son regard sur la vieille machine à écrire Underwood aux touches circulaires, et on savoure le jazz les paupières closes. Mon grand-père porte son habituelle salopette en jean, ses mains et ses cheveux sont tachés de peinture bleue.

Je peux le voir hocher la tête et sourire et dire en pointant la platine :

« Ça, c'est de la musique. Ça, c'est un putain de génie qui a un putain d'éclat. »

Oswald ne jurait que lorsqu'il évoquait ses idoles, et dans sa bouche ces mots grossiers se muaient en superlatifs. Combien de fois avions-nous entendu que Reagan avait des putains de couilles, que Coltrane était un putain de génie, Hemingway un putain d'écrivain et Pollock un putain de peintre.

Je me laisse lentement glisser sur le sol en parquet et m'enferme un peu plus dans cette antichambre de mon enfance.

Je flotte ainsi à rebours sur des eaux calmes de ma mémoire, jusqu'à ce que le morceau *Dusk-Dawn* soit coupé au tiers et que l'ampli à lampe claque brusquement.

Éclatement de la bulle. Retour abrupt sur terre.

J'ouvre les yeux, hagarde, comme si je venais d'être tirée d'un rêve.

Le soleil a quitté le salon sans que j'y prête attention. Je n'ai pas senti la chaleur des rayons disparaître peu à peu de mon visage ni le courant d'air frais s'engouffrer par la porte-fenêtre laissée entrouverte.

Je prends quelques secondes pour réaliser où je suis.

Dans le chalet, et il n'y a plus d'électricité.

Je me redresse, consciente d'avoir eu une nouvelle absence.

Je sors le portable niché dans la poche arrière du pantalon de mon pyjama et note sur le calendrier :

« Absence. Amnésie ? Durée : environ vingt minutes. »

Puis mon esprit rongé d'angoisses se remet en route, et les vautours dansent autour de moi.

— Franck ? Tu es là ?

Ma voix s'étrangle et finit dans un croassement de corbeau.

Pas de réponse.

Un grondement lointain m'arrache à ma torpeur.

Je réprime une grimace et je serre les dents.

Les vautours se rapprochent, attirés par ma peur grandissante. Je clos mes paupières et prends une inspiration pour les tenir à distance.

Je bloque mon diaphragme. Et je respire.

Cinq, quatre, trois, deux, un…

Je relâche l'air et porte mes doigts à mon cou. Le pouls est toujours aussi rapide.

Je me précipite vers la baie vitrée qui donne sur le balcon pour fermer la fenêtre entrouverte.

Dehors, les nuages se compressent dans le ciel, chargés de noir et de colère. Le vent déchaîné souffle par bourrasques et fait claquer les volets en bois.

Je déglutis et essuie mes paumes moites sur mon pyjama.

Les vautours sont proches désormais et j'ai l'impression que mon sang bout dans mes veines.

Je fais un pas en arrière, saisie de vertige, et manque de trébucher sur la caisse en plastique qui contient les télécommandes et les multiprises.

Je me dirige vers le canapé. Les pulsations de mon cœur bourdonnent dans mes oreilles comme des insectes affolés.

Ma poitrine se rétracte, mes poumons sont deux sacs froissés dont on aurait subitement vidé l'air.

Je tente d'endiguer cet assaut d'angoisse irrationnel.

Ce n'est rien. C'est juste un orage, comme tu en as connu des dizaines déjà. C'est juste…

Un éclair illumine le salon pendant une fraction de seconde.

… un orage.

Le tonnerre explose au-dessus du chalet. L'impression que le ciel est déchiré en deux par un coup de canon.

Les gouttes de pluie heurtent les fenêtres, d'abord en minces rafales qui viennent s'écraser sur les vitres, balayées par les vents de biais. Mais bientôt, la maison est mitraillée de grêlons.

Je me raidis et plaque ma main sur ma bouche.

Les vautours fondent sur moi. Les images affluent.

La serveuse laisse tomber son plateau-repas, percutée par la salve de plomb. Le staccato infernal du fusil d'assaut m'assourdit.

Je chancelle, prise de vertige. Je suffoque, l'air me manque.

Un nouvel éclair illumine le salon et étire des ombres sur le parquet.

L'homme en face de moi recule en plaçant sa paume devant lui pour se protéger avant d'être transpercé par les balles et de s'effondrer.

Un coup de tonnerre retentit. Plus puissant cette fois. Ma main agrippe l'accoudoir et je parviens à m'asseoir.

Je veux crier, mais mon diaphragme est grippé ; un étau qui comprime mes côtes.

Franck ! Où es-tu ?

Ma bouche s'ouvre à la manière d'une carpe qu'on viendrait de retirer de son bassin.

Plus d'oxygène. Je vais étouffer.

J'ai besoin de monsieur O2… ou de ma Ventoline. Au moins, ma Ventoline.

Elle est dans ma poche. J'agrippe le tube, ôte le capuchon, vide le peu d'air qu'il me reste dans les poumons et inspire en appuyant sur le dessus.

Je ferme les paupières pendant dix secondes.

Une main se pose sur mon épaule. Et venu du plus profond de mes entrailles, je libère un cri si puissant qu'il m'en écorche la gorge.

— Chérie, ça va ?

Le ton est inquiet. Non, apeuré.

J'écarquille les yeux, éberluée et tremblante.

Franck est penché au-dessus de moi. La sueur perle sur son visage, ou peut-être est-ce la pluie.

— Où tu étais, Franck ?

Son front se plisse.

— Dans le garage, je t'ai même dit de faire sonner le téléphone au cas où…

Il ne termine pas sa phrase. Pas besoin, je la complète : *au cas où tu aurais une nouvelle crise de panique.*

— T'es sûr ? Je ne m'en souviens pas.

— Tu as peut-être raison, j'ai peut-être pensé te l'avoir dit et…

Un mensonge. Il me raconte cela pour ne pas m'alarmer.

— On va acheter un babyphone, dis-je en me redressant.

— T'es sérieuse ?

Je lui souris.

— Mais non, t'es bête.

— Hey, laisse les cartons, chérie. Je vais m'en occuper. Ça ne te dirait pas de peindre, plutôt ? C'est pour cela qu'on a quitté Paris.

Bonne idée, à condition que j'arrive à calmer les tremblements. Et surtout, quand l'orage sera fini.

Un nouvel éclair zèbre le ciel, suivi d'un coup de tonnerre, plus lointain, moins puissant.

Je me colle à sa poitrine.

— Tu ne voudrais pas rester quelques minutes avec moi ?

Il ne dit rien et me presse davantage contre lui.

Les vautours s'éloignent. Ils ne s'attardent jamais en sa présence.

Mais ils ne disparaissent pas pour autant ; ils ont juste pris un peu d'altitude.

Je soupire.

Et je remarque les traces de terre sur ses chaussures.

Ce n'est peut-être rien, mais pourquoi aurait-il été dehors ?

La question s'évanouit au moment où ses mains glissent entre mes cheveux.

— Bien sûr, chérie, me chuchote-t-il à l'oreille.

Mémoires #1

Sept ans.

J'avais sept ans lorsque j'ai cessé de croire au bonheur.

Avant mon septième anniversaire, les Northwood n'avaient pas commencé à traverser la tourmente qui allait les faire voler en éclats.

Nous menions l'existence paisible et harmonieuse d'une famille américaine typique des années quatre-vingt.

Mon père n'était pas encore devenu un vieil ermite survivaliste et ne vivait pas en reclus dans une cabane forestière. Non, James Northwood avait un rêve à accomplir, percer dans la musique. Il exerçait ses talents de guitariste, chanteur et compositeur dans un groupe de métal inspiré par Black Sabbath, les Tragic Clowns.

Le quatuor jouissait d'une belle popularité dans le Maine, où il se produisait au moins deux fois par mois. Au sommet de sa gloire, il tournait sur toute la côte jusqu'en Floride. Ma mère, véritable cœur de la famille, avait sacrifié ses rêves en abandonnant sa carrière de choriste. Il fallait bien qu'un des deux le fasse pour s'occuper des enfants. À nos yeux, maman était restée une artiste. Elle avait simplement troqué ses talents de vocaliste contre ceux d'une chef étoilée. Et si les fans de pop-rock y avaient perdu, nous y avions largement gagné. C'était aussi la période magique de mon enfance. Camille et moi passions la moindre seconde ensemble, soudées comme deux sœurs siamoises.

Et surtout, Eliot n'était pas encore malade.

Tout a basculé le 13 juin 1987, dans notre maison de Beach Street à Winter Harbor, que nous allions devoir revendre cinq ans plus tard.

Une date facile à retenir. C'était trois jours après mon anniversaire, et le discours en faveur de la réunification de l'Allemagne prononcé par Ronald Reagan la veille à Berlin passait en boucle sur toutes les chaînes. Grand-père Oswald était dans une sorte de transe euphorique. Ce vieil excentrique (qui contrairement à notre père avait eu un réel succès en tant que musicien et auteur de romans) était un fervent supporter de notre président.

Cette soirée-là, nous étions réunis autour de notre grande table ovale, dans le salon. Granpa s'était installé à l'extrémité, juste au niveau de l'embrasure donnant sur le vestibule. Il commençait déjà à somnoler, ses paupières mi-closes s'entrouvraient sporadiquement sur un regard perdu, son double menton s'écrasait sur le haut de sa poitrine. Granpa était vêtu de son habituelle chemise bleue et blanche à carreaux surmontée de ses horribles bretelles rouges qu'il portait en toutes occasions. Le tissu distendu semblait sur le point d'éclater sous la pression de son ventre et je n'aurais pas été surprise qu'un bouton vole à travers le salon (ma sœur et moi étions persuadées qu'un jour il mangerait le repas de trop et exploserait comme dans la fameuse scène du *Sens de la vie* des Monty Python).

Mon père était assis à sa droite, le visage plus dur et sévère que d'habitude. Il fixait son assiette vide, le dos raide et le cou si tendu qu'on pouvait voir saillir ses artères. Le pouce de sa main droite dessinait des cercles invisibles sur la tranche de son index, comme s'il était irrité et qu'il cherchait à apaiser un prurit. À cette époque, je ne savais pas qu'il venait d'essuyer plusieurs refus de labels importants pour la production d'un album. J'imagine qu'il était inquiet pour les années à venir, car hormis quelques dons de Granpa, il assurait notre seule source de revenus. Du moins l'ai-je pensé pendant des années, avant de me rendre compte que la vérité était bien plus complexe.

Liam était présent, comme souvent. Toujours aussi sinistre et maigre, mon oncle disparaissait dans son chandail noir élimé et troué au niveau de la poitrine. Je ne lui connaissais que deux expressions. L'ennui et l'irritation. Ses cheveux longs et gras tombaient sur ses épaules saillantes et se mêlaient à sa barbe brune en friche. Le bout de son nez rougi par les allergies estivales se plissait au gré de ses reniflements. Ses yeux globuleux et exorbités lui conféraient un regard étrange, comme s'il était une créature, un batracien venu des profondeurs.

Eliot, assis juste à côté, offrait un contraste saisissant. Il rayonnait dans une chemise blanche parfaitement assortie à son teint hâlé mis en valeur par des cheveux couleur cuivre et de grands yeux verts. Pour moi, seule sa gentillesse surpassait sa beauté. Mon frère était très protecteur avec ses sœurs, alors que nous étions loin de le mériter. Avec Camille, nous lui en faisions baver tous les jours. Mais même quand nous avions cassé le Faucon Millenium qu'il avait reçu à Noël (il était fan de *Star Wars*), il ne s'était pas énervé. Bien sûr, il avait pesté sur le moment. Mais quelques minutes plus tard, il s'était contenté de recoller les morceaux en silence.

Ma sœur s'était installée à côté de lui. Contrairement à moi, elle appréciait ses chatouilles. Elle était rieuse à l'époque.

Maman était partie dans la cuisine depuis plusieurs minutes déjà et nous attendions son retour. L'ambiance était tendue en raison de la raideur de mon père et de la morosité de mon oncle. Mais lorsque ma mère est apparue dans l'encadrement de la porte du salon, serrant le plat de *baeckeoffe* entre deux maniques à carreaux brûlées à leurs extrémités, c'est comme si le soleil avait fait une percée dans les nuages. Cette spécialité française d'origine alsacienne avait conquis la famille Northwood au complet.

Le fumet du repas a réveillé grand-père Oswald qui, à peine les yeux ouverts, s'est mis à caresser son ventre en se brossant la tête. Il s'est soudainement tourné vers nous et a coincé sa langue entre sa lèvre inférieure et ses dents, pour ressembler à un singe. C'était un numéro qu'il jouait pour nous plusieurs fois par jour (et nous devions en être à sa trois-millième représentation), mais nous riions toujours autant. Camille lui a répondu en tirant la langue. Plus réservée, j'ai pouffé dans ma serviette.

Une fois ma mère assise avec nous, mon père s'est raclé la gorge pour attirer notre attention.

— Tenez-vous la main, je vais prononcer le bénédicité.

Nous nous sommes exécutés en silence. Liam a soupiré et fermé les yeux, mais s'est tout de même joint à nous.

— En cette chaleureuse soirée d'été, je prends avec vous tous ce merveilleux repas avec un immense plaisir. Remercions ensemble le Seigneur pour sa bonté et sa miséricorde. Amen.

— Amen, avons-nous répondu en chœur.

Ma mère s'est levée. Elle était prête à servir le plat quand Camille s'est manifestée :

— Le papa de Margaret a dit que Dieu n'existait pas et que l'Amérique était un continent bourré d'idiots superstitieux.

Et puis elle a ricané, fière d'elle-même, persuadée d'avoir raconté une bonne blague.

Deux secondes de silence sont passées, mais le temps était un élastique qui s'était tendu entre mon père et ma sœur.

Un autre jour, il aurait sans doute pris la remarque avec plus de légèreté et de calme.

Mais il a frappé du poing sur la table et a rugi en postillonnant :

— Camille, tu es punie ! Tu n'auras pas de dessert ! File dans ta chambre ! Allez !

Surprise par cette soudaine véhémence, ma sœur s'est mise à pleurer et à gémir.

Eliot s'est redressé dans sa chaise, furieux.

— Pourquoi, papa ? Ce n'est pas sa faute. Ce n'est pas juste. Elle ne sait pas ce qu'elle dit !

Même Liam est sorti de son mutisme coutumier et a dardé un regard assassin à mon père.

— Mais putain, laisse donc ta fille tranquille, James. Elle ne fait que répéter les conneries de ses copains. Merde, ce sont des mioches. Des mioches, putain ! Et tu commences vraiment à devenir taré avec ta religion à la con.

Le visage de mon père est passé du blanc au rouge. Il a pointé un index tremblant en direction de mon oncle.

— Toi, le drogué, tu restes en dehors de ça. Tu n'as pas de leçon à me donner. Sous mon propre toit…

— Ton toit ? T'en es vraiment sûr, James ? Putain, je me drogue peut-être mais c'est toi qui plane !

Je n'ai pas entendu la suite de la conversation. Liam et mon père se hurlaient dessus, Granpa et maman tentaient de calmer le jeu, Camille pleurait toujours.

C'est à ce moment-là que j'ai remarqué Eliot.

Il paraissait absent. Ses yeux grands ouverts, son regard fixe. Comme s'il ne nous voyait pas. Camille était en sanglots, juste à côté de lui, et il n'avait eu aucun geste de réconfort. Cela ne lui ressemblait pas.

— Eliot ? Ça va ? ai-je demandé.

Il ne m'a pas répondu. Mais il a tourné sa tête vers moi.

Et puis, la seconde d'après, il s'est effondré dans son assiette.

Les couverts sont tombés sur le carrelage.

J'ai poussé un hurlement auquel ma mère a répliqué par un cri si aigu qu'il aurait pu transpercer mes tympans.

Et tous les regards ont convergé vers mon frère.

Il convulsait. Son corps était secoué de spasmes, ses bras étaient pris de soubresauts.

Je n'arrivais pas à me détacher de ses yeux absents, braqués sur moi, comme s'ils m'accusaient.

Mon père s'est précipité pour lui venir en aide, mais je voyais bien qu'il était désemparé.

— C'est une crise d'épilepsie, a commenté Liam, le ton aussi calme qu'assuré. Il ne doit pas bouger. Au pire, il faut rester à côté et le rattraper s'il tombe. C'est impressionnant, mais cela va passer.

Mon oncle avait raison.

La crise a cessé au bout de cinq longues minutes.

Eliot a cligné des yeux et s'est relevé, en essuyant les morceaux de pomme de terre collés à sa joue. Ma mère a lâché un soupir de soulagement et a étouffé un sanglot.

Mon père s'est agenouillé et lui a saisi la tête entre ses paumes.

— Hey, mon gars, tu nous as fait peur.

— Papa, est-ce que je vais mourir ?

— Mais non, mon trésor.

Il l'a enlacé.

— Ne dis pas des choses aussi horribles, voyons, a-t-il continué.

Horribles, oui.

Et pourtant le pire était à venir.

Chapitre 4

Plainfaing, lundi 13 novembre 2017, 07:33

J'aurais préféré que Franck reste à la maison. Nous n'avons passé qu'une journée ensemble et encore, les déménageurs étaient là la plupart du temps. Mais je n'ai pas laissé paraître mon angoisse lorsqu'il a quitté le chalet aux aurores. Au contraire, j'ai joué le rôle de l'épouse enthousiaste, heureuse d'entamer une nouvelle vie. Ce qui n'est pas tout à fait faux. Avant qu'il ne parte, je lui ai déposé un baiser sur le front et réajusté son nœud de cravate. J'ai forcé un sourire et je l'ai chassé de la maison d'une claque sur les fesses ; une façon de lui dire qu'il pouvait prendre la route sans soucis, que je m'en sortirais sans lui.

C'est faux, bien sûr. Et lui-même n'est pas dupe. Mais Franck a exécuté sa partition du mari rassuré à la perfection. Le regard confiant, l'étreinte ferme, les doigts passés dans mes cheveux et le hochement de tête qui voulaient dire : « Je sais que tu es forte, on va s'en sortir, on va traverser la tempête, ensemble. »

Cela a fonctionné jusqu'à ce que j'aperçoive la voiture quitter l'allée depuis le pas de la porte. Avant de faire demi-tour et que le moteur vrombisse, il a levé ses yeux vers moi et agité sa main. Puis le X6 a fait voler le gravier d'une accélération puissante et a disparu de l'horizon, avalé par la forêt de sapins et de hêtres. Je suis restée dehors quelques secondes, malgré la fraîcheur matinale, préférant être transie de froid plutôt que m'emmurer dans la solitude.

Et là, immobile sur le paillasson, j'ai une étrange impression lorsque je regarde ces deux maisons érigées dans cette immensité sauvage : elles n'ont rien à faire ici. Ce sont deux intruses, ou plutôt deux sentinelles maintenues en poste malgré une bataille perdue contre la nature. Notre chalet s'est rendu et a fini par se fondre en elle, se faire avaler, tandis que l'autre, vindicative, la repousse de toutes ses forces à renfort de murs en béton et de portail en fer.

Mais elle capitulera. Un jour ou l'autre, elle sera happée, elle aussi. La nature l'emporte toujours.

Je voudrais rester encore un moment, mais un vent glacial se lève et m'oblige à me retrancher dans la maison.

Plainfaing, lundi 13 novembre 2017, 08:00

Je suis installée face à la grande fenêtre qui donne sur le balcon dominant la propriété, assise en pyjama devant la toile posée sur le chevalet. Dehors, la grisaille disparaît progressivement de l'enclave de verdure, chassée par les premiers rayons du soleil qui viennent frapper les feuilles et les herbes perlées de rosée. Je me perds un moment dans ce scintillement hypnotique, et parmi la myriade de lumières dansantes, un sourire prend vie : celui de Camille.

Elle aurait tant détesté cet endroit. Les seuls éclats qu'elle appréciait étaient ceux qui étincelaient dans le regard de ses conquêtes d'un soir ou les flashes des strass brillants sous les stroboscopes.

Une créature des villes – nocturne de surcroît – qui aurait dépéri dans cette région reculée de l'est de la France.

Princesse des ruisseaux capricants ? Reine des villages endormis ?

Je lâche un soupir, puis trempe le bout du pinceau dans la palette et me fige un instant.

L'inspiration est enfin venue.

Je ferme les yeux et visualise mon œuvre finalisée.

Il y aura une dominante de vert, c'est certain, ainsi que du bleu. Les couleurs seront froides, forcément. À l'image de son visage. À l'image de sa personnalité.

Camille en dryade.

Elle m'en aurait voulu. Elle aurait qualifié mon tableau de croûte avant de le jeter sans aucun remords.

Je souris et, d'une main fébrile, je trace les contours d'une première esquisse. Une silhouette émerge d'une cascade.

Cela fait dix ans qu'un de mes pinceaux n'a pas touché une toile. L'abcès se crève enfin. D'une fine pression sur la fibre de lin, j'en éclate la membrane.

Et dès les premiers traits, je sens enfin le transfert opérer. Par réflexe, je plaque un index sur ma jugulaire. Le pouls est stable. Pas de précipitation, j'irai prendre ma tension plus tard.

Mon ex-psychiatre n'avait pas tort sur ce point. Toutes ces activités – le blog et maintenant la peinture – m'aident à me reconstruire. Je devais simplement être placée dans le bon contexte.

J'ai également une pensée pour Camille qui, à sa façon, avait étouffé mes ardeurs d'artiste. Vivre dans son ombre était difficile et c'est une forme de revanche que je prends aujourd'hui sur elle.

Je consacre encore deux heures à cette esquisse avant d'être importunée par une migraine qui part de ma nuque et s'empare du haut du front. Impossible de continuer lorsque je suis dans cet état. Je me sens si faible sans la chaise que je pourrais m'écrouler.

Je reconnais les symptômes d'un manque d'oxygène. Le temps est venu d'aller glisser une canule nasale sous mes narines.

J'enregistre mon activité sur l'agenda de mon téléphone ainsi que la cause de son arrêt.

« Peinture : 2 heures. Migraine. Oxygénation insuffisante. »

Mon pouls est rapide et ma tension doit être élevée.

Mais avant de me rendre dans ma chambre et d'aller rendre une petite visite à monsieur O2, je consulte mes courriels.

J'ai reçu un message du docteur Adam.

Chère madame Northwood-Gros,

J'espère que tout va bien et que vous êtes bien installés dans votre nouvelle maison. Je me permets de vous écrire pour vous rappeler combien il est important que vous poursuiviez votre thérapie. J'ai fait quelques recherches et je peux vous diriger vers un collègue qui officie à Gérardmer. Il me semble que ce n'est pas très loin de Plainfaing. Vous trouverez ses coordonnées dans un lien attaché à ce mail. En attendant, n'hésitez pas à me contacter si vous avez la moindre question ou si vous voulez parler.

Cordialement,

Docteur Jean-Philippe Adam

J'apprécie sa conscience professionnelle et sa sollicitude me touche. Mais désolée, *Jean-Philippe*, je ne ferai pas marche arrière.

Le deuxième courriel est une notification provenant de ventesarts.forum-prive.com.

Je me souviens vaguement m'être inscrite sur ce forum, mais c'était avant la fusillade.

Je clique sur le lien… on me demande un mot de passe pour que je puisse accéder à ma messagerie.

Mes méninges s'activent et tentent de collecter l'information, mais les engrenages se grippent avant d'avoir pu moudre quoi que ce soit. Avant l'accident, je possédais une mémoire d'éléphant, mais depuis ma sortie du coma, c'est à peine si j'arrive à retenir un numéro de téléphone. Merci aux lésions dans mon lobe temporal. Je l'ai peut-être noté quelque part, je ferai des recherches plus tard, enfin si je n'ai pas oublié d'ici là.

Le troisième courriel provient d'André Salvatore, un peintre dont j'ai critiqué l'exposition il y a au moins trois ans. (Aléas de la mémoire, je me souviens parfaitement de lui.) Il se réveille seulement maintenant ?

Je parcours le corps du mail, qui commence en reprenant la conclusion de mon billet.

L'artiste peintre et poète Salvatore se réclame de Seurat ou Signac, mais loin de nous proposer un pointillisme au niveau de ses inspirations, il nous livre un ersatz de tachisme bas de gamme, dont seule la métavaleur émaillée de ses quelques explicitations est digne de notre intérêt. Et encore.

Son approche intellectuelle de l'art est bien connue et l'artiste ne cesse de se répandre en de longues tirades sur les réseaux sociaux sur son amour des sémiologues et structuralistes, citant à tour de bras Umberto Eco, Charles Sanders Peirce, Algirdas Julien Greimas, Roland Barthes…

La démarche est aussi intéressante que louable. Et sur ce point, je serais même tentée de rejoindre André Salvatore, étant moi-même une grande admiratrice d'Umberto Eco. Cependant, cette fascination idolâtre pour le célèbre sémioticien n'excuse en rien le manque de talent, la pauvreté de l'œuvre, l'ostentation dans le dépouillement, la virulence dans la vacuité, l'absence d'éclat.

En bref, c'est de la merde servie dans un écrin de velours.

Ensuite, il s'adresse à moi :

Chère Madame Gros,

Vous êtes une pute et je vous chie à la gueule. Je vous souhaite néanmoins un bon rétablissement.

Cordialement,

André Salvatore

Est-ce vraiment moi qui ai écrit cela ? Si c'est le cas, je pense que c'était à la période où je voulais montrer à Camille que je n'étais pas la femme insipide et inoffensive qu'elle voyait en moi. Que dois-je lui répondre ?

Je soupire. De toute façon, dans mon état, je ne serais plus capable de rédiger ce genre de billet sans saigner des oreilles et fumer des narines. Merci à la balle qui a traversé une partie de mon lobe temporal et de mon lobe pariétal.

Le dernier message provient d'une certaine Léa Kœnig.

Bonjour Madame Gros, je vous écris pour vous remercier, ma maman a été blessée lors de la fusillade et sans vous elle serait peut-être morte. Je sais que vous avez souffert et je prie tous les jours pour que vous vous rétablissiez.

Tout le monde me prend pour une héroïne. Pourtant, j'ai agi par égoïsme. Par instinct de survie. Cela aurait pu être n'importe qui d'autre. J'étais juste suffisamment proche du tireur.

Je caresse le léger cratère qui déforme le côté gauche de mon crâne, puis la boursouflure qui affleure quelques centimètres à la droite de mon sternum.

Ensuite, je me dirige vers la machine d'oxygénothérapie. Monsieur O2 m'attend pour ma dose.

Plainfaing, lundi 13 novembre 2017, 14:05

Je m'installe sur la table de notre terrasse. Je veux profiter d'une percée de soleil dans un ciel saturé d'une harde de nuages gris chassée par les vents.

Je mesure à quel point nous sommes isolés, éloignés de la civilisation. Mon horizon se perd dans la cime des arbres qui se balancent comme autant de fanatiques hypnotisés par les cantiques d'un prophète invisible.

Et dire que bientôt tout sera recouvert de blanc.

Je tourne la tête, attirée par un mouvement sur ma gauche.

Dans la cour des voisins, au centre, près d'une fontaine circulaire asséchée, un enfant se tient immobile, de dos.

Quelque chose d'étrange se dégage de ce petit bonhomme. Sans doute son costume, que l'on croirait sorti d'une école française des années cinquante, sa coupe au bol, et son calme.

Quel âge peut-il avoir ? Huit ans ?

Ma gorge se noue et mes pensées s'assombrissent.

Plus je l'observe, plus le malaise que j'éprouve grandit.

Cela fait trente secondes qu'il n'a pas bougé, planté devant la fontaine.

Puis il se retourne et il lève ses yeux vers moi.

J'aperçois son visage, sans pouvoir en distinguer nettement les contours en raison de la distance.

Mais je ressens de la tristesse, de la douleur.

Et son regard me poignarde le cœur.

Chapitre 5

Plainfaing, mercredi 15 novembre 2017, 20:37

Je n'ai pas touché au pâté qui fume dans l'assiette. Franck s'est déjà resservi deux fois.

Je l'observe, encore plongée dans les brumes des anxiolytiques. Il ferme les yeux, sourit à chaque bouchée et hoche la tête d'un air satisfait.

Chaque repas le transporte au paradis des épicuriens. Il a de la chance. Je ne prends plus de plaisir à manger.

Il dissimule bien sa gourmandise sous son corps svelte, son regard profond et son visage sérieux.

Et que dire de son discours rodé, vantant les bienfaits d'une alimentation saine et équilibrée pour tenir les maladies à l'écart ? Combien de fois a-t-il conseillé à ses patients de lever le pied sur le gras et le sucre, de consommer plus de fibres, de s'éloigner des tentations ?

Un hypocrite. Et un chanceux aussi. Comme il le répète souvent, son organisme est une chaudière qui brûle à plein régime. Il ne stocke rien. Il est doté d'un métabolisme d'ado en pleine croissance.

Il porte à ses lèvres un verre de riesling, se rince le gosier d'une rasade, puis repose sa fourchette et me regarde d'un air suspicieux, presque réprobateur (je lis dans ses yeux : comment peut-on laisser un tel chef-d'œuvre culinaire intact dans son assiette ?)

— Ça ne te plaît pas ? On m'a assuré que c'était le meilleur pâté lorrain du coin.

Je souris et secoue lentement la tête.

— Et visiblement, tu as l'air d'accord, vu la façon dont tu l'engouffres.

— J'aimerais savoir ce qui ne va pas. C'est la maison ? J'avais pourtant eu l'impression que cela allait mieux ce matin.

— C'est pas ça. J'ai juste un petit coup de mou et je me suis endormie en fin de journée, c'est tout. La transition n'est pas si facile, j'ai encore besoin de temps pour prendre mes marques. Et puis, je n'ai pas très faim. En revanche, je mangerais bien un morceau de la tarte aux myrtilles que tu as rapportée.

Il pointe du doigt la boîte blanche qui repose sur l'îlot central et ses yeux s'illuminent comme ceux d'un enfant devant un arbre de Noël.

— Une merveille. Le pâtissier me l'a fait goûter. Tu sais qu'ils appellent ça des brimbelles par ici ? Et les bleuets, des bluets. Il m'a également donné un cours rapide sur la gastronomie vosgienne. Bon, après lui aussi m'a vanté sa tarte comme étant la meilleure de la région.

Et il repart à l'assaut de son repas, pendant que je baisse la tête et me replonge dans des pensées.

Je devrais me sentir bien. Le cadre est idéal, la maison est vaste, Franck est beaucoup plus présent qu'à Paris. Même l'inspiration est au rendez-vous.

Pourtant je perçois une dissonance, une fausse note dans cette partition presque parfaite.

Non, c'est plus fort que cela. Une menace.

Vous souffrez d'un syndrome post-traumatique sévère…

Peut-être, Jean-Philippe, mais je sens autre chose.

Malgré ce que raconte l'adage, je crois que la foudre peut très bien frapper deux fois au même endroit. Je chasse les images de la serveuse et de l'homme en costume criblés de balles qui ont tendance à ressurgir à chaque début d'attaque panique.

Cinq, quatre, trois, deux, un…

J'expulse l'air de mes poumons et je commence à respirer en deux temps. En quelques secondes, j'arrive à éloigner mes angoisses, comme si j'avais créé un dôme de lumière autour de moi.

— Au fait, tu as rencontré le voisin ? dis-je d'une voix légèrement chevrotante.

Franck secoue la tête et se tamponne la commissure des lèvres d'un rapide coup de serviette, avant de reprendre une rasade de vin blanc.

— Non, c'est d'ailleurs à se demander si la maison est vraiment habitée. C'est peut-être une résidence secondaire, et on les verra débarquer pour la saison du ski. Pourquoi cette question ? Tu veux les inviter ?

Je repense à l'enfant aperçu… lundi ? Mardi ? Impossible de me souvenir de la date. Ou bien était-ce un rêve ? Comment savoir ?

— C'est… juste de la curiosité, tu me connais à force, non ?

— Curieuse ? Non, je soupçonne surtout ton cerveau d'avoir concocté des tas de scénarios les concernant. Tous sordides, bien sûr. Oh, attends ! Laisse-moi deviner. Un couple d'assassins ? De vieux nazis réfugiés dans les Vosges qui s'organisent une chasse à l'homme de temps à autre pour tuer le temps ? Plus simple, peut-être. Un parrain de la Camorra tellement accro à la région qu'il s'est fait construire une maison dans le coin ? Alors, j'ai juste ? J'ai mis le doigt dessus ?

Il a parlé avec un soupçon d'ironie, mais sans malveillance. Il attend un sourire de ma part. Il ne vient pas.

Franck enchaîne pour chasser le malaise naissant.

— Mais en parlant de curiosité, je n'ai pas résisté. Pendant que tu dormais, je suis entré dans ton atelier et j'ai vu que tu as recommencé à peindre. C'est génial. J'ai hâte de voir le résultat.

Je hoche la tête en souriant.

— C'est loin d'être un Vermeer, mais peindre m'apaise et c'est tout ce que je demande.

Il termine le verre de riesling d'un trait, s'en sert un autre en m'adressant un clin d'œil complice.

— Oh, pendant que j'y pense. Je t'ai trouvé une aide-soignante. Elle s'est présentée au cabinet. Elle fait un peu rustre, mais elle a d'excellentes qualifications. De l'expérience dans les soins intensifs, en gériatrie…

— Wow, je parais si vieille ?

— Non, mais… hey, ce n'est pas ce que j'ai voulu dire !

— Je sais, je te taquine. Et puis tant que ce n'est pas Annie Wilkes qui débarque sur le seuil de la porte, je veux bien qu'elle vienne pour une entrevue.

— Pour quelqu'un qui n'aime pas Stephen King, je te trouve bien calée soudainement.

— J'ai vu le film, c'était pas mal. Les acteurs étaient bons en tout cas.

Franck sourit et place son index devant la bouche, comme s'il réfléchissait.

— Remarque, maintenant que tu le dis, elle a bien des faux airs de Kathy Bates. Je vais la recontacter et la faire venir alors. Ça te va ?

Je hoche la tête.

Il lève son verre.

— Je vais trinquer à ça, alors. À ta rémission!

— À ma rémission, dis-je sans vraiment y croire.

Plainfaing, jeudi 16 novembre 2017, 03:30

Les ronflements de Franck m'extirpent du sommeil.

Je me redresse dans le lit, moite de sueur. Mes lèvres sont scellées et mon palais pâteux. J'ajuste ma vision de quelques clignements de paupières et jette un œil au réveil à cadran qui trône sur la table de nuit.

3h30.

Ma chemise est trempée et mon gros orteil droit me lance terriblement.

J'ai dû me cogner le pied pendant la nuit.

Franck se tourne et s'enroule sous la couette avant de ronfler à nouveau.

Je le secoue dans l'espoir de faire taire la cacophonie, mais je n'obtiens qu'une courte pause et un reniflement avant qu'il ne reparte de plus belle.

Je m'apprête à plonger la tête sous l'oreiller, mais mes yeux se fixent sur la porte.

Elle est grande ouverte. J'ai pourtant le réflexe de toujours la fermer.

Franck, sans doute. Avec tout ce qu'il a bu dans la soirée, il a dû multiplier les allers-retours entre la chambre et les toilettes.

Son métabolisme est celui d'un ado, en revanche sa prostate a bien son âge.

Je me satisfais de cette explication, mais décide toutefois de me lever pour aller la fermer.

En posant la main sur la poignée, je remarque le mince filet de lumière qui éclaire le couloir donnant sur l'escalier.

Je recule d'un pas.

Une fringale de Franck. Il est descendu à la cuisine pour aller se servir un bout de tarte et…

Non. Il n'a jamais fait cela. C'est forcément moi. J'ai dû marcher dans mon sommeil… une fois de plus.

Ou peut-être n'a-t-il pas voulu me réveiller en tirant la chasse d'eau et a-t-il décidé d'aller uriner dans les toilettes du bas.

Je soupire, puis je descends l'escalier d'un pas prudent, jusqu'à ce qu'un courant d'air frais me saisisse à mi-parcours.

Et je remarque la porte d'entrée. Ouverte.

Mes mains se crispent sur la rambarde en bois.

C'est sans doute juste un courant d'air, ou alors la serrure qui ferme mal.

— Il y a quelqu'un ? Mon mari est en haut, je vous préviens.

Ma voix qui déchire le silence sépulcral sonne ridiculement faux.

Ne fais pas un pas de plus. Va réveiller Franck !

Je secoue la tête. Si quelqu'un est ici, il ne me répondra pas. Et Franck dort comme une loutre repue.

Je continue de descendre jusqu'au vestibule. Parvenue au niveau de l'entrée, j'appuie sur l'interrupteur.

La puissante lampe extérieure découpe l'obscurité et dévoile le chemin de gravier et les sapins qui ondoient sous le vent.

Je reste quelques secondes à chercher un détail incongru dans le décor puis je lâche un soupir de soulagement.

Bon, rien à signaler, rien qui puisse…

Je me fige.

Une silhouette se tient immobile à l'orée des bois.

Un chien. Un doberman.

Peut-être même celui que nous avons croisé près du bidonville.

Je cligne des yeux. Le chien est toujours là, à la lisière du faisceau lumineux. Il aboie, puis fait quelques pas dans ma direction.

Je recule et je ferme la porte en la claquant. Mes mains tremblantes ont du mal à saisir la clé et je dois m'y reprendre à plusieurs fois pour la verrouiller.

Je plaque mon dos le long de la porte et me laisse glisser.

Bon sang, qu'est-ce qui se passe ici ?

Je secoue la tête et me redresse avant de me diriger vers la cuisine restée allumée.

Peut-être était-ce bien Franck, après tout ? Cela n'explique pas la porte d'entrée ouverte bien sûr, mais au moins le mystère de la lumière est résolu.

Je m'apprête à l'éteindre lorsque je remarque mon téléphone posé sur l'îlot central. Étrange, j'étais pourtant sûre de l'avoir rangé dans mon sac.

Je me frotte les yeux et le prends dans mes mains.

J'ai reçu deux textos d'un numéro que je ne connais pas.

Le premier est une peinture que je reconnais sans peine : « Paysage avec rochers et ruisseau » de Gustave Courbet.

Le deuxième est une photographie d'un message manuscrit écrit sur un bout de papier déchiré.

Je lis les quelques mots griffonnés.

As-tu trouvé l'éclat, ma colombe ?

Chapitre 6

Plainfaing, jeudi 16 novembre 2017, 09:26

L'odeur du café.

Les fumets d'arabica s'immiscent à travers les brumes du matin qui engourdissent mes sens. Je plisse les paupières, agacée par les rais de lumière qui, filtrés par les persiennes, dansent sur mes yeux. Je capitule et m'extirpe de ma langueur en grognant et repoussant la couette qui semble peser une tonne. Même abrutie par les médicaments qu'on forçait dans ma gorge à l'hôpital, je ne m'étais jamais sentie aussi exténuée. Comme si, à l'intérieur, mon corps était encore endormi, bien que mes sens soient en éveil. Je ne pensais pas qu'une tisane au tilleul et un peu de mélatonine puissent avoir un tel effet. J'espère que je n'ai pas déréglé mon système endocrinien. Mais sans cette aide, je n'aurais jamais pu m'assoupir, pas après la montée d'adrénaline qui m'a fait trembler comme une feuille la nuit dernière.

Mon regard oblique vers le cadran posé sur la table de chevet.

9h27. Franck doit déjà être au travail.

Il a eu la gentillesse de me programmer une cafetière avant de quitter la maison. Et se faire réveiller par les fragrances d'un café chaud est bien plus agréable qu'un sursaut provoqué par une sonnerie hurlante.

Je prends appui sur mes paumes pour me redresser et chasse les toiles de sommeil qui s'accrochent à mes yeux. Je prends la direction de la cuisine en traînant des pieds. Mon champ de vision se limite à une mince ouverture entre mes paupières gonflées. « Des yeux en trou de pine », aurait dit ma mère. Finalement, ça tombe bien que Franck soit déjà parti. En plus de ma mine affreuse, j'aurais eu du mal à rester en face de lui au déjeuner sans évoquer l'épisode de la veille. La porte ouverte, le chien et surtout ces textos.

Il m'aurait prise pour une folle.

D'ailleurs, c'est peut-être bien ce que je suis. Un terme sans doute plus approprié que « victime de stress post-traumatique » ou « amnésique bitemporale partielle ».

Ou n'était-ce finalement qu'une hallucination ? Je flotte encore dans cet état comateux où les rêves affleurent et se mélangent à la réalité. Tandis que je descends les marches de l'escalier, mes mains partent à la recherche du téléphone que j'ai glissé dans la poche de mon pyjama.

Non, ce n'était pas un rêve.

Parvenue à la cuisine, je sors ma tasse fétiche « I love New York » de l'étagère, je saisis la cruche fumante et me verse un café.

Je m'apprête à ouvrir le frigo, mais je remarque sur la porte le message rédigé par mon mari, inscrit à la craie sur une ardoise aimantée.

J'ai tenté de te réveiller, mais tu dormais à poings fermés. Je t'ai préparé du café et je t'ai sorti une part de tarte. C'est bien meilleur à température ambiante. Bonne journée, chérie.

On ne pourra pas lui reprocher de manquer de prévenance.

Je m'installe sur la chaise haute attenante à l'îlot central. Franck y a déposé un paquet de biscottes. Je pose la tasse fumante.

Tu n'as aucun éclat, ma colombe.

Une phrase que mon père n'arrêtait pas de répéter.

« As-tu trouvé l'éclat, ma colombe ? » est une allusion directe. Mais ce sont des mots que j'aurais plus prêtés à Granpa Oswald qu'à mon père.

Qui en est l'auteur ? J'ai raconté cet épisode de mon enfance à Franck, ainsi qu'au psychiatre. Mais peut-être également à mes amis lorsque j'étais à la fac.

Aurais-je pu avoir écrit ce message pendant mon sommeil et me l'être envoyé, de même que le tableau de Courbet ? (C'est sûrement ce qu'aurait conclu Franck avec un sourire compatissant.) Les rêves et les suées nocturnes sont allés en s'intensifiant, sans compter le somnambulisme. Mais cela me paraît improbable. Pourquoi ce tableau ? Et puis comment aurais-je fait pour m'adresser les textos depuis un numéro inconnu ? En plus, ce n'est pas mon écriture. Les lettres ont été tracées avec hargne, la bille a même transpercé le papier au niveau de la lettre « r ».

Ce n'est pas celle de Franck non plus.

Alors le docteur Adam en aurait-il parlé à quelqu'un ?

Peu probable. Et puis, pourquoi une telle mise en scène ?

J'attrape une biscotte, la porte à mes lèvres, avant de me figer, la bouche ouverte.

La sonnette vient de retentir. Après un bref tressaillement de panique, je me souviens qu'un technicien doit venir installer la connexion internet. Peut-être est-ce ce matin ?

Tant mieux si c'est le cas. Je suis coupée du monde et j'ai vraiment besoin de reprendre contact avec les quelques amis virtuels avec qui j'ai noué des liens. Mine de rien, plusieurs milliers de lecteurs suivent mon blog. L'avantage d'avoir survécu à une fusillade et de se confier sur les réseaux sociaux.

Je jette un rapide coup d'œil à travers la fenêtre. Un homme patiente sur le perron. La vingtaine, athlétique, visage carré encadré par une barbe châtain fournie, yeux couleur noisette. Il sifflote et tape en rythme sur ses cuisses.

Rassurée, je me précipite vers la porte et la déverrouille. La bouche du type s'entrouvre et son regard ahuri glisse vers ma poitrine.

Je réalise soudain que mon pyjama est échancré et laisse entrevoir le haut de mes seins.

— Bjou'r m'dam, je viens installer internet.

Ses yeux n'ont pas dévié, il ne fait même pas semblant de regarder ailleurs.

Je referme le décolleté d'une crispation de la main et l'invite à entrer. Franck m'a précisé qu'il voulait le routeur wi-fi à l'étage, dans son bureau. Je monte les escaliers et le technicien m'emboîte le pas.

— Belle maison. Un peu isolée, mais elle vaut le coup d'œil.

Au ton employé, je me demande si c'est bien le chalet dont il parle.

Je devine son regard posé sur mes fesses. Je ressens un léger trouble, que je condamne aussitôt en serrant les dents.

C'est la faute de Franck. Il me touche de moins en moins souvent, comme si mon malheur était contagieux ou que j'étais une statue en porcelaine sur le point de se briser.

Parvenue à l'étage, je désigne la porte du bureau.

— C'est ici, dis-je. Je serai à côté si vous avez besoin de quelque chose.

L'homme me sourit. Son expression est légèrement bovine, ce qui le rend tout de suite moins attirant.

— Merci m'dam. Cela devrait aller. Si vous avez besoin de moi également…

Cette fois, pas de doute. Il me drague ouvertement.

Je détourne le regard puis demande :

— Et les voisins, vous avez installé internet chez eux aussi ?

Son œil de bœuf s'illumine d'une fugace lueur.

— Non, ils ne sont pas clients chez nous.

Je me contente de hocher la tête en guise de réponse et retourne à mon atelier.

Une fois à l'abri dans mon havre, je plaque mon dos contre la porte et expire un bon coup.

Je ressens un malaise mêlé de trouble. Est-ce normal d'avoir ces fantasmes ? Est-ce que je suis perverse en plus d'être folle ?

Peut-être est-ce le moment de continuer à peindre, d'utiliser ce trop-plein émotionnel et de le canaliser dans mon esquisse.

Je m'installe sur la chaise, ferme les yeux et reprends mon œuvre.

En posant le pinceau sur la silhouette de la dryade, je réalise que Camille n'aurait pas hésité à se livrer au technicien. Même si elle avait l'habitude de chasser dans des cercles huppés, et malgré l'air rustre du type et son accent vosgien très prononcé, elle l'aurait attiré dans sa toile.

Puis elle l'aurait dévoré.

Mémoires #2

Mes parents se disputaient.

Souvent. Et pour des broutilles, la plupart du temps : un trousseau de clés égaré, le four resté allumé toute la nuit, une poubelle oubliée sur le perron ou dans la cuisine. Mais leurs plus violentes altercations tournaient autour du sujet épineux de notre éducation. Mon père l'envisageait avec une sévérité et un dogmatisme bibliques, façon Ancien Testament. Et si nous n'avions pas droit aux coups de ceinturon ou autres châtiments corporels, il n'était pas rare d'être privés de dessert pour une parole déplacée, de devoir écrire des lignes ineptes à la craie sur le tableau accroché dans son bureau pendant plusieurs heures, ou même de subir un savonnage de bouche énergique lorsqu'on laissait échapper un juron. Mon père n'était ni tendre ni tolérant. C'est simple, la présence de James Northwood dans une pièce faisait automatiquement chuter la température de plusieurs degrés. Son aigreur corrosive et son tempérament soupe au lait le rendaient difficile à supporter, surtout s'il était contrarié par sa journée. Dans ces cas-là, il élevait la voix ou s'en prenait aux objets qui traînaient sur les tables.

Mais ma mère ne se laissait pas faire. Lorsque papa devenait invivable et que le ton allait crescendo, elle n'hésitait pas à lui remémorer certains pans peu glorieux de leur jeunesse rebelle pour remettre sa prétendue vertu à sa place.

Cela le plongeait dans une rage folle, mais il battait le plus souvent en retraite. Le passé de mon père était une maladie honteuse qu'il voulait garder secrète. Ma mère nous a révélé bien des années plus tard qu'il avait simplement changé d'addiction et avait troqué sa dépendance à l'alcool et aux stupéfiants contre celle à la paroisse et à la parole divine. Le Seigneur l'avait sauvé, lui avait montré le chemin de la droiture. Quand je repense à cette période, je me rends compte qu'il vivait dans un paradoxe inconfortable, tiraillé entre deux mondes aussi éloignés que le yin et le yang. Guitariste punk et bohème croisé avec un prosélyte religieux. Une chimère des plus improbables.

Pourtant, malgré leurs oppositions fréquentes, papa n'avait jamais levé la main sur maman.

Malgré tous ses défauts, ses manies, ses bizarreries et surtout son fanatisme, il n'était pas porté sur la violence. Pas physique, en tout cas (ma sœur et moi subissions souvent ses humiliations. Eliot, son favori, était le plus épargné, même avant qu'il ne contracte sa foutue maladie).

Jusqu'à ce jour d'août.

Alors que la pluie bombardait notre maison de grêlons épais comme des prunes, toute la fratrie était installée dans le salon. Camille, Eliot et moi. Tous assis dans le vieux canapé Chesterfield de grand-père Oswald. D'ordinaire, nous passions la majeure partie de l'été à jouer dans le grand jardin ou à la plage, mais deux journées caniculaires avaient donné naissance à un orage qui s'acharnait sur la côte depuis le début de la matinée. Alors, après avoir épuisé quelques-unes de nos lectures et dévoré deux fournées de cookies cuisinés par ma mère, nous nous étions programmé une séance de cinéma maison. En 1987, cela signifiait regarder un film sur cassette VHS (mon père avait loué

Golden Child parce que nous nous adorions tous Eddie Murphy) sur un téléviseur mono, les pieds allongés sur la table basse et une vieille couverture brune aux odeurs de poil de chien posée sur les cuisses. Mon frère, en maître de cérémonie, s'était assis au milieu, un bol de pop-corn géant calé contre ses genoux. Sa main brandissait la télécommande comme un sceptre de monarque. Il avait la manie d'accélérer les passages qui le dérangeaient – scènes d'amour, ou trop flippantes –, mais ce fut une des rares fois où il ne le fit pas. On peut dire que les conditions n'étaient pas optimales, surtout si on les compare avec celles offertes par notre technologie actuelle. Le poste de télévision – un Sharp Linytron à l'armature boisée – commençait à dater et les couleurs étaient délavées, tirant vers le rose pâle à certains moments, le magnétoscope avait tendance à manger les cassettes, et les enceintes saturaient dès que l'action s'emballait ou que la musique montait en puissance. Mais peu importe, nous étions captivés par le spectacle et riions de bon cœur aux répliques d'Eddie Murphy.

Dans la cuisine, un autre film se jouait et il était loin d'être aussi comique.

Au début, nous n'y prêtions pas attention. Jusqu'à ce que le ton escalade au point qu'il était impossible de l'ignorer. À un moment, peut-être à la moitié de l'histoire, nous pouvions clairement les entendre se disputer malgré la porte fermée et le poste de télévision qui saturait.

Ma mère était à la limite de l'hystérie.

— Tu as bien entendu ce qu'a dit ton père, non ? J'ai toujours su qu'il nous cachait quelque chose !

— Mais il perd la boule ! Tu crois sérieusement à cette histoire de dingue ? Tu penses qu'il ne me l'aurait jamais dit ? Ni même à mon frère ? C'est n'importe quoi !

— Et pourquoi pas ? C'est vraiment pas le genre d'exploit dont on peut se vanter. Même à ses fils. *Surtout* à ses fils. Et si c'était vrai ? Tu crois vraiment qu'on devrait laisser passer une telle opportunité ? On a peut-être une chance pour Eliot !

Ma mère avait hurlé le prénom de mon frère. Il y avait tellement de douleur dans sa voix qu'on aurait dit la supplique d'une condamnée à mort.

J'ai senti Eliot tressaillir sur le canapé. Il n'était plus dans le film qui se jouait devant ses yeux, il avait changé de chaîne. Moi non plus d'ailleurs, et tout en suivant la trame de *Golden Child*, j'essayais de comprendre ce qui se racontait dans la cuisine. Ils évoquaient un prétendu secret de mon grand-père, mais à notre âge, nous ne savions pas de quoi ils parlaient.

Aujourd'hui, je me dis que pour une fois, ma mère aurait sûrement mieux fait d'écouter mon père.

— On trouvera autre chose. C'est beaucoup trop risqué. Aie confiance en Dieu. Aie la foi. Et si tu ne crois pas en Notre Seigneur, alors crois en moi. Je vais bientôt vendre les droits… on aura l'argent pour le traitement.

— Désolée, James ! Je n'y crois plus. Arrête de rêver et sois un homme, bon sang ! Trouve-toi un vrai travail, assume ta famille ! Ton fils a besoin de toi ! Je suis désolée, je t'aime, mais je ne vais pas attendre qu'Eliot meure pour que tu réalises que tu n'as pas de talent…

La gifle a claqué. Sèche comme un éclair d'été. Ma mère a poussé un petit cri aigu. Plus de surprise que de douleur, je pense.

Nous n'avions pas de mot pour exprimer notre ressenti à ce moment-là, mais nous avions inconsciemment compris la portée de ce geste. D'un revers de la main, mon père venait d'ébranler les fondations déjà fragilisées de notre foyer et l'onde de choc de cette gifle allait bientôt se propager bien au-delà de la cuisine et provoquer un séisme destructeur.

Encore aujourd'hui, nous en subissons les secousses.

Le silence qui suivit fut pire. Pas de hurlements, de bagarre, de sanglots ou de portes qui claquent.

Seules de longues secondes qui condamnent.

Et pour les trois enfants, un laps de temps interminable durant lequel nous ne regardions plus, n'écoutions plus, ne riions plus. Nous étions suspendus dans une stase temporelle en attente d'être délivrés par un son, une parole, n'importe quoi.

Trois mots nous en firent sortir.

« Je suis désolé. »

D'abord consentis du bout des lèvres, puis hurlés et répétés, mais se heurtant chaque fois à un mur de silence.

Papa avait réalisé qu'il avait commis l'irréparable. Il avait franchi la ligne rouge et nous l'avons compris également. Mon frère, le plus sensible d'entre nous, avait tendu la télécommande et tentait en vain d'augmenter le son qui saturait déjà les enceintes de notre pauvre télé.

Sa main tremblait, ses mâchoires étaient serrées et des larmes roulaient sur ses joues. Il n'y était pour rien, mais il se sentait coupable de la destruction programmée de la famille Northwood.

Il s'accusait, il accusait sa maladie, il accusait Dieu.

Dans le poste de télévision, Eddie Murphy enjambait les colonnes illuminées d'une lueur bleutée pour remporter l'épreuve et obtenir la dague magique qui lui permettrait de triompher du méchant Charles Dance.

Nous étions nous aussi en pleine épreuve, mais elle ne faisait que commencer.

Et dans notre histoire, il n'y a pas de magie et encore moins de happy end.

Chapitre 7

Plainfaing, jeudi 16 novembre 2017, 16:13

Franck n'avait pas tort.

L'aide-soignante a bien de faux airs de Kathy Bates, ou alors c'est mon fichu lobe temporal qui me joue des tours.

Je reste dans l'embrasure de la porte, à la détailler.

Une petite femme en rondeur d'environ un mètre soixante, flottant dans un manteau en velours pied-de-poule. Des cheveux noirs et raides plaqués sous un bonnet en laine rouge à pompon. Des lèvres charnues mises en valeur par un gloss rose bonbon, les joues empourprées par le froid. Son sourire lui fait plisser les yeux et bien qu'immobile, elle dégage une vive énergie que je sens bouillir dans ses veines.

— Excusez-moi, madame Gros, me dit-elle en m'exhibant des gants assortis à sa coiffe. Il fait quatre degrés dehors.

— Oh, je suis désolée, je vous en prie, entrez, madame.

Lorsqu'elle se déplace, un courant d'air glacé vient me mordre les mollets. Je m'empresse de fermer la porte.

— Mademoiselle, corrige-t-elle. Je suis en couple depuis vingt-cinq ans, mais je ne suis pas mariée. Nous vivons chacun de notre côté. Cela a ses avantages, croyez-moi. Mon François est un bon bricoleur et une personne sur laquelle je peux compter en tout temps, mais il a un caractère de cochon. Et puis ce n'est pas vraiment le genre à causer, alors… Mais vous pouvez m'appeler Agnès.

Elle me tend une main débarrassée de son gant.

Sa poigne est ferme lorsque je la lui serre.

— Vous pouvez m'appeler Isabel.

À peine entrée, elle ôte son manteau qu'elle accroche dans le vestibule, puis fait quelques pas en observant l'intérieur de notre maison.

— C'est donc ici que je vais passer du temps avec vous ? Belle décoration. Ma sœur avait un chalet dans ce genre. Plus petit, bien sûr. Elle l'a vendu à un retraité allemand avant de partir vivre à Avignon. Le climat est bien meilleur là-bas, sauf quand le mistral se déchaîne. Depuis, je ne la vois plus. Mais je ne la blâme pas.

J'hésite à lui dire qu'elle n'est pas encore embauchée, avant de me rétracter.

— Voulez-vous vous installer dans le canapé, afin que nous fassions plus ample connaissance ? Je peux vous proposer un café ? Un thé ? Des gâteaux ?

— Un café, mais seulement si c'est du pur arabica, ou à la rigueur du thé noir. Je préfère le vert, mais j'ai lu qu'il était pollué par les pesticides. Je ne sais même plus si on peut faire confiance au label bio.

Elle s'assoit dans le canapé pendant que je fais couler le café que j'avais préparé.

Je la rejoins et m'installe sur le fauteuil qui lui fait face. Elle a placé ses paumes sur ses genoux et arbore un grand sourire.

— Bien, je vous écoute, Agnès.

— Comme je l'ai déjà dit au docteur Gros, j'ai trente ans de métier. J'ai travaillé pendant dix ans au centre hospitalier Émile-Durkheim à Épinal et…

— Non, concernant vos qualifications, je fais confiance à mon mari. Il ne vous aurait pas choisie sans s'assurer que vous aviez un solide bagage. Non, ce que je voudrais…

Je marque une pause en me mordillant la lèvre. Agnès me fixe en souriant.

— Franck vous a sans doute expliqué que je ne suis pas très à l'aise en présence d'inconnus ou de nouvelles personnes, et que j'ai tendance à me méfier.

— Ne vous inquiétez pas, je viens de travailler deux ans à la ferme des Durin. Le pauvre homme vit seul avec son fils ; un gamin de trente-quatre ans qui passe une partie de son temps dans une scierie et l'autre à vider des verres dans les bars. Je n'ai jamais connu plus bourru et méfiant que ce vieux bouc édenté. Il me surveillait sans arrêt, persuadé que j'allais lui piquer de l'argent. Vous savez, la plupart des anciens du coin planquent des billets dans les matelas, ce n'est ni une légende ni une caricature. Enfin, si vous voulez mon avis, ils ont eu bien raison de se tenir à l'écart du système bancaire.

Elle part dans un grand rire, et ses yeux disparaissent sous les plis ridés de ses paupières.

Peut-être me suis-je mal exprimée. J'ai besoin d'être rassurée par la personne qui me fait face, et non *l'inverse*. Je m'apprête à reformuler, mais elle ne m'en laisse pas le temps.

Son visage prend une teinte sinistre.

— Madame Gros, je ne devrais pas vous le dire, mais je suis passée par une phase difficile, moi aussi. Il y a dix ans, j'ai eu un accident de la route et j'ai perdu ma fille. Je m'en suis tirée avec quelques côtes fracturées et un traumatisme crânien. Pendant les mois qui ont suivi, j'ai souhaité mourir. Sans l'aide de François… eh bien…

Elle s'arrête, sa voix s'étrangle.

— Oh, je suis vraiment désolée pour vous.

Ses yeux rougis s'embuent et Agnès sort un mouchoir en papier du sac à main posé à côté d'elle.

Déroutée, j'en profite pour aller chercher la cafetière.

Cinq, quatre, trois, deux, un…

Sur le chemin de la cuisine, j'expire pour chasser l'angoisse qu'a fait naître cette histoire tragique.

Lorsque je reviens, je remarque pour la première fois l'arcade sourcilière gauche d'Agnès, traversée par une cicatrice, et la petite balafre qui part de son menton et remonte jusqu'à la moitié de sa joue. Elle l'a dissimulée sous du fond de teint, mais je la distingue clairement.

En posant les tasses de café, je dois faire un effort pour reconnaître les traits de l'aide-soignante que je viens pourtant juste de rencontrer.

— Désolée, madame Gros, je sens bien que je vous ai mise mal à l'aise. C'est mon défaut, je parle, je parle… et je suis souvent très maladroite. Ma mère me disait toujours : « Agnès, tu as encore mis les pieds dans le plat. » Et là, je vous saoule avec mes problèmes alors que c'est vous qui avez besoin d'une oreille attentive. Écoutez, je comprendrais tout à fait que vous ne vouliez pas de moi et…

— Non, non. Je… vous pouvez commencer quand ?

Son visage retrouve sa pétulance.

— Dès lundi, si vous voulez ! Votre mari m'a parlé d'une demi-journée tous les deux jours. C'est bien cela ?

Je hoche la tête, sans pouvoir me rappeler avec certitude ce qui avait été décidé.

Elle a dû percevoir mon trouble.

— Je peux venir plus souvent, si vous le désirez, enfin sauf les matins. Je dois m'occuper de…

— Non, c'est parfait. Vous commencerez lundi après-midi. Disons quatorze heures ?

Agnès se lève et me tend la main.

— Je suis certaine que nous allons nous entendre. Ah, une dernière question. Nous avons parlé de vos problèmes de santé avec votre mari, mais il n'a pas mentionné d'allergies. Vous en avez ?

— Non, aucune. Pourquoi ?

— Car je suis une excellente pâtissière et que je viens rarement les mains vides.

Elle ponctue sa phrase d'un clin d'œil.

— J'ai hâte de le découvrir, dis-je avec un sourire un peu forcé. À mon tour de vous demander quelque chose. Cela ne vous dérange pas si je brosse un rapide portrait ? J'ai tendance à oublier les visages. Cela ne sera pas très long.

— Oh, je dois prendre une pose particulière ? On dit que j'ai un beau sourire. Cela compense mon embonpoint et mes hanches d'hippopotame.

— Restez simplement naturelle et regardez-moi.

Elle se rassied et, en quelques minutes, je couche le visage sur le papier, puis j'ajoute la date du jour.

— Au fait, je ne connais pas votre nom de famille.

— Metzger. Mon père était Alsacien.

Je griffonne son prénom ainsi que son nom avant de refermer le carnet.

— Vous permettez ? Je suis curieuse de voir le résultat.

J'hésite un instant à me départir de cette extension de ma mémoire, mais devant son regard pétillant je capitule et je lui tends.

Elle émet un petit ricanement.

— Vous m'avez faite plus jolie que je ne le suis. Vous avez bien détaillé les traits ! C'est impressionnant. Vous avez même remarqué mes cicatrices. Peut-être avez-vous exagéré le sourire. Mais vous avez raison, cela donne beaucoup plus d'éclat à mon visage.

Tu n'as pas d'éclat, ma colombe.

Je me raidis dans le canapé, la bouche entrouverte.

Elle me regarde, incrédule.

— J'ai dit quelque chose de mal ?

— Non… mais je ne vous ai pas déjà croisée quelque part ?

— Je m'en souviendrais. Et puis je n'ai jamais quitté les Vosges ; mais peut-être y êtes-vous déjà venue ?

Plainfaing, jeudi 16 novembre 2017, 17:35

Agnès me manque déjà. Son caractère bouillonnant, son débit de parole, son sourire rassurant et même son excentricité.

En une heure de visite à peine, elle a su illuminer cette maison et lui insuffler l'énergie et la chaleur qui lui manquaient.

Mais maintenant qu'elle n'est plus à mes côtés, le silence a repris ses droits et il ne subsiste de sa présence qu'un parfum de laque et d'eau de Cologne.

La vie emprunte parfois d'étranges détours. Avant la fusillade, je n'aurais sans doute jamais fréquenté une personne comme elle. Médecins, artistes, écrivains, notre cercle de connaissances gravitait autour de nos métiers respectifs et se composait uniquement de gens aisés. Pourtant, quand je repense à nos soirées ou nos vacances, et surtout depuis mon séjour à l'hôpital, je me rends compte de la vacuité de nos relations. Quand les problèmes apparaissent, les masques tombent. Lorsque je suis rentrée à la maison, aucun de nos soi-disant amis ne s'est manifesté en dehors de quelques SMS impersonnels ou de messages sur Facebook. Sans doute par crainte d'être contaminés par la morosité, d'être exposés aux radiations du malheur.

Nous n'avons revu ces personnes qu'au cours d'une soirée organisée au prétexte que nous allions prochainement quitter la capitale.

Peut-être qu'avoir frôlé la mort met les choses en perspective, mais quelques heures passées en leur compagnie auront suffi à me les rendre insupportables.

Lima la « je sais tout » et son rire atroce. Nathan et sa manie de vous masser les épaules et vous frôler les lèvres lorsqu'il vous fait la bise. Maryse la cougar botoxée qui boit dans toutes les coupes et y laisse ses traces de rouge à lèvres. Jean-Bernard le pontifiant et ses monologues aussi intéressants qu'une lecture d'annuaire téléphonique. Ainsi que tous les autres. Lors de ce dernier repas, ils se sont adressés à moi comme s'il ne m'était rien arrivé, et les conversations se sont vite orientées vers les mêmes sempiternels sujets futiles, comme le choix de ce romanée-conti 1996 pour accompagner le bœuf de Kobe. Je n'aurais sans doute pas tiqué avant ; mais ce que je considérais comme du raffinement m'apparaissait désormais comme du snobisme. Je me souviens de m'être forcée à rire à quelques blagues, mais très vite je me suis mise à l'écart.

Je n'appartenais plus à ce monde.

Aujourd'hui, j'ai besoin de simplicité, d'honnêteté. Et une femme comme Agnès est juste ce qu'il me faut.

Elle est rustre, mais authentique. Elle parle sans filtre, ne s'encombre pas de formules et ne prend pas de pincettes.

Dans un monde qui devient de plus en plus flou pour moi, j'ai besoin de cette franchise, de cette netteté.

C'est un point de repère dans mon labyrinthe intérieur.

Je sors le portrait que j'ai dessiné et le contemple une dernière fois.

Qui sait, malgré nos différences, peut-être pourrions-nous devenir de véritables amies ?

Plainfaing, jeudi 16 novembre 2017, 22:20

Franck m'attend et je hâte mon pas.

Ma démarche est souple, féline. Mon corps n'est plus ce vaisseau étranger que j'habite en simple passagère. Aucune hésitation, je suis aux commandes. Et ce n'est pas en victime que je traverse le corridor, mais en femme déterminée. Les éclairs zèbrent le ciel de nuit et dévoilent par intermittence la silhouette de mon mari, tapie dans l'ombre.

Le vent martyrise les volets, qui claquent en rythme sur la façade.

Je pose un pied dans la pièce. Une main me saisit par le poignet et m'attire avec violence.

Je me retrouve blottie contre Franck, la joue plaquée à son torse. Son étreinte est celle d'un étau, ses bras puissants m'enserrent et me compriment. Je suis la proie d'un boa. Au contact de son corps, mon cœur s'emballe et bat à un rythme frénétique. La chaleur monte entre mes cuisses, mes jambes tremblent, ma peau se hérisse. Une main plonge dans mes cheveux et tire ma tête en arrière d'un geste ferme, m'arrachant un hoquet de surprise. Ses lèvres partent à l'assaut de mon cou, tandis que ses doigts se plaquent sur mon sexe, déjà humide. Je pousse un léger râle et m'abandonne un instant, les yeux fermés, vaincue par le désir qui brûle dans mon bas-ventre. La bouche, d'abord délicate, amorce une descente vers ma poitrine et devient dévorante. La main qui empoignait ma chevelure libère un sein de ma nuisette en soie, aussitôt emprisonné entre des lèvres avides. Il fait jouer sa langue sur mon téton, pendant que ses doigts s'occupent de mon sexe. Sursaut de rébellion. J'ouvre les yeux, plaque mes paumes contre son torse et le repousse contre le mur opposé. Il ne résiste pas. Un éclair illumine son visage.

Nous échangeons un sourire complice et il m'invite à le rejoindre d'un geste de la main. Je marche vers lui en impératrice. C'est moi qui mène le jeu, c'est moi qui dicte les termes. Je m'approche d'un pas langoureux et empoigne son sexe tendu.

Nous nous embrassons avec une telle fougue que nos dents s'entrechoquent. Je m'enroule autour de lui, comme un serpent, et me cheville à son corps noueux. Enchevêtrés, soudés l'un à l'autre, nous basculons sur le parquet. Puis, sans aucune retenue, il plaque mes poignets sur le plancher et me possède d'un coup de reins.

Je m'agrippe à ses épaules, referme mes jambes dans son dos et viens à la rencontre de son bassin. Le plaisir me submerge, l'orgasme est proche, mais je le désire plus puissant encore. Je voudrais lui crier « Défonce-moi, baise-moi comme une chienne », me lâcher, faire exploser les barrières, mais je ne laisse échapper que des couinements aigus. Je n'ai pas besoin de prononcer un seul mot, il entend ma requête et accélère le rythme. Et alors que le plaisir rugit et déferle comme une lame de fond dans mon bas-ventre, que ma peau se hérisse, que mon corps pris de soubresauts incontrôlables se tend et s'arc-boute sous les assauts de plus en plus rapides de mon amant, que ma tête bascule, que ma bouche dessine un « O » et que mes yeux s'écarquillent, j'aperçois Camille. Étendue sur le parquet de la bibliothèque, entièrement nue, elle m'observe.

Elle est mon miroir, si ce n'est ce sourire prédateur qui fend son visage de veuve noire. Camille affiche une moue réprobatrice, puis part d'un rire démentiel.

L'écho de sa folie se mêle aux gémissements de Franck devenus grognements bestiaux, rauques et gutturaux. Je sors de ma torpeur et mon désir se mue en une panique sourde. Je ne ressens plus de la fermeté, mais de la hargne et la brutalité. Des coups de boutoir violents et irréguliers remplacent ses gestes maîtrisés. Mon plaisir s'est dissipé, la vague s'est rétractée. Je ne suis plus qu'une enveloppe de chair secouée par les attaques d'intrus. Mon corps se crispe, mes mains s'agitent et s'agrippent au dos de ce monstre, ce violeur. Horrifiée, je veux me dégager de son étreinte, le griffe, tente de me redresser. Rien n'y fait. Pire, la bête redouble de violence et fait peser tout son poids. Mon sexe est en feu, la douleur me vrille le ventre, l'air me manque. Un sanglot s'étrangle dans ma gorge. Franck grogne dans un ultime râle et se cabre comme un loup hurlant à la mort. Et je vois son visage ; il n'y a plus de Franck, juste des traits flous tordus par les spasmes. Je veux crier, mais la détresse reste coincée dans ma cage thoracique, prisonnière, comme moi, de l'horreur.

Camille s'est rapprochée, l'éclat du vice brille dans son iris.

— Tu ne trouveras jamais l'éclat, ma colombe, murmure-t-elle à mon oreille.

Je hurle.

— Wow, wow !

J'ouvre les yeux. Franck est penché sur moi, le front luisant de sueur, le visage rongé par l'inquiétude.

Ma bouche s'ouvre mais aucun son ne parvient à sortir, l'émotion reste coincée dans ma gorge.

Franck pousse sur ses bras et se retire lentement avant de basculer sur le côté. Il me caresse les cheveux.

— Désolé chérie, nous n'aurions peut-être pas dû, c'est sûrement trop tôt.

Il me faut de longues secondes pour réaliser que ce n'était pas un rêve. Nous étions en train de faire l'amour et puis… j'ai dû disjoncter.

Les visions se sont mêlées à la réalité. Des hallucinations, comme chez le psychiatre.

Pire, je ne me souviens même pas avoir commencé à faire l'amour, ni de la façon dont nous avons atterri dans le lit.

Franck me caresse le dos puis me prend dans ses bras. Son geste se veut réconfortant, mais il ne fait qu'accroître mon sentiment de vulnérabilité.

Quelques minutes plus tard, je l'entends ronfler. Et tandis qu'il est plongé dans le sommeil, je pleure dans le noir.

Plainfaing, vendredi 17 novembre 2017, 03:20

Je manque de tomber du siège sur lequel je suis assise.

Je suis moite, haletante, et je tiens un pinceau dans ma main.

Je mets quelques secondes avant de réaliser que je suis chez moi. Dans mon atelier… au cœur de la nuit.

Je lâche le pinceau et porte la main à ma bouche. Qu'est-ce que je fais là, assise devant le chevalet à une heure pareille ?

Je réprime un frisson et tourne la tête. Un courant d'air glacial entre par la porte-fenêtre donnant sur le balcon.

Mon regard s'arrête un instant sur le léger rideau blanc qui ondule, puis revient vers mon tableau.

La scène a changé.

Les traits de Camille. On dirait…

Oui, son visage a été modifié. Je l'avais fait doux, les yeux rieurs, je voulais que ce tableau soit l'expression de pensées positives et heureuses.

Pourtant, lorsque je le regarde, sous la lueur de la lune presque pleine, je ne vois que ces yeux acérés et ce rictus haineux qui transpercent la toile.

Je reste immobile quelques secondes, persuadée d'être encore en plein cauchemar.

Et puis je remarque mes mains. Mes doigts sont couverts de peinture.

Est-ce moi qui…

L'idée me paraît si folle que j'ose à peine poser la question.

Aurais-je pu peindre en dormant ?

Est-ce même possible ?

Et si c'est le cas, qu'est-ce que cela signifie ?

Il faut que je me souvienne de cet événement ; que je le note avant qu'il ne s'estompe de ma mémoire comme un rêve au réveil. Mais mon téléphone n'est pas à portée de main.

Je dois l'avoir laissé sur la table de chevet, mais comment en être certaine ?

Je m'apprête à quitter mon atelier lorsqu'un bruit de gravier écrasé attire mon attention.

Une voiture ? Chez nous ? En pleine nuit ?

Je pousse le rideau et colle mon visage à la vitre froide. Dehors, les hauts sapins ploient sous le vent. Pourtant, ce n'est pas ce spectacle qui me captive, mais la grosse fourgonnette noire qui vient de se garer devant le portail des voisins. Elle est éclairée par notre lampe extérieure.

Je reste près de la fenêtre tout en m'efforçant de dissimuler ma présence.

La portière avant s'ouvre et laisse sortir un homme massif, au cou taurin et pourvu de mains larges comme des pelles. Il se dirige vers la sonnette incrustée dans le portail.

C'est à ce moment que je repère les caméras placées au niveau de l'entrée des voisins. Celle disposée sur le haut du portillon a pivoté, braquant son objectif sur le colosse.

Ce n'est pas une maison, mais une forteresse.

Quel genre de personne habite là ? Un mafieux, un criminel, un milliardaire, une célébrité ?

Je me concentre sur ma respiration pour endiguer l'afflux de questions.

L'homme revient vers le fourgon et la lourde porte en fer s'ouvre en grinçant.

Je me mords la lèvre inférieure.

Une fois le portail refermé, je ne pourrai plus suivre le véhicule du regard.

Sauf si… oui. Je sais où je pourrai avoir un meilleur angle de vue.

Je quitte l'atelier et grimpe au dernier étage du chalet, dans la chambre d'ado située juste en face du grenier. Sous les mansardes, un large hublot m'offre une vue plongeante sur la cour des voisins.

Je m'agenouille et fixe mon attention sur le fourgon. Il est désormais garé devant l'entrée de la maison, exposée à la lumière de deux lampadaires plantés dans l'allée.

Le gorille fait coulisser la porte arrière du véhicule. Puis il en extirpe une longue housse noire, qu'il pose sur ses épaules.

Un tapis ? Cela expliquerait l'angle formé, la cassure.

Mais pourquoi transporter un tapis dans une housse qui ressemble à un sac mortuaire ?

Malheureusement, je n'ai pas le temps d'en voir davantage ; l'homme est sorti de mon champ de vision pour se diriger vers l'entrée. Que faire maintenant ? Je pourrais en parler à Franck. Mais le connaissant, il serait capable de sonner, et qui sait ce qui pourrait arriver.

La police alors ?

Mais pour dire quoi, au juste ? Que je flippe parce que j'ai vu un type louche sortir un sac mortuaire d'un fourgon en pleine nuit ?

Je détache lentement ma joue de la vitre du hublot.

Je tâte ma jugulaire à la recherche de mon pouls. Il est rapide. Et j'ai dû monter en tension également.

Mon esprit brumeux tente de faire la mise au point, mais se heurte à un mur.

Qu'est-ce que je dois faire ?

Le noter, déjà. Car demain je pourrais très bien ne pas m'en souvenir. Cet événement pourrait avoir disparu de ma mémoire. Il y a autre chose dont je dois me souvenir, mais quoi ?

Mon téléphone, je dois retrouver mon téléphone.

Mémoires #3

Lorsque j'ai commencé ce journal, j'avais l'intention de parler du don que nous partageons avec ma sœur, ou éventuellement des conséquences qu'il allait avoir dans le futur. Mais je me rends compte qu'il est impossible de le faire sans évoquer cette soirée d'août 1987 si particulière passée en compagnie de grand-père Oswald sous le porche de notre maison.

Tous les ans, au mois d'août, Winter Harbor accueille le festival du homard. C'est un événement important pour la commune et une tradition qui date des années soixante et perdure encore. Chaque été, cette fête populaire mobilise plusieurs familles bénévoles de la ville, les Northwood en tête. Depuis son installation dans cette partie du Maine avec ma grand-mère Margot et leurs deux enfants, mon grand-père n'a jamais manqué une seule édition. Au départ, il y participait pour s'intégrer et se faire connaître de ses voisins, mais il y a rapidement pris goût.

Le festival est une fête comme on en voit beaucoup dans les petites villes des États-Unis. Le genre avec banderoles étoilées ostentatoires, cruches de limonades servies sur des tréteaux par les gamins, bars improvisés où une poignée d'anciens viennent se retrouver pour échanger autour d'un Tupperware de punch, sans oublier les orchestres country sous des belvédères en bois blanc.

Question densité humaine, Winter Harbor n'est pas exactement New York. Pour vous donner un ordre de grandeur, à l'heure où j'écris ces lignes, la ville ne compte plus que cinq cents habitants. Mais au milieu des années quatre-vingt, la commune en totalisait presque le triple et lors des festivités ce chiffre doublait encore.

En août 1987, pour la première fois en plus de vingt ans, Granpa Oswald n'a pas pu se rendre au festival. Ni pour aider à monter les stands, ni pour y participer.

La veille des préparatifs, le vieil Allister McGregor (un pêcheur bien connu des enfants du coin et surtout son ami de longue date) l'a retrouvé errant en slip sur Main Street. Lorsqu'il l'a croisé, mon grand-père demandait aux passants s'ils avaient aperçu sa femme ; il s'inquiétait de ne pas la voir rentrer.

Je n'ai jamais connu ma grand-mère.

Elle est morte bien avant ma naissance, dans des circonstances assez nébuleuses d'ailleurs. D'après ce que mon père m'a raconté, elle était déjà devenue un quasi-légume depuis de longues années, conséquence malheureuse d'une lobotomie exécutée par quelques mouvements de pic à glace enfoncés au-dessus du globe oculaire. Une opération très courante dans les années cinquante, avant que les pilules de chlorpromazine ne la rendent obsolète, pratiquée de surcroît par les mains exercées du célèbre Walter Freeman en personne. Ma grand-mère Margot était venue pour calmer ses angoisses chroniques. Quelques électrochocs et une section dans le lobe frontal plus tard, elle était ressortie aussi détendue qu'un moine zen sous Prozac. En quelques minutes seulement, les attaques de panique avaient disparu, ainsi qu'une partie de sa raison.

Mais pour en revenir à Granpa Oswald, la maladie d'Alzheimer avait progressé au point de le rendre dangereux pour les autres et pour lui-même. Si la plupart du temps, tout était normal (il tenait des conversations tout à fait correctes ou vaquait à ses occupations quotidiennes), il pouvait aussi se mettre à agir de façon irrationnelle sans prévenir, en un claquement de doigts.

Bien sûr, nous nous étions rendu compte que notre Granpa adoré n'était plus le même. « Il perd la boule », une expression que papa ne manquait jamais une occasion de claironner, surtout lorsqu'il était énervé et que Granpa lui tenait tête. Cela avait commencé par des choses bénignes. Un oubli de clé, de portefeuille. Des confusions de plus en plus fréquentes entre ma sœur et moi. Puis cela avait été en s'aggravant, comme le jour où il avait laissé son steak cuire sur la poêle pour partir en promenade avec notre chien. Heureusement, oncle Liam était passé par là et avait aperçu la fumée s'échapper de la fenêtre de la cuisine restée ouverte.

Les incidents de ce genre se sont succédé, jusqu'à ce qu'on le retrouve dans cet état.

Alors, mon père et mon oncle, pour une fois sur la même longueur d'onde, ont décidé de le tenir à l'écart du festival. De toute façon, je ne suis même pas sûr que Granpa Oswald s'en soit vraiment rendu compte.

Papa a assuré la présence des Northwood auprès des organisateurs et festivaliers pendant que le reste de la famille se cloîtrait dans notre maison. Ma sœur et moi étions livrées à nous-mêmes, ou presque. Ma mère était accaparée par notre frère, très affaibli par sa chimio depuis quelques jours déjà. Liam aurait dû veiller sur nous, mais n'a débarqué qu'en fin d'après-midi, déjà bien éméché. Quelques caresses sur le haut du crâne et deux bisous plus tard, il était avachi sur le vieux canapé pour cuver les quelques bières (une bonne quinzaine, j'imagine) englouties durant la journée. Ma mère est restée au chevet de notre frère jusqu'au soir. Liam étant hors d'état de gérer quoi que ce soit, elle nous avait demandé de surveiller Granpa et de la prévenir en cas de problème. Je suppose qu'elle avait fini par s'endormir au chevet d'Eliot, car nous avons veillé très tard avec notre grand-père, profitant d'une belle nuit d'été devant notre maison.

C'était une fin de soirée idéale, où les embruns marins venaient se mêler aux odeurs des géraniums en pots, des lys plantés près du perron, des bougainvilliers qui recouvraient la balustrade. La chaleur insupportable de la journée s'était enfin dissipée dans la douceur d'un vent léger qui faisait danser les carillons suspendus sous le porche.

Comme à son habitude, Granpa se berçait dans son vieux rocking-chair. Quelques Bud à disposition dans une glacière, juste à portée de son bras droit qui pendouillait. Pourtant, il n'en avait touché aucune. Son ventre, compressé entre les deux accoudoirs, ressemblait à un ballon d'hélium trop gonflé.

J'étais debout, à côté de lui, ma main reposant sur son avant-bras, partie dans mes rêveries de gamine. Camille se tenait à l'écart, assise sur les marches de l'escalier. Elle avait sorti notre jeu Docteur Maboul et l'avait posé sur ses genoux.

Granpa n'avait pas dit un mot depuis qu'il s'était installé et gardait les yeux ouverts, fixés sur un horizon habillé de la seule lueur safranée qui séparait la terre endormie d'un ciel constellé d'étoiles.

Ma sœur devait chercher à attirer son attention, car elle faisait volontairement couiner le patient, ce qui, en plus du bruit insupportable, illuminait son visage d'un rouge lui conférant un air démoniaque.

Bip. Biiiip. Biiiiip.

— Arrête, ai-je crié plus fort que je ne l'aurais voulu. Tu vas réveiller Liam.

Camille s'est tournée vers moi et m'a adressé un regard qui m'a glacé le sang. Aucune colère dans ses yeux, juste du vide.

À l'époque, j'avais mis cela sur le compte du contexte familial.

Volontaire ou non, son petit jeu a fonctionné. Mon grand-père est sorti de son mutisme en se raclant la gorge et a prononcé ses premiers mots depuis le début de la soirée, mettant un terme à l'agonie du patient malmené par Camille la chirurgienne.

— N'écoutez pas votre père, les filles. Surtout, protégez-vous de ses paroles. Croyez en vous, ne le laissez pas tuer vos rêves.

J'ai laissé quelques secondes s'écouler avant de demander :

— Que veux-tu dire, Granpa ?

Il a pointé son index vers le ciel et commencé une interminable tirade, comme si les mots, restés trop longtemps prisonniers, pouvaient enfin être libérés.

— Ton père n'a jamais eu l'éclat. C'est pas faute d'avoir tenté de le déceler ni d'essayer de le faire naître. Et plus tard, de lui faire comprendre qu'il n'avait pas cette étincelle nécessaire à sa réussite. Crois-moi, j'aurais tellement souhaité qu'il soit exceptionnel. Qu'il hérite ne serait-ce que d'une fraction de mon talent. Mais il est resté terne, sans imagination. Il s'est contenté d'emprunter les sillons que d'autres, plus brillants, avaient tracés avant lui. Pas étonnant que les maisons de disques le rejettent, il n'apporte rien de neuf. Tu sais, il se moque souvent de son frère drogué jusqu'à la moelle, mais lui non plus ne fera jamais rien de glorieux. Et le pire, c'est qu'il aurait pu parvenir à quelque chose s'il avait travaillé avec plus d'ardeur et de passion. Mais c'est trop tard, et c'est encore pire depuis qu'il s'est mis à se prosterner devant son dieu comme un idolâtre aveugle. Mieux vaudrait qu'il picole et se défonce comme ce bon à rien de Liam. Tiens, peut-être même qu'un peu de LSD lui permettrait d'avoir de l'inspiration.

Il s'est tu un instant, puis s'est tourné vers moi en m'adressant un clin d'œil.

— Mais bon, je l'aime quand même, c'est mon fils.

Ces paroles étaient dures dans la bouche d'un père. Mais il les avait prononcées sans animosité, presque avec détachement. C'était le fond de sa pensée qu'il pouvait enfin exprimer sans les filtres imposés par la bienséance et l'éducation. Et un des effets secondaires de la maladie qui lui rongeait l'esprit.

— C'est quoi l'éclat, Granpa ? Papa n'arrête pas de dire que nous ne l'avons pas.

Oswald a poussé un grognement, puis un raclement (le genre de son qui précède un crachat).

— Ça, il n'en sait rien, c'est bien trop tôt pour le dire, ma chérie. Mais ton père peut parfois être un imbécile, en plus de manquer de talent. Je suppose que j'y suis pour quelque chose. C'est moi qui ai poussé ta grand-mère à…

Il n'a pas fini sa phrase et a fait danser son doigt comme un chef d'orchestre en direction du ciel.

— Tiens, tu vois ces étoiles ? Je vais te dire une chose à leur propos. Je ne sais pas si tu comprendras, mais si c'est le cas, alors je suis sûr que tu le retiendras toute ta vie. Ces points blancs que tu vois briller dans la nuit, ce sont des corps célestes en combustion. Tu saisis ce que cela veut dire, ma colombe ?

Il a marqué une pause ; il attendait une réponse.

Je la lui ai donnée sous la forme d'un hochement de tête un peu hésitant.

— Pour briller, il faut brûler. Et pour brûler, il faut avoir un désir ardent, de la passion. Sans ça, il n'y a pas d'éclat, ma chérie.

J'ai hoché la tête à nouveau. Je n'étais pas sûre d'avoir tout compris, mais instinctivement je ressentais ce qu'il voulait dire.

— C'est ce qui brille le plus dans l'univers, les étoiles ?

Il a fait claquer ses horribles bretelles.

— C'est compliqué. Ma colombe, pour te répondre, je vais devoir te poser une question. Quand crois-tu qu'une étoile brille le plus au cours de son existence ?

— Je ne sais pas, ai-je avoué.

Son regard est devenu plus intense. À ce moment-là, il n'y avait pas de maladie, juste une intelligence aiguë brûlant dans ses iris.

— Lorsqu'une étoile meurt, il peut se passer plusieurs phénomènes. Elle peut évoluer en naine rouge, tourner sur elle-même et se transformer en pulsar, ou bien imploser et devenir un quasar. Ce sont les phénomènes les plus lumineux observés jusqu'à ce jour. Et une véritable leçon de vie quand on y pense, non ?

J'ai hoché la tête, même s'il m'avait perdue avec ses images nébuleuses.

— Tu vois, je pense que pour avoir l'éclat le plus puissant, il faut laisser mourir quelque chose en soi. Pour écrire, peindre ou composer ma musique, je me suis fait mal. J'ai saigné de l'intérieur, j'ai souffert, je me suis arraché les tripes.

Il s'est frappé la poitrine avec le poing.

— C'était le seul moyen de fendre la couche qui m'enveloppait et de laisser la lumière s'échapper afin qu'elle puisse briller. Tu comprends ce que je veux dire ?

Pas sur le moment, non. Ces paroles sont demeurées en sommeil dans mon esprit pendant de longues années et n'ont résonné que bien plus tard, alors pleines de sens.

Et puisqu'il parlait de mort et de lumière, une question m'est venue spontanément. Je me suis allongée sur lui, la tête collée contre son ventre.

— Et Eliot ? Que se passera-t-il quand il mourra ?

Granpa n'a pas répondu. Il a pris une grande inspiration et a laissé s'échapper un long soupir. Ma tête a bien dû baisser de dix centimètres lorsque sa panse s'est dégonflée.

Et puis j'ai senti quelques secousses et tremblements.

Il pleurait. C'était la première fois que je le voyais ainsi.

Il n'a jamais répondu à ma question.

Je me rappelle avoir ressenti une indicible angoisse, comme si mon monde avait perdu ses repères et que ma réalité déjà fragile se déchirait en de fins lambeaux. Voir ces larmes couler sur ses joues, c'était assister à la chute d'un titan, voir un être invincible saigner pour la première fois, regarder un mur inébranlable se lézarder de fissures.

Granpa Oswald était plus que notre grand-père. C'était le patriarche, le pilier, la colonne vertébrale qui supportait notre foyer.

Plus que cela, même.

À cet âge-là, je l'ignorais, mais sans lui, nous n'aurions pas eu de toit, ni de quoi manger. En revanche, bien que ne sachant pas l'exprimer, j'avais déjà la conviction qu'après son départ la famille Northwood se désintégrerait pour de bon.

Son ventre bougeait au rythme de sa respiration. Sa main caressait ma chevelure.

Et c'est là qu'il a sorti cette phrase qui m'a bouleversée.

— Tu les vois aussi, Camille ? (Il s'était encore trompé et m'avait confondu avec ma sœur.)

Je ne savais pas de quoi il parlait.

— Ton père ne les a jamais vus. Liam les voyait, mais il en avait peur et a fini par se bloquer. C'est pour cela qu'il boit autant, il pense qu'en brouillant son esprit, il peut les faire taire.

— De quoi tu parles, grand-père ?

Il est resté silencieux quelques secondes, je pouvais clairement entendre les grillons et quelques croassements de rainettes. Camille s'est levée et s'est adossée à une des poutres qui ornaient l'entrée. Entendre son prénom l'avait sans doute convaincue de délaisser enfin son jeu.

— Des morts. Je parle des morts. Ta grand-mère Margot est là avec nous, tu sais. Et elle te trouve très jolie.

Il a pointé les escaliers et a fait un signe de la main, comme s'il saluait quelqu'un.

Mais je ne voyais rien.

Toutefois, je sentais… *quelque chose*. Une présence, un parfum, un souffle léger sur la peau. Une sensation assez difficile à décrire.

Et puis j'ai perçu une ombre, l'espace d'un court instant. Le temps que je cligne les yeux, elle avait disparu.

Sur le coup, j'ai cru que mon cœur allait fondre dans ma poitrine.

Granpa a posé sa main sur ma tête.

— Ne t'inquiète pas, ma colombe, tu n'as pas à avoir peur des morts. Ce sont les vivants dont tu dois te méfier.

Là-dessus, il n'avait pas tort.

Ma sœur et moi possédions cette sensibilité particulière. Je n'ai jamais cherché à la développer, mais elle s'est manifestée jusqu'à l'adolescence avant de disparaître.

Oswald a fini par s'endormir dans sa chaise et moi je suis restée là, la tête posée sur lui, les yeux grand ouverts, jusqu'à ce qu'une étoile filante traverse la voûte céleste. Lorsque je l'ai aperçue, je me suis redressée et je l'ai pointée du doigt en criant.

— Wow, tu as vu ça, Camille ?

Ma sœur n'a pas répondu.

Elle fixait le sol, captivée par la reptation d'une couleuvre qui sinuait dans l'allée éclairée par la lampe extérieure.

Enfin, c'est ce que je croyais.

La vérité, c'est qu'elle était déjà en train de sombrer.

Et la disparition de Granpa trois jours plus tard n'allait pas arranger les choses.

Chapitre 8

Plainfaing, vendredi 17 novembre 2017, 08:47

Ce matin, j'ai décidé de sortir, malgré la fraîcheur de cette fin d'automne. Avoir passé une enfance dans le Maine et supporté ses hivers a ses avantages. Et notamment une certaine tolérance au froid. De toute façon, j'ai besoin de prendre l'air et m'extirper de ce chalet qui m'emprisonne déjà entre ses murs.

Les nuages sont bas et lourds, mais je compte profiter d'une légère percée du soleil pour m'échapper. J'enfile une surchemise à carreaux et sors sous la pâle lumière du petit matin qui fait miroiter et étinceler les perles de rosée.

Dans notre cour en pente, je manque de glisser sur les pierres humides qui tracent un chemin dans les herbes hautes. Leurs brins mouillent mes chevilles dénudées et je regrette aussitôt de ne pas avoir enfilé un pantalon et des chaussures de marche au lieu d'un bermuda de randonnée et de Converse. Mais malgré la fraîcheur qui fait déjà rosir mes joues et le lobe de mes oreilles, j'apprécie l'air que je respire. Pur, et charriant les fragrances des Douglas et des épicéas.

Lorsque je foule le gravier, mon regard se fixe sur l'imposante forteresse des voisins. En comparaison avec notre chalet dont la cour ouverte semble inviter les visiteurs, le contraste est saisissant. Deux mondes parallèles cohabitent dans le même espace. J'emprunte l'allée jusqu'au chemin de terre qui s'enfonce en serpentant dans la sapinière. Les arbres qui s'étendent à perte de vue me donnent le vertige.

Ici, au cœur des Vosges, je retrouve la sensation revigorante de mes promenades dans les forêts du Maine. L'impression d'être minuscule et insignifiante au regard de cette nature écrasante, forte d'une existence de plusieurs millénaires. Une fourmi aux pieds d'un colosse.

Et les colosses sont inoffensifs. Ce sont les autres fourmis dont il faut se méfier.

Malgré cette familiarité du paysage, je suis assaillie par le doute. Était-ce une si bonne idée de quitter Paris ? L'objectif de cet exode rural était de retrouver un semblant de sérénité, de pouvoir mettre la fusillade derrière moi. C'est plutôt raté. Il est peut-être un peu tôt pour l'affirmer, mais j'ai la désagréable sensation que mes démons m'ont suivie dans mon exil. Des passagers clandestins trimbalés dans nos valises. Et qu'importe le voyage ou la destination, il n'est pas possible de s'en débarrasser.

« Nos démons », disait Granpa avec la théâtralité d'un dramaturge. « Nous devons vivre avec ou les combattre. La fuite ou l'abandon ne sont pas des options. »

Il avait raison.

Aurais-je été naïve au point de penser que l'éloignement m'en libérerait ?

Alors que je m'aventure près du ruisseau longeant la propriété, je tente de museler l'idée qui s'impose à mon esprit avec de plus en plus de véhémence : je suis folle.

Mes poings se crispent et la rage se noue dans ma gorge.

J'aimerais être aussi forte que Camille l'était.

La sophrologie, le yoga, les ondes binaurales. Rien de tout cela n'est parvenu à assourdir le cri des vautours.

Je m'enfonce un peu plus dans la forêt. Le sol qui accueille mes pas est plus meuble, fait d'un tapis de mousse spongieuse couvert de feuilles brunes et d'aiguilles de pins.

Le ruissellement s'intensifie. Je dépasse quelques fougères et m'approche de l'eau.

Alors que la lumière filtrée par les houppiers diminue, j'aperçois une large roche moussue à un mètre de la berge. Je m'assois dessus et lâche une longue expiration. L'espace d'un instant, je retrouve un semblant de paix. Le spectacle du ruisseau qui cascade et emporte quelques feuilles mortes entre les pierres affleurantes à la surface de l'eau parvient à m'apaiser. Je ferme les yeux et m'abandonne à la musique qui m'entoure. Le vent matinal bruisse entre les arbres, le courant ruisselle, quelques oiseaux pépient. Une parenthèse bienvenue. Hélas trop vite refermée par une ombre, sous la forme d'une question.

Pourquoi de tels symptômes sont-ils survenus la veille de mon départ et n'ont fait qu'empirer depuis que nous nous sommes installés dans ce chalet ?

Cela fait un mois que je suis sortie de l'hôpital. Et presque deux que le fou furieux qui a fait un carton dans le café en emportant six personnes – j'aurais dû être la septième – a été abattu. Alors pourquoi maintenant ?

Je pense à mon ex-psychiatre et son carnet de notes à spirale posé sur ses genoux. À cet instant, je voudrais le voir avancer vers moi, avec son petit air satisfait manifesté par un sourire en coin. Il remonterait ses lunettes d'une pression de son majeur et partirait sur une explication rationnelle pour démystifier tous ces événements étranges et tenter de me rassurer.

Une goutte d'eau frappe le dos de ma main, suivie d'une deuxième.

Je reste sans réagir, avant d'émerger de ma torpeur. Je me frotte les bras pour chasser le froid qui commence à m'engourdir.

Cinq, quatre, trois, deux, un…

Je prends une grande inspiration, prête à rentrer au chalet.

Et je m'immobilise.

Un mur de béton se dresse à une quinzaine de mètres de là où je me trouve.

Plus élevé que l'enceinte entourant la propriété de nos voisins, il s'étend sur la longueur du ruisseau. Et plus loin encore, à perte de vue.

Je me redresse d'un seul bond, le sang mis en ébullition par une myriade de questions qui viennent d'exploser en un feu d'artifice.

Et si…

Décharge d'adrénaline. Picotements dans les doigts.

J'essaie d'ignorer la panique qui prend possession de mon corps et reprends ma marche en augmentant la cadence de mes pas.

Bien respirer, ne pas provoquer une dyspnée, économiser son oxygène.

La pluie s'intensifie, martèle les frondaisons, transperce les feuillages, frappe le sol. Une forte odeur de tourbe et de mycélium monte à mes narines.

Mais je ne sens pas les gouttes froides sur ma peau ni les petits branchages qui me griffent les chevilles.

Une idée a fait son chemin jusqu'à mon esprit et je veux en avoir le cœur net.

J'augmente la cadence, manque de tomber plusieurs fois en trébuchant sur les racines qui zèbrent la surface du sol.

Mon souffle est court, et le sang bourdonne à mes oreilles chauffées à blanc.

Le mur continue de longer le ruisseau. Et je continue de m'enfoncer dans la forêt.

Jusqu'où va-t-il ?

Au bout d'une demi-heure, j'obtiens une réponse lorsque je parviens au niveau où l'enceinte fait un angle à quatre-vingt-dix degrés et enjambe le ruisseau filtré par une grille en métal.

Je m'arrête un instant, éponge mon front humide d'un geste de l'avant-bras puis avance vers le mur.

Je pose ma paume sur le béton comme pour en éprouver la tangibilité. Il est craquelé à certains endroits, recouvert de mousse à d'autres.

Une prison.

Cette fois-ci, l'idée n'a pas fait que forcer son chemin dans ma tête. Elle en a pris le contrôle.

Je décide de le longer. D'instinct, je sais où il va me mener. J'ai la gorge si serrée que je peine à déglutir. Et tout en laissant ma main glisser sur le mur, je progresse dans la forêt en direction de la route par laquelle nous sommes arrivés en voiture.

Je ralentis. Inconsciemment, je veux éviter le moment où cette certitude viscérale va entrer en collision avec la réalité.

Parvenue au niveau où le chemin de terre rejoint la petite route d'asphalte, je remarque un portail noir. Ses deux vantaux métalliques pourvus de barreaux s'élèvent à deux mètres du sol.

J'ai la soudaine impression que mes jambes ne me portent plus. Je dois prendre appui sur le tronc d'un sapin pour garder l'équilibre.

Je tente de réguler ma respiration qui s'emballe et l'air qui semble manquer dans mes poumons.

Cinq secondes d'inspiration, sept d'expiration.

J'avance vers le portail.

Cinq secondes d'inspiration, sept d'expiration.

Une énorme chaîne s'enroule entre les vantaux.

Trois secondes…

J'ai raison, je suis…

Deux secondes d'expiration.

… prisonnière.

La pluie s'abat en trombes et mes cheveux trempés tombent sur mes épaules.

Je reste subjuguée devant le lourd cadenas de cuivre relié à la chaîne.

Je secoue la tête pour réfuter ce que mes yeux me montrent.

Cela n'a aucun sens.

Il y a forcément une explication.

Je me précipite vers la porte, je la malmène, mais je ne parviens qu'à faire grincer les gonds métalliques.

Prisonnière.

Je voudrais crier, mais ma gorge ne réussit qu'à faire sortir un gémissement étranglé. Je fais un tour sur moi-même. La panique est remontée au niveau de ma poitrine. Je refais un tour… puis mes nerfs lâchent.

J'agrippe la chaîne et je secoue le portail de toutes mes forces en hurlant de rage.

Je cogne, assène des coups de pied, je martèle, je fonds en larme puis, à bout de souffle, je me laisse choir sur les genoux.

Je ne sais pas combien de temps je reste dans cet état, mais le bruit d'un véhicule me fait me relever.

Je plaque ma tête sur les barreaux. Arrivant de la gauche, un fourgon noir remonte la route des Auvernelles, ses phares jaunes transpercent le rideau de pluie opaque et capturent la danse frénétique des gouttes.

Je lâche ma prise avec la même rapidité que si j'avais touché de la lave en fusion, je recule de deux pas et porte ma main à ma bouche grande ouverte.

Le véhicule doit forcément venir ici.

J'inspire et recule encore de quelques mètres.

Le fourgon freine sa course devant les portes noires.

La portière claque et un homme sort. Le moteur tourne toujours. Il se précipite vers le portail en abritant sa tête sous son blouson – bleu marine, me semble-t-il –, puis il bataille avec le cadenas avant que les deux battants ne s'ouvrent en grinçant.

Je l'observe en silence remonter dans son fourgon, démarrer, s'engager sur le chemin de terre, puis sortir à nouveau pour verrouiller le portail. Il m'a aperçue à plusieurs reprises, mais il a fait comme si je n'étais pas là.

Quel spectacle dois-je offrir, en bermuda, T-shirt et surchemise, complètement trempée, les cheveux gorgés de pluie et tombant sur mes épaules comme une serpillière ?

Prisonnière.

Lorsqu'il redémarre, il progresse de quelques mètres au ralenti avant de s'arrêter à mon niveau. La vitre du conducteur s'abaisse et laisse apparaître son visage taurin.

Je remarque son nez aux larges narines, légèrement strié de rouge. Ses sourcils épais et broussailleux qui se courbent et lui confèrent un air de vieux hibou.

Je l'ai déjà vu. J'en suis sûre. Mais où ? Je l'observe sans dire un mot, mon esprit tente de faire une mise au point sans y parvenir, comme un objectif détraqué.

— Vous êtes la femme du docteur, non ? Vous allez attraper la crève si vous restez sous ce déluge. Je peux vous remonter chez vous, si vous le voulez.

Sa voix est légèrement éraillée, comme s'il avait avalé de la cendre chaude.

Il attend une réponse qui ne vient pas tout de suite.

Sans vraiment comprendre pourquoi, je suis tétanisée.

Prisonnière.

Malgré les trombes, les vêtements gorgés d'eau de pluie et l'envie soudaine de me blottir contre un feu, je secoue lentement la tête.

Sans en connaître la raison, l'idée de me retrouver à côté de lui m'enchante autant que plonger mes mains dans de l'huile bouillante.

— Non… merci, finis-je par dire en baissant légèrement les yeux.

L'homme affiche une mine étonnée, avant de hausser les épaules et redémarrer son véhicule.

Je reste immobile sous la pluie torrentielle et fixe le fourgon jusqu'à ce qu'il disparaisse de ma vue.

Je regarde une dernière fois le portail.

Prisonnière.

Je dois rebrousser chemin et j'ai deux kilomètres à marcher sous ces hallebardes.

Chapitre 9

Plainfaing, vendredi 17 novembre 2017, 19:15

Assise au bar qui sépare la cuisine du salon, je fixe la porte d'entrée.

Mes ongles sont enfoncés si profondément dans ma paume qu'ils ont laissé des marques roses sur l'épiderme.

Pourquoi Franck m'aurait-il emprisonnée ?

Pour me protéger de quelque chose ? De quelqu'un ? De moi-même ?

Il en serait capable.

Vous êtes la femme du docteur ?

Le chauffeur le connaît.

Du calme, Isabel, les réponses vont arriver sous peu. Il ne devrait pas tarder à rentrer du travail.

Je porte la tasse de thé au jasmin à mes lèvres sans en prendre une gorgée. Je laisse mon visage à demi plongé dans les volutes de fumée qui s'en échappent. J'apprécie la vague de chaleur qui se répand sur ma peau, sans pour autant en être réconfortée.

Mon regard oblique vers le téléphone mobile – il est dix-neuf heures quinze – juste avant que j'entende le gravier crisser sous la gomme. Je pose la tasse sur l'îlot central et je me précipite vers la grande fenêtre du salon.

J'aperçois l'arrière du X6 s'enfoncer dans l'allée du garage. Je respire, il est de retour.

Tout va bien se passer, me rassuré-je en buvant une gorgée trop chaude.

La clé bataille dans la serrure. La porte s'entrouvre et laisse apparaître la tête de Franck. Il s'immobilise dans l'embrasure et me fixe. À son expression, je devine qu'il a remarqué mon visage ridé par l'angoisse.

— Chérie ? Un problème ?

Je bloque ma respiration.

— Je ne sais pas, Franck. Écoute, il faut qu'on parle.

Il franchit le seuil, penche la tête vers le sol et fait mine de réfléchir puis se redresse en affichant un sourire de façade.

— Wow, ce ton. Ça me rappelle la fois où tu croyais que je t'avais trompée avec…

… *Ma sœur.*

— Non, c'est… je suis sortie ce matin pour prendre l'air.

— Attends, attends. Laisse-moi deviner. Tu as fait une balade et tu es tombée sur le portail ? C'est ça ?

— Le portail, les murs… le cadenas. Il se passe quoi, ici ? Pourquoi nous enfermer ?

Il secoue la tête.

— J'aurais dû t'en parler. Je ne pensais pas que tu serais sortie si loin. Merde, te connaissant, tu as déjà imaginé le pire. C'est… le terrain fait partie de la copropriété. Le voisin doit être un peu paranoïaque et insiste pour que l'accès au domaine reste fermé. Mais sérieusement, tu as fait une sacrée trotte ! Dans ton état, ça frise l'inconscience !

Il sort un trousseau de clés de sa poche.

— Tiens, voilà. En deux exemplaires. Je t'en donne un si tu veux. Mais fini les conneries, OK ?

— Pourquoi n'y avait-il pas de portail lorsque nous sommes arrivés ? Et pour le courrier, on fait comment ? Le facteur a un passe ?

— Il était déjà là, mais il n'était simplement pas fermé et tu n'y as pas fait attention. Souviens-toi, il y avait du brouillard, il était tard. D'ailleurs, je ne l'avais pas remarqué non plus. J'ai même failli rester coincé le premier matin où je suis parti au travail. C'est un type en fourgon qui se rendait chez les voisins qui m'a dépanné en déverrouillant le cadenas. Plus tard dans la journée, j'ai obtenu les clés de l'agent immobilier qui avait oublié de me les donner. Désolé, je n'ai pas pensé à t'en parler. La poste aurait un passe, oui, enfin c'est ce que m'a affirmé l'agent. C'est bon, tu es rassurée ? Ne t'inquiète pas. Tu n'es pas séquestrée.

— Je n'ai jamais employé ce terme.

Franck m'embrasse le front, dépose sa mallette au pied de l'îlot et ouvre le réfrigérateur.

En pleine lumière, je remarque alors que son œil droit est gonflé et s'est auréolé d'une tache violette tirant vers le jaune.

— Franck, c'est quoi ce truc à l'œil ? Tu t'es battu ?

— Ah, ça, fait-il. Oui, je ne t'ai pas dit, je me suis mis à faire des combats de boxe clandestins pour arrondir les fins de mois.

Voyant qu'il n'obtient pas l'ombre d'un sourire, il s'approche de moi et pose ses mains sur mes épaules.

— Version courte, j'ai eu un patient assez difficile aujourd'hui. Certaines personnes ont du mal à accepter leur diagnostic et peuvent avoir des réactions violentes. Mais j'avoue que prendre un coup de poing, c'est une première.

Il esquisse un sourire amer.

— Et la version longue, ça donne quoi ?

Il pose le munster qu'il vient de sortir du frigidaire sur l'îlot et soupire.

— J'ai eu une matinée assez chargée, beaucoup de rhinopharyngites et de laryngites en ce moment. Rien d'étonnant, l'hiver sera là dans quelques jours. Je n'ai eu le droit à une accalmie qu'en début d'après-midi.

Il touche machinalement l'œdème et lève les yeux vers le plafond.

— Je voulais manger, mais vers treize heures, un gars entre dans mon bureau. La quarantaine, plutôt sec et nerveux, et franchement pas le genre à m'impressionner. En toute logique, je pense que c'est un patient et je lui désigne la chaise. Mais il commence à me hurler dessus. Avec un regard mauvais. Et là, il me balance que je suis un charlatan, un imposteur et que j'aurais soi-disant donné un diagnostic erroné à son ami la veille. J'aurais dû le chasser sur-le-champ, mais le gars a titillé ma curiosité. Je n'avais aucune idée de qui il parlait. Surtout que j'ai dû voir une trentaine de personnes hier et le type s'imagine que je n'ai consulté que son petit ami.

Je hoche la tête pour l'inciter à poursuivre. Il étale du munster sur le pain et reprend.

— Avec le contexte, je commence quand même à deviner. Un jeune homme, très soigné, avec une voix faible et une tendance à zozoter, un peu plus de vingt ans. Sébastien Durin, je crois. Bref, il était venu me consulter pour des démangeaisons au pénis.

Il marque une courte pause et me sourit.

— Tiens, en parlant de ça, tu te souviens quand on était étudiants et que tu m'aidais à réviser les cours de médecine ?

Sur les maladies vénériennes. Le souvenir refait surface.

— Je ne me rappelle plus le nom du bar, mais oui. Je t'entends encore parler fort et je nous revois, ma sœur et moi, nous gondoler comme des dindes.

Il hoche la tête et continue.

— Donc, après son auscultation, je fais tomber le diagnostic : une mycose. Un *candida albicans*. Sur ce, le jeune me demande comment il a chopé le truc. Je lui explique que c'est pendant un rapport. Mais lorsque j'ai donné ma réponse, j'ai bien vu qu'il a tiqué. Il est resté silencieux à réfléchir, puis il a payé et il est reparti la tête basse du cabinet. Bref, tu as deviné ? Le type violent qui a débarqué le lendemain n'a pas aimé mon diagnostic et m'a frappé parce que j'aurais soi-disant brisé son couple.

Il marque une pause et secoue la tête.

— C'est fou, non ? Le mec refile une mycose à son copain, mais c'est moi qu'il engueule. Et, en prime il me colle une beigne.

Franck se frotte la mâchoire comme s'il venait juste de recevoir le coup.

— Et voilà, je t'avais prévenue. Rien de passionnant. Pas de bagarre pour sauver une jeune femme d'un agresseur ou de truc de ce genre.

Il découpe un nouveau morceau de fromage qu'il étale avec force sur la baguette.

— Dis, tu viens manger un bout avec moi, je me sens un peu seul là, me lance Franck en pointant la chaise vide qui lui fait face.

— J'ai prévu de préparer une salade niçoise, tu peux patienter ?

— Pas de soucis, je ne suis pas affamé à ce point.

Je me dirige vers le frigidaire lorsqu'on frappe à la porte.

— Franck, tu attends quelqu'un ? lancé-je.

— Non.

J'ouvre et manque de lâcher un cri de surprise en apercevant deux policiers.

L'un est âgé de la soixantaine (il pourrait être à la retraite), son visage long et anguleux arbore un air sévère que renforcent une petite moustache grisonnante et des yeux gris acier.

Son compagnon, en retrait, est un beau jeune homme au teint sombre et aux yeux noirs.

— Bonjour, je peux vous aider ? dis-je d'une voix qui s'étrangle.

L'homme qui me fait face ne répond pas tout de suite. Il me fixe comme s'il venait d'apercevoir un fantôme.

— Un problème ?

Le policier cligne des paupières et se reprend.

— Désolé madame, pouvons-nous entrer ?

Plainfaing, vendredi 17 novembre 2017, 19:45

Les policiers entrent. Le plus jeune essuie ses pieds sur le paillasson pendant de longues secondes, comme si ses chaussures étaient couvertes d'une boue indécrottable.

— Pouvez-vous m'expliquer ce qui se passe ?

Son collègue balaie le vestibule du regard. Il semble chercher quelqu'un ou quelque chose.

— Nous souhaiterions parler à monsieur Franck Gros. Il est disponible ? C'est très important.

Je m'apprête à répondre, mais Franck apparaît dans mon dos.

— Je suis le docteur Gros. En quoi puis-je vous aider, messieurs ?

Il avance vers les agents de police la main tendue et arbore un franc sourire.

Le plus vieux ne la saisit pas et se racle la gorge.

— Y aurait-il un endroit privé où nous pourrions parler, docteur Gros ?

Il ponctue sa phrase d'une légère inclination de la tête dans ma direction.

Franck acquiesce et indique les escaliers d'un geste de la main.

— Oui, dans mon bureau, à l'étage, si vous voulez bien me suivre.

— Excusez-moi. Je peux au moins savoir ce qui se passe ? Vous avez eu l'air surpris lorsque j'ai ouvert la porte.

Le policier le plus âgé se tourne vers moi et esquisse un sourire gêné. Il se frotte les moustaches avec la tranche de son index.

— C'est que nous avons vu votre photo dans la presse, madame Gros. Votre visage a été largement diffusé dans les médias. Pour le reste, je ne peux pas en discuter, cela concerne uniquement votre mari.

Évidemment.

Après la fusillade, on a longuement évoqué les victimes du tueur dans les journaux et à la télévision. Et encore plus de la rescapée plongée dans le coma pendant les jours suivants.

Je hoche la tête pour signifier que j'ai compris et je m'éloigne vers le salon tandis qu'ils montent à l'étage.

De quoi vont-ils bien pouvoir parler ?

Est-ce lié à cette histoire de fourgon ? Ou à l'œil au beurre noir de Franck ?

Le vieil agent de police avait vraiment l'air étonné en m'apercevant Je veux bien croire qu'il m'ait reconnue. Mais il n'aurait pas dû être surpris de me croiser à mon domicile. Ma sortie du coma a autant été médiatisée que le reste, sinon plus.

Le claquement de la porte du bureau précède le son de la clé verrouillant la serrure.

Je laisse s'écouler deux minutes, que je passe à tourner en rond dans le salon. Puis, n'y tenant plus, je monte les marches sur la pointe des pieds. Un bref instant, je me revois avec ma sœur, lorsque nous grimpions l'escalier en catimini pour nous infiltrer en douce dans la chambre d'Eliot et sautions sur son lit en criant pour le réveiller.

Arrivée au seuil de la porte du bureau, je plaque le pavillon de mon oreille au niveau de la serrure.

Rien. Juste des bribes de conversation imperceptibles.

Soudain, le ton monte et je parviens à relever quelques mots qui se détachent : « agression », « mobile ».

Je reste encore une poignée de secondes dans cette position inconfortable et je manque de sursauter lorsque j'entends « meurtre », immédiatement suivi d'un « chut » de réprobation.

C'est le jeune policier qui l'a prononcé. Sa voix grave se distingue de celles de son collègue et de mon mari. Le « chut » est venu du vieil agent. Fini, j'ai de nouveau droit aux messes basses.

C'est cuit. Je pense que je n'aurai pas d'autres informations.

Je me détache de la porte, chamboulée.

Un meurtre ?

De quoi peuvent-ils bien parler ? Et pourquoi Franck serait-il impliqué ?

Réfléchis. Franck a déjà officié en tant que légiste… c'est peut-être…

Non. Bien sûr que non. Il aurait été appelé et se serait rendu sur place.

Alors, témoin peut-être ? Ou bien s'agit-il d'une enquête de voisinage, suite à un crime qui aurait eu lieu à proximité de son cabinet ?

Oui, c'est déjà plus plausible. Ou encore, un de ses patients est impliqué et…

Les questions me font tourner la tête, mais je dois en savoir plus, sinon je vais devenir folle.

Le grenier. Si je reste discrète, je pourrai les espionner à travers le plafond. Je n'entendrai peut-être rien de plus, mais ça se tente, non ? Après tout, je n'ai rien à perdre.

Je me faufile dans le couloir et monte les marches qui mènent au grenier. L'accès aux combles non aménagés est situé juste en face de la chambre aux posters.

Je ferme les yeux en poussant la porte. Je n'y ai encore jamais mis les pieds et je ne sais pas si les gonds sont bien huilés.

Heureusement, le grincement est quasi imperceptible.

L'obscurité est totale et ma main part à la recherche d'un interrupteur mural. Mes doigts se prennent dans une vieille toile et je tente de chasser l'image d'une araignée noire me grimpant sur le bras.

Mon pouls s'accélère.

Je pousse un soupir de soulagement lorsque je touche enfin le plastique. Et d'une pression, la pièce se dévoile sous la lueur jaunâtre d'une ampoule simplement accrochée au plafond par un fil. Le parquet est couvert d'une épaisse couche de poussière. Quelques malles et cartons humides sont empilés çà et là, des pans de mousse de verre – certains sont éventrés – sont plaqués contre la toiture et une forte odeur de moisi imprègne l'air.

Je fais quelques pas sous les combles pour finalement me rendre compte que mon plan était stupide. Je suis placée juste au-dessus du bureau de Franck et pourtant je n'entends rien, pas le moindre murmure. Et rien que l'idée d'aller coller mon oreille sur ce parquet m'arrache une grimace de dégoût.

Tant pis.

Je m'apprête à repartir, mais je me tétanise lorsque j'appuie sur l'interrupteur.

Je jurerais que la silhouette d'une jeune fille aux cheveux longs est apparue sous l'ampoule le temps d'un flash lumineux.

En moins d'une seconde, j'ai l'impression que mon corps vient de se vider de son sang.

Les poils se hérissent sur mes avant-bras.

Que dois-je faire ?

Je n'ai toujours pas ôté ma main de l'interrupteur. Une envie irrépressible d'allumer la lampe à nouveau me tenaille, mais j'ai peur de ce que je pourrais apercevoir.

Pour la énième fois de la journée, mon esprit logique tente de contrebalancer mes angoisses.

Ce n'est qu'une illusion d'optique. Une impression fugace. Ton imagination s'emballe.

Non. Ce n'est pas mon imagination. Ce ne l'était pas non plus dans les années quatre-vingt, lorsque mes parents – surtout mon père – mettaient en doute mes visions.

Je déglutis et rappuie sur l'interrupteur.

Clic.

L'ampoule éclaire à nouveau le grenier.

Mais rien n'apparaît sous le halo jaunâtre. Pas de silhouette fantomatique. Pas de jeune femme aux cheveux longs.

Je lâche enfin l'air retenu prisonnier dans mes poumons.

Mais à ce bref soulagement succède déjà l'inquiétude.

Malgré tous mes efforts, le travail colossal effectué sur moi-même, suis-je en train de devenir cinglée ? Je suis tentée de tout abandonner et de me gaver d'antidépresseurs.

Non. Je suis une combattante, je suis une gagnante, je suis une…

L'ampoule scintille et le filament se rompt.

Mon cœur s'arrête.

Je ne vois pas la femme, mais je la sens.

À quelques centimètres de moi seulement.

Et il flotte dans l'air un parfum familier.

Celui de ma sœur.

Plainfaing, samedi 18 novembre 2017, 03:21

Ma tête est plaquée contre la vitre humide. Je suis agenouillée, le regard fixé sur la tempête qui fait rage derrière le hublot.

Les cimes des grands Douglas fléchissent sous l'assaut des bourrasques. Le feulement du vent résonne entre les murs qu'il menace de fracasser.

Que fais-je ici, sous les mansardes, en pleine nuit, à contempler le déchaînement de la nature ?

Crise de somnambulisme. Encore une.

Je pose la main sur mon front. Brûlant et perlé de sueur. Ma gorge est sèche et douloureuse, comme si elle avait été râpée à la limaille de fer. Il me faut de l'eau.

Pourquoi cette fièvre ? Il ne me semble pas avoir été malade.

Aucune réponse sensée ne vient. Mes pensées sont un tourbillon de confusion dont seule l'étrange vision d'Eliot chantant l'hymne national américain parvient à s'extraire avec clarté. Il est devant mon père et Granpa dans le salon, face au vieux canapé. Je l'observe depuis la cuisine. Sa voix est si cristalline et il est si habité par les paroles que les larmes coulent sur mes joues.

Pourquoi ce souvenir de mon frère refait-il surface et pourquoi s'ancre-t-il dans mon cerveau ?

Je me lève avec l'impression que mes jambes vont s'effondrer. Ma tête tourne à un rythme infernal. Je réprime une nausée et je prends appui sur le mur afin de me stabiliser. Quelques secondes s'écoulent sans que mon état s'améliore. Cette pièce m'oppresse. Les posters sur les cloisons décharnées qui se déforment dès que je fixe mon regard, ce hublot, la tempête. Il faut que je sorte d'ici, et vite.

Je marche vers la porte avec l'impression d'être une funambule sur le point de basculer dans le vide. Chaque enjambée requiert toute mon attention.

À mi-chemin, des bruits de pas – ou est-ce le parquet qui craque ? – résonnent dans la pièce. Un enfant survolté semble tourner autour de moi.

Soudain, la distance qui me sépare de la porte s'allonge comme dans un mauvais rêve et le son des pas s'amplifie pour devenir un martèlement assourdissant.

Prise de panique, j'accélère et manque de trébucher sur une planche affleurante.

Je pose la main sur la poignée avec la désagréable impression que quelqu'un se tient dans mon dos et m'observe. Impossible de faire un pas de plus. Mon sang s'est solidifié dans mes veines, je suis paralysée. Une souris devant le regard hypnotique d'un serpent.

L'air de la pièce s'est densifié, le silence s'est opacifié et même le vent me semble un lointain murmure. Mes narines frémissent, envahies par une odeur de putréfaction.

Le plancher craque encore une fois, juste derrière moi.

Il y a quelqu'un – une présence – dans mon dos.

Ma respiration se coupe. Je tourne lentement la poignée.

La porte s'entrouvre et laisse filtrer un mince filet de lumière. Mais l'obscurité opaque de la pièce ne se dissipe pas.

Une main se pose sur mon épaule.

Je hurle.

— Isabel ? Ça va ?

Franck se tient devant moi. Je reste immobile, incapable de prononcer un mot.

— C'est… j'ai fait un rêve éveillé, finis-je par dire, aussi étonnée par ma propre réponse que Franck qui me regarde comme si une paire de cornes avait poussé sur mon crâne.

Il plaque sa main sur mon front, puis son index et son majeur au niveau de mon poignet.

— Tu as de la fièvre et ton rythme cardiaque est élevé… Tu arrives à respirer ? Pas de soucis ?

Je hoche la tête.

— Il y a quelque chose dans cette maison, Franck. Je te jure, quelque chose de *malsain.*

— Quoi, comme un fantôme ? C'est ça ?

Il me dévisage avec un mélange d'amusement et d'inquiétude.

Je lui ai pourtant parlé de mon enfance et de nos visions, à ma sœur et moi.

Je préfère ne pas aborder le sujet et capitule.

— Laisse tomber, c'est sûrement lié à mon rêve.

— Non, non, tu as l'air ébranlée. Il faut en discuter. Mais tu sais, nous vivons dans un chalet en bois. Et le bois travaille. Avec ce vent à écorner un bœuf, c'est encore pire. Ton corps endormi a dû percevoir ces bruits que ton imagination a amplifiés.

— Ah, alors maintenant tu es spécialiste des rêves et du sommeil, rétorqué-je sur un ton sarcastique.

— Je suis médecin. Cela ne suffit pas ?

— Si. Mais alors rends-toi utile et dis-moi pourquoi je suis fiévreuse.

Devant son air surpris, j'ajoute :

— Désolée, je suis encore sous le choc. Je n'aurais pas dû te parler sur ce ton.

Franck m'enlace.

— Viens, je vais t'ausculter.

Mémoires #4

J'ai toujours vécu en me préparant au pire. Pour moi, se réveiller chaque matin revenait à glisser une balle dans le barillet du destin et passer sa journée à jouer à la roulette russe.

Petite déjà, à peine les pieds posés sur le parquet à la sortie du lit, j'échafaudais une multitude de scénarios. Écrasée par un chauffard, terrassée par une rupture d'anévrisme sur le chemin de l'école (ou plus tard, à l'âge adulte, au cours de mon jogging), assassinée pour avoir croisé un maniaque sur un sentier forestier ou dans une ruelle obscure.

Je rentrais le soir, soulagée et heureuse d'avoir survécu… jusqu'au lendemain, où tout recommençait.

J'étais une enfant éveillée et la question du sens de la vie m'a heurtée trop tôt, et avec elle, l'angoisse de l'inéluctabilité.

De mon point de vue, vivre équivaut à s'administrer une dose quotidienne d'antalgiques pour atténuer la douleur de cette certitude.

Fillette, je me disais que, pour contrer le sort, je devais anticiper ses mouvements. Que si j'étais capable de prévoir de quelle façon la Camarde allait me cueillir, alors je serais préparée à sa venue. Que je pourrais sinon l'éviter, du moins ne pas être surprise par son coup de faux.

Souvent, le soir, j'imaginais ma fin idéale.

J'avais cette image d'une vieille femme ridée, allongée dans un lit d'hôpital, la respiration lourde, entourée de mes proches. J'avais deux enfants. Kathy était l'aînée, une femme souriante, élégante, qui me serrait la main. David, son frère, était effondré sur sa chaise, trop triste pour prononcer le moindre mot. Mon mari s'appelait Johnny, comme Johnny Depp (Eliot ne manquait aucun épisode de *21 Jump Street*. Ma sœur et moi ne comprenions pas trop l'histoire, mais nous étions toutes deux d'accord pour dire qu'il était beau comme un ange), et lui ressemblait trait pour trait (sans avoir pris la moindre ride, la magie de l'imagination d'un enfant). Il se penchait sur moi, les yeux embués, et déposait un baiser d'adieu sur mon front quelques secondes avant que mes paupières ne se ferment.

Mes obsèques étaient émouvantes, bien entendu. Mon éloge funèbre était déclamé par un pasteur charismatique aux tempes grisonnantes et aux yeux clairs. Sa voix était aussi forte que ses paroles vibrantes. Son discours poignant était émaillé de quelques pleurs et reniflements retentissant dans une nef bondée. Oh oui, dans mes projections de petite fille, j'étais si populaire et aimée qu'une partie de la marée humaine avait même dû refluer jusqu'en bas des marches pour assister à mon enterrement.

À la cérémonie succédait une mise en bière chargée d'émotions, sous un ciel gris tombant. Des mots de réconfort étaient échangés sous un troupeau de parapluies noirs dressés contre les trombes.

En m'imaginant toutes ces choses, en poussant les détails toujours plus loin, mon hypersensibilité remontait depuis le creux de mon ventre jusque dans ma gorge pour finir en une boule étranglée. Les larmes venaient ensuite, et j'enfouissais ma tête sous l'oreiller.

Enfin calmée, les yeux encore rougis, je m'allongeais sur le dos, le regard fixé au plafond. C'était une belle conclusion, me disais-je. À la hauteur de la vie formidable que j'espérais mener un jour.

Je suis demeurée longtemps dans cet état d'esprit, dans cet anti *carpe diem*. Mais ce rituel de petite fille a pris fin en octobre 1987.

Eliot était très faible et Granpa n'avait toujours pas refait surface. Concernant sa disparition, la police n'avait aucune piste. Celle de l'accident était toutefois privilégiée. Quant à mes parents, ce n'était plus qu'une question de temps avant que les papiers du divorce ne viennent séparer définitivement leur couple déjà moribond. (Convictions religieuses obligent, mon père était contre.)

Et au milieu de ce contexte chaotique, il y avait ma sœur. Sans doute parce que j'étais trop jeune, je n'avais pas conscience à quel point Camille était perturbée. J'avais juste constaté quelques absences, une tendance à l'isolation et une moins grande propension à rire à mes blagues ou à celles de mon frère.

À ma décharge, je n'aurais pas pu deviner ce qui lui était arrivé.

Encore maintenant, j'ai du mal à réaliser.

Malgré la morosité ambiante et aussi parce qu'Eliot était particulièrement déprimé, mon père a proposé de nous emmener au cinéma (je suppose que lui-même avait besoin de se changer les idées, après la tornade qui s'était abattue sur les Northwood).

Eliot avait repéré le film *Ghoulies 2* dans le magazine *Première* de septembre, mais papa a objecté que ma sœur et moi étions trop jeunes pour ce genre de spectacle, même si c'était de la comédie. Alors nous avons jeté collectivement notre dévolu sur *Princess Bride*, sorti également en septembre. Sans grande conviction d'ailleurs ; nous étions loin de nous douter que ce film excellent deviendrait culte bien des années plus tard.

La promesse ayant été faite au matin, nous avons prié pour que la percée sinistre des giboulées dans notre été indien cesse enfin.

Nous attendions que papa revienne du garage et le guettions par la fenêtre du salon. Nous avions peur qu'il change d'avis et annule la virée familiale (il éprouvait des difficultés à conduire sous la pluie).

À notre grande surprise, non seulement il a décidé de respecter sa parole, mais il nous a proposé de partir plus tôt pour nous rendre au Drive In de Bangor (situé à une heure vingt environ de Winter Harbor). C'est donc avec le sourire que nous sommes partis défier les trombes d'eau à bord de notre bonne vieille Ford Taurus.

Une escapade en voiture inoubliable. Une bulle d'air bienvenue dans cette période trouble. Papa avait glissé la cassette de l'album *The Ultimate Sin* d'Ozzy Osbourne dans l'autoradio et avait poussé le volume au point de faire trembler l'habitacle.

Camille avait recouvré sa pétulance et quitté pour un moment le monde éthéré dans lequel elle s'était plongée ces derniers jours. Eliot avait insisté pour ne pas s'asseoir sur le siège passager et s'installer entre nous deux à l'arrière. Il avait placé ses bras autour de nos épaules et avait rabattu nos têtes au niveau de son torse.

Pour la première fois depuis plusieurs semaines, il semblait heureux.

Et fait, s'il n'y avait pas les stigmates visibles de sa maladie, il aurait pu passer pour un garçon tout à fait normal.

Pendant presque une demi-heure, il a accompagné mon père. Leurs deux chants se sont superposés sur celui d'Ozzy. Papa avait une voix plus éraillée et grave, celle d'une gorge travaillée par le tabac et par l'alcool. Elle contrastait avec celle d'Eliot dont le timbre était sombre et cristallin, teinté de mélancolie.

Le pauvre. Il était si fatigué que des cernes marquaient ses yeux.

Il a puisé dans ses dernières réserves pour nous divertir.

Malheureusement, nous sommes arrivés au Drive In pour découvrir que le cinéma était fermé depuis deux ans. En 1987, il n'y avait pas internet et nous étions passés à côté de cette information importante. Mon père ne s'est pas démonté pour autant. Il s'est tourné vers nous et nous a adressé un clin d'œil de connivence. Puis, sans perdre une seconde de plus, il a tracé vers Bangor en direction du Mall Cinéma 10 (il s'appelait Cinéma 8 à l'époque, car il n'y avait que huit salles). Nous devions bien sûr attendre la prochaine séance.

Avec le recul, je me demande s'il ne l'a pas fait aussi pour rendre ma mère folle d'inquiétude, sachant que nous allions forcément rentrer plus tard.

Quoi qu'il en soit, nous avons passé un moment inoubliable, collés dans nos sièges, les mains grasses de pop-corn au beurre, et devant un excellent film qui plus est.

À la fin de la séance, avant de se lever, Eliot nous a déposé un bisou sur le front à chacune.

— Je vous aime, a-t-il dit d'une voix étranglée par l'émotion. Je vous aime tellement.

C'est à ce moment-là que j'ai senti un malaise.

J'ai souri, mais quelques secondes après, mon corps s'est mis à frissonner, comme si j'avais rencontré la mort l'espace d'un instant et qu'elle m'avait contemplée à travers les pupilles de mon frère.

En fait, j'ai ressenti exactement la même chose que le soir où Granpa avait désigné grand-mère Margot dans l'allée de notre maison.

Le retour s'est fait dans le silence. Camille et Eliot dormaient paisiblement. J'observais le visage de mon père en jetant quelques coups d'œil dans le rétroviseur central.

Le James Northwood enjoué de la journée avait laissé place à son homologue taciturne. Il affichait son air sévère et soucieux habituel, comme s'il redoutait de rentrer à la maison et s'accrochait à ces moments de bonheur que nous avions vécus tous ensemble. Pour ne pas les laisser s'échapper, même s'ils sont insaisissables et glissent entre nos doigts comme de minces filets de sable.

Le soir, je me suis couchée avec une boule logée dans le creux de mon ventre. Hantée par la certitude que mon monde allait exploser, qu'au réveil je ne serais plus la même.

Je n'ai pas eu besoin d'attendre le matin.

Certains phénomènes sont inexplicables. Je ne suis pas experte, mais je pense qu'il doit exister une sorte de fil invisible qui relie les êtres chers entre eux. Une connexion indécelable, mais réelle, uniquement perceptible en de rares moments.

Lorsque nos vies sont sur le point d'être bouleversées, par exemple.

C'est la raison pour laquelle ma mère s'est réveillée vers trois heures du matin avec l'impression que sa poitrine s'était compressée, qu'elle a pris la direction de la chambre d'Eliot sans même allumer l'ampoule du couloir, qu'elle a poussé la porte et que quelques secondes plus tard, elle s'est mise à hurler.

Ce cri restera à jamais gravé dans ma mémoire. C'était le son d'un cœur qui se déchire. Nos cordes vocales ne sont pas conçues pour tolérer une telle douleur.

Nous avions tous compris ce qui s'était passé. Ma sœur s'est levée d'un bond et a plaqué sa main contre sa bouche avant que les larmes n'envahissent son visage. L'ampoule du couloir s'est allumée et j'ai entendu mon père dire « Non, non, non ». Chaque « non » avait été prononcé plus fort que le précédent.

Et moi, je me souviens avoir pensé à notre discussion avec Granpa. Sur l'éclat, les astres qui scintillent.

— Tu m'as menti, ai-je murmuré dans la noirceur de ma chambre.

Je lui en ai voulu, oui. Car je n'ai vu aucune lumière.

Pas de quasar, pas de pulsar ni de naine rouge.

Notre étoile était morte, mais je n'avais ressenti que sa destruction et le vide qu'elle laissait.

Et une obscurité.

Qui n'allait jamais disparaître.

Chapitre 10

Plainfaing, samedi 18 novembre 2017, 08:05

— Tu me passes le café s'il te plaît, chérie ?

Franck tend une main tandis que l'autre pianote sur son téléphone portable.

Je ne réagis pas tout de suite, encore immergée dans un océan d'interrogations et d'incertitudes.

Il réitère sa demande, en me regardant cette fois-ci. Je redresse la tête, lui adresse un pâle sourire et lui donne la cafetière d'un geste flegmatique.

— C'est cette histoire avec la police qui te tracasse ?

— J'ai entendu que vous parliez de meurtre.

Il grimace.

— Tu n'étais pas censée écouter aux portes.

Il s'essuie une miette restée coincée à la commissure de ses lèvres et poursuit.

— Mais bon, il vaut mieux que je t'en parle avant que tu n'échafaudes mille scénarios. Cela concerne un de mes patients. Il est accusé d'avoir…

Il balaie le dessous de son menton avec ses ongles. Je déteste quand il fait ça, cela fait ressortir sa lèvre inférieure et il ressemble à un mérou.

— … tué sa femme, et vu qu'il est passé au cabinet justement hier, les policiers sont venus m'interroger. Le temps est compté, car il est en fuite.

Je tente de faire le point, de réfléchir, mais mon esprit embrumé ne répond pas. Je change de sujet.

— Au fait, internet ne fonctionne pas, tu pourras appeler le technicien ?

— Tu es sûre ? J'ai le wi-fi pourtant, j'ai utilisé ma tablette ce matin. C'était peut-être une coupure temporaire de leur côté. Tu as essayé hier soir, ou même ce matin ?

Non. Je n'ai pas retenté depuis hier après-midi. Franck doit avoir raison.

— J'essaierai tout à l'heure.

Je me lève et débarrasse ma tasse.

Alors que je la nettoie et m'apprête à la ranger sur l'égouttoir. Franck me saisit par la taille et pose son menton sur mon épaule.

— Je t'aime, me susurre-t-il à l'oreille. Passe une bonne journée.

Je me retourne, surprise.

— Tu t'en vas ?

— Oui, je te l'ai dit hier. Je prends un samedi sur deux et cette fois-ci c'est mon tour. Si tu as le moindre problème, n'hésite pas à me joindre.

Plainfaing, samedi 18 novembre 2017, 10:13

Je me suis installée dans mon atelier, face à la grande porte-fenêtre qui donne sur la terrasse du premier étage. Dehors le ciel m'offre un panel de nuages allant du gris clair au noir et une timide pluie de fin d'automne strie l'horizon brumeux depuis le début de la matinée.

Il n'y aura pas de peinture ; ni de blog.

Depuis que Franck est parti, la vision de l'homme au fourgon est revenue en force et m'empêche de réfléchir ou de me concentrer.

Alors je vais enquêter sur les voisins, armée de mon carnet à dessin et de mon MacBook.

Je tape mes premiers mots dans la barre de recherche : « Mafia Plainfaing ». Je souris en appuyant sur la touche « entrée ».

Franck a vu juste : j'ai échafaudé plusieurs scénarios à leur sujet et aucun n'est plaisant.

Les liens apparaissent sur l'écran et mes yeux s'écarquillent.

Le premier est un article de *Vosges Matin* qui relate le décès de l'ex-chef suprême de la Cosa Nostra, Toto Riina. Incroyable : il aurait succombé hier, le 17 novembre.

Je m'empresse de cliquer. Fausse alerte.

Il n'y a aucun rapport avec les Vosges ; le parrain est mort à Parme.

Je persiste en essayant plusieurs variantes : « Gang criminel Vosges », « Témoin », « Protection ».

Là encore, je ne découvre rien de probant et je finis par laisser tomber pour finalement changer d'approche. Je veux au moins savoir si la forteresse de nos voisins possède quelques références sur la toile. J'imagine déjà le genre de message qui pourrait apparaître.

« L'Amityville de Plainfaing, la maison sordide a encore fait des victimes. Un père a massacré sa famille, poussé selon ses dires par une “voix démoniaque”. »

« Futurs acheteurs ou locataires, vous voilà prévenus, ne vous rendez jamais, au grand jamais, à… »

Je bloque sur mon clavier. Aussi fou que cela puisse paraître, je n'ai aucune adresse à rentrer. Ni celle des voisins, ni celle de notre chalet. Je ne l'ai même pas demandée à Franck (ou je l'ai oubliée, comment le savoir ?) et je l'ai laissé s'occuper de toutes les démarches administratives. Nous n'avons pas encore reçu de courrier.

Je peux téléphoner à Franck. Je dois bientôt passer une commande de peinture sur Amazon, ce sera l'occasion.

Je saisis mon portable et appelle le cabinet.

— Docteur Gros, j'écoute.

— Ah, tiens. Tu n'as pas reconnu le numéro ?

— Hey chérie, non, je décroche sans regarder. Tu as de la chance, j'ai un patient qui vient juste de sortir. Je peux t'aider ?

— Oui, tu vas me trouver idiote, mais je n'ai pas noté notre adresse et j'ai besoin de me commander de la peinture sur internet.

— Ah, j'en déduis qu'il fonctionne à nouveau.

J'entends des bruits de papier froissé à l'autre bout du fil.

— Désolé, je ne la connais pas par cœur. Une seconde... tiens, la voilà. Tu as de quoi écrire ? C'est le 49 Le Forêt, 88230 Plainfaing. Ça va ? Rien d'autre ?

— Non, merci, j'ai tout ce qu'il me faut.

— À ce soir, je vais devoir raccrocher, j'ai une salle d'attente pleine. Bisous.

Je rentre notre adresse dans la barre de recherche. Rien n'apparaît, mise à part l'Auberge de la Grange, située au 9 Le Forêt.

Je tente avec d'autres numéros proches.

Même résultat.

Je grimace et me masse les tempes, pour stimuler mes méninges.

Réfléchis. Nous sommes complètement paumés dans la nature…

Prisonnière.

… alors tu pensais sérieusement trouver quelque chose de différent d'un restaurant ou d'un hôtel en faisant tes recherches ?

« Le centre de détention pour cinglées de Plainfaing vous accueille sur ses quinze hectares de terrain boisé. Un agréable chalet hanté vous permettra de profiter de votre névrose dans un écrin de verdure. Une fois parvenue au terme de votre folie furieuse, vous serez délicatement exécutée, transportée dans un confortable sac mortuaire puis disséquée dans la maison des voisins. Ne manquez pas cette occasion unique et originale de vous faire trucider. »

Je souris malgré moi. Il m'arrive d'avoir ce genre d'idées délirantes lorsque mon imagination s'emballe ; idées hélas souvent trop vite disparues dans les halliers de mon cerveau malade.

Je réprime un bâillement et cligne des yeux. Fatiguée déjà, et la migraine commence à prendre possession de mon front.

Allez, un dernier pour la route. Après, j'irai m'allonger avant d'aller dire bonjour à monsieur O2.

« Bonjour, Isabel, que puis-je faire pour vous aujourd'hui ? La canule est-elle confortable ? »

Décidément, je suis d'humeur légère. Me serais-je trompée dans le dosage des médicaments ?

Je tape « Meurtre Plainfaing » dans la barre de recherche de Google et chasse une mouche venue se poser sur mon avant-bras.

J'ai encore le droit à un florilège de vosgesmatin.fr, mais rien de marquant. Rien à signaler dans le coin.

C'est quand même fou, c'est comme si on vivait dans une partie de France déconnectée des autres régions.

Je lâche un ricanement sec.

N'est-ce pas ce que tu voulais ? me charrie une voix dans le fond de ma tête.

Si. Mais je n'avais pas mesuré l'impact d'un tel isolement.

Je contiens un nouveau bâillement et m'étire sur la chaise qui proteste par un couinement.

Tac.

Un bruit sec. Comme si un caillou avait percuté la fenêtre. Mon regard oblique vers l'extérieur. Dehors le vent s'acharne sur les arbres, les cimes ploient sous l'assaut des bourrasques. Le hurlement qu'il produit est effrayant, mais j'étais tellement absorbée par mon enquête que je ne l'avais pas remarqué avant.

Je me lève et plaque ma main sur la porte-fenêtre à la recherche d'un impact. Je ne vois rien. Un gravier de l'allée a dû percuter la vitre, il n'était pas assez gros pour avoir marqué le verre.

Je retourne vers l'ordinateur, juste à temps pour apercevoir une notification de nouveau mail apparaître en haut à droite de mon écran.

Je cligne des yeux.

Cela a été rapide, mais il m'a semblé avoir lu :

As-tu trouvé l'éclat, ma colombe ?

Je reste debout, sonnée sur place par un uppercut invisible.

Le monde a disparu autour de moi, ma réalité se limite à un MacBook posé sur un tréteau et le vent qui hurle à l'extérieur.

À la manière d'un automate, j'avance vers l'ordinateur, je m'assois avec une lenteur extrême et je consulte ma boîte mail.

Mémoires #5

J'ai revu Eliot.

Dans mes rêves, mais pas seulement.

En janvier, quelques mois après son décès, j'ai réalisé que Granpa Oswald n'avait pas halluciné le soir où il avait salué notre grand-mère dans l'allée de la maison.

Et moi non plus.

Lorsqu'Eliot s'est manifesté une nuit d'hiver, je n'ai pas fait que sentir sa présence, une odeur, ou un picotement sur la peau. Je l'ai vu aussi distinctement que les mots que je couche en ce moment sur le papier.

Je ne sais pas pourquoi il a attendu si longtemps après sa mort. Peut-être était-ce en raison du contexte ? Ou bien voulait-il nous prévenir que le sort n'en avait pas fini avec les Northwood ?

Après ce coup du destin, mes parents avaient mis le divorce sur pause, le temps d'atténuer la douleur de la perte et de laisser à la famille un peu de répit. Mon père avait fini par abandonner son groupe de musique pour prendre un travail plus conventionnel et responsable. Enfin, plutôt un cumul de petits boulots. Parmi ceux-ci, il était serveur au Fisherman's Galley restaurant. Je me souviens qu'il nous rapportait de temps en temps du homard ou des tartes aux bleuets. Papa avait également mis sa ferveur religieuse de côté. Il s'en était débarrassé comme d'un vieil habit fétiche devenu inconfortable.

La perte de notre frère était une trahison de Dieu.

Ma mère était plus froide que jamais. La mort d'Eliot lui avait arraché le cœur et laissé un trou béant dans la poitrine. Un abîme qui aspirait la vie autour d'elle. La tristesse la faisait dépérir tout autant que la culpabilité.

Maman était devenue un spectre cachectique qu'on ne croisait qu'avec les yeux rougis de larmes et cernés par d'épaisses cocardes noires.

Elle se levait tard, traînait en chemise de nuit vers la cuisine pour nous préparer un déjeuner qu'elle passait en notre compagnie avec un regard absent et des tremblements dans les mains. Elle nous octroyait quelques pâles sourires pour maintenir un semblant de relation mère-fille et occasionnellement glissait ses doigts squelettiques dans nos cheveux. Ensuite, elle allait se recoucher et nous l'entendions pleurer des heures durant.

Et il y avait autre chose.

Un homme nous rendait visite. Il ne se présentait qu'en l'absence de mon père, souvent le matin, quelquefois en début d'après-midi. Ma mère recevait un coup de téléphone avant de monter dans la chambre pour se changer. Elle réapparaissait, une demi-heure plus tard, fardée et apprêtée comme une grande dame de sortie dans une soirée mondaine. Seuls son regard triste et sa maigreur maladive trahissaient son délabrement.

Elle se recouvrait d'un épais (et hideux) manteau de fourrure et guettait la venue d'un véhicule devant l'entrée de notre maison, une cigarette vissée au bord des lèvres.

Avec Camille, nous l'observions par la fenêtre.

Le rituel ne variait pas. Une fois l'homme en vue, elle traversait l'allée déneigée en pressant le pas et s'asseyait du côté passager. La voiture démarrait pour revenir environ dix minutes plus tard.

À quelques occasions, nous avons pu apercevoir le conducteur. Habillé avec élégance dans un costume noir, il portait une épaisse veste de velours beige parfaitement ajustée à son gabarit. Son visage était large et hâlé, ses tempes grisonnantes, ses cheveux gominés et peignés en arrière.

Plus tard, lorsque je fus en âge de comprendre et que je repensais à ces allées et venues, j'en ai déduit que ma mère avait pris un amant.

J'aurais tellement préféré que ce fût le cas.

Le soir où Eliot est apparu, mon père était malade. Il avait travaillé dehors par moins vingt degrés et avait contracté une grippe carabinée. Cela faisait deux jours qu'il était alité et luttait à grand renfort d'antalgiques et de bouillottes. Nous l'entendions crier le prénom de notre frère dans ses divagations fiévreuses.

Ma mère avait passé la matinée à se dévorer les ongles. À un tel point que je n'aurais pas été étonnée de la voir mordre des doigts ensanglantés. Elle avait reçu son coup de fil habituel, mais la présence de mon père l'avait contrainte à reporter son petit tour en voiture.

Cela l'avait terrorisée.

Nous nous étions alitées plus tôt avec dans l'estomac un repas encore plus frugal que d'habitude (maman ne cuisinait plus et papa avait pris le relais). Elle s'était contentée de nous sortir des restes de salade et une demi-tranche de jambon.

À la tombée de la nuit, la neige s'abattait sans discontinuer et malgré le chauffage, les murs de notre chambre étaient froids et humides. Je m'étais assise debout sur le matelas et j'observais, le nez collé à la vitre glacée, la danse des flocons et notre vieux saule décharné ployer sous l'épaisse couche blanche qui recouvrait ses branches. Camille avait la tête plongée dans un livre de contes (il me semble qu'elle lisait une version illustrée de l'histoire de Barbe-Bleue) qu'elle dévorait à la lueur d'une lampe de bureau.

C'est à ce moment qu'Eliot s'est manifesté.

J'ai tout d'abord senti une odeur familière, celle du gel qu'il se mettait dans les cheveux.

Je me suis alors détournée du spectacle de la neige tourbillonnante et je l'ai vu, souriant, à côté de la commode sur laquelle s'accumulaient nos carnets de dessins.

Mon cœur s'est serré et j'ai tendu la main vers lui, sans pouvoir faire un pas. J'étais subjuguée.

— Eliot, c'est bien toi ?

Il a hoché la tête sans prononcer une parole et a disparu en un flash.

Une seconde après, la lampe de Camille clignotait et deux cahiers tombaient de la commode.

J'ai sauté du lit et me suis précipitée vers le sol.

C'étaient nos cahiers de dessins. Celui de Camille et le mien.

Granpa avait griffonné quelques mots sur chacun d'eux. Il avait pris l'habitude d'annoter quelques pages de vers, d'illustrations, de paroles de chansons.

Dans ce cas, c'était un extrait de sa rengaine sur les démons.

On ne fuit pas un démon, on doit vivre avec ou le combattre

Mais pour combattre un démon, tu dois déjà connaître son nom.

Et sa signature :

Puisses-tu trouver l'éclat, ma colombe.

Le temps s'est cristallisé autour de ce moment. J'ai eu l'impression que ma respiration s'arrêtait et que je contemplais le vide, l'infini, que le présent se mêlait au passé et au futur. La sensation d'être un corps en suspension dans l'air.

Je suis revenue à moi, délivrée par le crissement accentué des pages qui se tournent et le clignotement erratique de la lampe de chevet.

J'ai relu les phrases de Granpa.

Était-ce un hasard ou un message qu'Eliot m'envoyait ?

J'ai soupiré, versé quelques larmes et remis les cahiers en place. Je me suis jetée sur mon lit avec la volonté de disparaître, d'être absorbée par le matelas pour ne jamais refaire surface.

Et pendant que je sanglotais, ma sœur lisait toujours, imperturbable.

Le lendemain, à mon réveil, j'ai eu un choc.

Camille était au bord de mon lit, elle me fixait avec un éclat de haine dans son regard.

Elle tenait dans sa main une paire de ciseaux à bouts ronds (ceux de l'école), prête à me frapper.

Devant mon ahurissement, elle a fini par dire :

— Tu n'es pas ma sœur ! Où est passée ma sœur ?

C'est à ce moment-là que j'ai compris que Camille avait changé.

À jamais.

Chapitre 11

Plainfaing, samedi 18 novembre 2017, 11:02

Devant moi, le titre du courriel expédié par un certain fdqfesois@me.com explose l'écran.

As-tu trouvé l'éclat, ma colombe ?

Rien dans le corps du message, pas non plus de signature. Juste une question.

Que veut-il ? Provoquer la peur ? Le doute ?

Cela reviendrait pourtant à enfoncer une porte ouverte.

Évoquer un souvenir, alors ? Pour me faire repenser à mon grand-père, à une période particulière de mon enfance ?

Si c'est le cas, qui serait l'expéditeur ? Et pourquoi maintenant ?

Les questions se mettent à tournoyer ; mille voix dissonantes hurlent dans ma tête.

Les murs en lambris du bureau se referment sur moi et compriment l'air.

Pense. Réfléchis.

Et si le docteur Adam avait communiqué ou vendu des informations ? J'ai été largement médiatisée, j'ai reçu de nombreux soutiens à la suite de la fusillade, mais aussi quelques messages de haine.

Non. J'ai du mal à imaginer *Jean-Philippe* dans un tel rôle.

Peut-être qu'un type m'a repérée et fait une fixation sur moi ? Un proche du tueur cherchant à le venger ?

Non plus. Cela ne tient pas debout.

Il m'aurait déjà harcelée à Paris.

« As-tu trouvé l'éclat, ma colombe ? »

Ces mots si familiers et pourtant sibyllins. J'ai envie de répondre à son courriel, tout en sachant que ce genre d'adresse mail – à coup sûr jetable – ne recevra pas mon retour.

Je positionne mes mains et je martèle mon clavier en serrant les dents :

L'éclat n'existe pas.

Je l'écris trois fois de suite, en sautant une ligne à chaque fois.

Je recule dans ma chaise, le bras tendu et le majeur en suspension à un centimètre de la touche « entrée ».

Au moment d'expédier le message, je repense à Oswald, à ses histoires d'éclat, à ses métaphores sur nos problèmes et nos blessures, à ses étoiles, ses naines rouges, ses quasars et ses pulsars, à la souffrance nécessaire à la réalisation de ses objectifs.

C'est alors que je remarque la pièce jointe. « LS_DP.png ».

Je l'ouvre d'un double-clic.

Le tableau apparaît, dans des couleurs sombres. Sur cette fresque crépusculaire, à l'ombre d'un château en ruine perché sur une colline décharnée, une femme à demi vêtue se tient debout, encerclée par d'autres femmes, la plupart assises ou accroupies.

Celui-là me pose une colle, tout autant qu'il me captive et m'angoisse. Mon cerveau est si lent depuis l'accident, mes méninges si engluées.

Il me faut plus d'une minute pour reconnaître le style de celui qui a influencé les impressionnistes.

Narcisse Virgile de la Peña, également appelé Diaz de la Peña. D'où le « DP » présent dans le nom du fichier.

« LS ». Cela doit être pour « La Sorcière », le titre de l'œuvre.

Encore un tableau ?

Celui-ci doit avoir une résonance particulière, mais laquelle ?

C'est la question de trop.

Je referme l'ordinateur. Physiquement, je ne suis pas loin de l'évanouissement, et la migraine est devenue si puissante qu'elle me soulève le cœur.

Psychologiquement, c'est pire. À la solitude s'ajoute le climat oppressant. Le vent n'a pas fini de souffler sa colère et fait désormais virevolter les trombes de pluie qui viennent s'écraser de biais sur le vitrage, telles des crachats.

Les spectres tournoient et je veux éloigner ces rapaces de ma carcasse.

Seule la peinture semble avoir fonctionné jusqu'à présent, mais je suis bien trop affaiblie pour prendre mes pinceaux.

Je quitte l'atelier avec l'impression que je vais m'évanouir à chaque pas.

Lorsque je rejoins mon appareil, j'ai à peine la force de glisser la canule sous mes narines.

Que se passe-t-il, Isabel ?

— Ta gueule. Envoie l'oxygène.

Plainfaing, samedi 18 novembre 2017, 14:02

Dans la toile naissante, Camille me fixe à travers le regard de la dryade. C'est involontaire, mais j'ai bien réussi à transmettre son attitude prédatrice.

D'ailleurs, j'ai décidé de ne pas toucher à son sourire carnassier ou ses yeux ardents. Peindre la nuit doit forcément avoir une signification particulière. Une part de moi-même, enfermée ou phagocytée par un mécanisme de protection, essaie de se manifester.

L'effacer, la corriger, cela revient à museler le messager. Alors je vais laisser ma créativité nocturne s'exprimer et voir où cela me mène.

Je décide donc de m'attaquer au décor. Je vais m'inspirer de la flore locale, m'imprégner de l'atmosphère de la basse montagne, me baser sur les spécimens observés dans les bois environnants. Près de la cascade, je vais dessiner des fougères et quelques salicaires. Pour les arbres bordant l'étang, j'opterai pour un panache d'épicéas, pins sylvestres, hêtres, frênes, peut-être un châtaignier. Au premier plan, je vais placer un Douglas dont on n'apercevra que le tronc et quelques branches. Pour les fleurs, il y aura de la bourrache, de la tanaisie et de l'hysope. Je peindrai également quelques champignons. Lactaires, russules, amanites. Une tue-mouches, bien sûr, pour ajouter encore un peu de féerie.

Je ferme les yeux et je vois déjà le tableau capter la lumière et prendre vie.

Dans mon imagination, il est presque complet. Et pour l'immortaliser sur la toile, je vais m'attaquer aux contours et aux esquisses.

Et quoi de mieux pour accompagner ma séance qu'un peu de jazz ?

Je sors mon téléphone, je visse les écouteurs à mes oreilles et laisse le hasard de ma playlist choisir les morceaux pour moi.

Dès les premières notes de basse, je reconnais *Drop Kick* de Steve Coleman & Five Elements.

Ce n'est pas forcément le genre d'ambiance que j'aurais choisie , mais je me laisse gagner par le rythme envoûtant de cette formation de génie.

Plainfaing, samedi 18 novembre 2017, 15:45

Je pose le pinceau et essuie la tache de peinture verte qui coule sur ma main à l'aide du torchon accroché au rebord du chevalet.

Je retire les écouteurs et réintègre la réalité.

La luminosité de la pièce a changé. Une partie de mon atelier baigne dans le rectangle d'un rayon de soleil venu frapper la fenêtre, faisant miroiter les quelques gouttes qui serpentent le long de la vitre.

Dehors le vent s'est calmé et une éclaircie déchire les lourds nuages noirs et gris.

Devant moi, sur la toile, la flore a gagné du terrain et donne déjà du volume et de l'épaisseur à mon tableau.

Je pose machinalement mon index et mon majeur sur ma carotide : mon pouls est normal.

J'inspire une bolée d'air et ma cage thoracique se comprime à peine.

Je souris.

Les oiseaux de malheur se sont enfin éloignés.

Chapitre 12

Plainfaing, dimanche 19 novembre 2017, 03:21

J'écarquille les yeux et plaque ma paume sur ma poitrine.

Ma bouche s'ouvre et se ferme comme celle d'un poisson qu'on vient de jeter hors de l'eau.

C'est la fin, je vais manquer d'oxygène, je vais mourir en suffoquant.

Je me contorsionne, me redresse, me cabre et soudainement les muscles intercostaux grippés se relâchent et se détendent comme une voile piégeant le vent. L'air pénètre enfin dans mes poumons et je reprends vie d'une grande goulée sonore.

Je me laisse choir sur le matelas, haletante, les doigts crispés sur les draps humides.

Mon souffle est encore court, mon rythme cardiaque s'affole, ma vue est brouillée et ma chemise de nuit est collée à mon dos par la sueur. L'un des deux édredons gît à moitié sur le sol, l'autre étant coincé sous le sommier et recouvert par la couette roulée en boule.

Je suis si sonnée qu'il me faut quelques secondes pour remettre mes idées en place. Je suis dans ma chambre… mais pas à l'hôpital, ni à Paris, dans notre grand appartement. Non, je suis dans les Vosges, dans ce chalet perdu au milieu de nulle part, à la fin de l'automne 2017.

Je déglutis et me calme, rassurée de pouvoir me reconnecter à la réalité. La commode en pin massif en face du lit croule sous les piles de linge que je dois ranger dans les placards, le vieux fauteuil de boudoir hérité de la grand-mère de Franck est plaqué à la porte-fenêtre en attendant qu'il se décide à le déplacer…

Franck. Un besoin urgent de réconfort pousse ma main vers son torse.

Je tâte et ne trouve qu'un espace vide et froid.

Surprise, je tourne la tête en redressant une mèche de cheveux collée à ma joue.

Le cadran circulaire posé sur sa table de nuit indique 3h21.

Pourquoi ne dort-il pas à mes côtés ?

Peut-être est-il descendu ? Ou bien…

Je ferme les paupières pour réfléchir, si embrouillée et cotonneuse que rassembler mes souvenirs équivaut à plonger ma main dans une eau vaseuse pour y dénicher un objet perdu.

Au prix d'un douloureux effort, des images et des sons me reviennent par bribes diffuses.

Je me revois dans la cuisine, accoudée à l'îlot, anxieuse, face à une salade de cresson laissée intacte dans mon assiette. Derrière moi, le bœuf bourguignon mitonne sur la plaque à induction et produit des bruits de bulles de lave en fusion. Les volets claquent sous les rafales et la toiture résonne sous l'impact des grêlons.

La douce voix de Madeleine Peyroux me parvient depuis le salon. Ce n'est pas un choix anodin, j'avais besoin d'un jazz apaisant, car…

J'écarquille les yeux et je me tourne vers la porte de la chambre en posant les pieds sur le parquet.

… oui, je me souviens désormais. J'attendais Franck. Il ne m'avait pas prévenue de son retard et je n'arrivais pas à le joindre.

Évidemment, j'étais dans tous mes états.

Je me revois, debout, étreignant le combiné, le regard fixé sur la fenêtre donnant sur l'allée du garage dans l'espoir de le voir apparaître. Je lui avais laissé un nombre incalculable de messages sur son téléphone portable.

J'avais également tenté de le joindre à son cabinet, sans plus de succès.

En revanche, le reste de la soirée est un trou noir.

Je me rappelle avoir jeté des coups d'œil de plus en plus fréquents vers l'horloge de la cuisine. Il était quoi, dix-neuf ou vingt heures la dernière fois que je l'ai consultée ?

Un trou noir de six heures.

Bon sang, six heures !

Je me suis peut-être évanouie ? Un malaise vagal provoqué par la crise de panique ? Une dyspnée, un manque d'oxygène ?

Non, si cela avait été le cas, j'aurais repris connaissance dans la cuisine, pas dans mon lit.

Ou pire, je serais morte.

Ma main agrippe le col de ma chemise de nuit. D'une torsion, j'entortille le tissu autour de mes doigts.

Visions, somnambulisme, amnésie.

Et Franck qui n'est pas revenu.

À une heure si tardive, ce n'est pas normal. Il doit forcément lui être arrivé quelque chose.

Le coquard à l'œil, l'interrogatoire des policiers, le meurtre…

Et si le tueur s'en était pris à lui ?

Les vannes de mon imagination déversent un flot d'images. Franck ouvre les yeux, surpris par la lame perforant son abdomen. Il se protège avec ses mains et crie « Non » alors que le couteau le transperce à nouveau. Je le vois…

Je secoue la tête.

Non ma belle, pas si vite. Pas de panique, il est peut-être en bas.

Alors pourquoi toutes les lumières sont éteintes ? Et si c'était le cas, sa place devrait être encore tiède, non ?

Il voulait sûrement dormir sur le canapé ou…

Non ! Cela n'a aucun sens !

Il n'y a qu'un seul moyen de savoir. Je me lève, titube vers la porte et manque de tomber. Je me rattrape de justesse à la poignée, mais je m'écroule. Mon genou droit percute le sol et m'arrache une grimace de douleur.

Je n'ai aucune force dans les cuisses et les mollets.

Je dois patienter quelques secondes à genoux pour pouvoir éprouver des sensations dans mes jambes. Pourquoi sont-elles si engourdies ?

Est-ce un problème de circulation sanguine ?

J'ouvre la porte de la chambre, en me promettant d'en parler à un médecin.

Où es-tu, Franck ?

J'allume toutes les lampes sur mon passage, sachant qu'elles ne seront d'aucune aide pour chasser mes angoisses : ma peur est une crasse incrustée au plus profond de mes os.

J'avance lentement, prise d'un vertige que je tente de contenir du mieux que je peux et avec l'impression de découvrir une maison inconnue.

Au cœur de la nuit, le chalet est un univers hostile. Chaque ombre projetée est un danger, chaque objet devient une arme potentielle.

L'air que je respire me paraît plus dense, plus épais. Les couloirs semblent avoir rétréci pour me piéger, certaines pièces comme le salon menacent de m'égarer dans leurs grands volumes.

Et il y a ce silence nocturne, presque absolu en dehors du rythme régulier des gouttes sur les vitres et du ronronnement du réfrigérateur. Absolu et fragile. Je m'attends à ce qu'un bruit le brise à chaque foulée.

En entrant dans l'espace cuisine, je retrouve la marmite en fonte sur la plaque à induction désormais éteinte. L'assiette de salade n'a pas quitté l'îlot central, une banane est en train de pourrir dans le panier à fruits, gâtée par les pommes vertes. Le « Je t'aime, à ce soir » laissé par Franck le matin même sur l'ardoise aimantée à la porte du frigo me serre le cœur.

Bon sang ! Réfléchis, Isabel, que s'est-il passé entre le moment où tu étais dans la cuisine et ton réveil ?

J'essaie à nouveau d'aller chercher cette information dans la vase de mes souvenirs. Je n'en ressors que plus embrouillée, comme si j'avais tenté d'appréhender trop longtemps les notions d'infini et de néant.

Je continue et découvre que la sono du salon n'a pas été éteinte. Quelques braises rougeoient encore dans le poêle à bois, il ne reste que trois bûches dans le panier en osier. Sur la table basse, le verre à whisky et la bouteille de Jack N° 5 n'ont pas bougé depuis que Franck s'est mis à boire ici.

Je continue mon exploration du rez-de-chaussée avec l'impression d'être un fantôme hagard, pour finir devant la même fenêtre où j'avais attendu Franck le combiné du téléphone à la main.

Je voudrais que la lampe extérieure me dévoile notre SUV au bout de l'allée et entendre les larges pneus écraser le gravier. Mais son faisceau ne capte que des traits de pluie, un chemin désert et quelques Douglas et épicéas dansant à l'orée des bois.

Les vautours croassent leurs sombres augures.

Franck ne va jamais rentrer.

Franck a eu un accident de la route.

Franck a été assassiné.

Franck t'a laissée seule et tu vas mourir à ton tour.

Ma gorge se serre, mais je refuse la montée des larmes. Je crispe ma mâchoire et plaque ma main sur un rondin de bois.

Mais la déferlante ne peut être contenue et je libère mes émotions d'un cri qui déchire le silence. Je pousse un deuxième hurlement, et un troisième qui finit en un mince filet étranglé. Je me laisse glisser le long du mur et essuie la commissure de mes lèvres.

Je m'en veux.

On ne peut pas être faible ou triste pour combattre ses démons.

Pas plus qu'inactive.

Alors je vais agir, je vais appeler la police, leur parler de la disparition de mon mari, leur demander s'il s'est passé quelque chose, leur…

Je relève la tête et fixe les escaliers.

J'ai entendu des bruits à l'étage.

Des pas. Des grincements de plancher.

J'attends quelques secondes encore, immobile.

De nouveau des pas, plus sourds, plus lourds.

Ce n'est pas mon imagination ni le bois qui travaille. Il y a quelqu'un d'autre que moi dans le chalet.

— Franck ? Tu es là ?

Ma voix ressemble à un croassement tant les cris que j'ai poussés m'ont éraillé les cordes vocales.

Oui, c'est peut-être Franck, tu n'as pas vérifié le garage, peut-être que la voiture est à l'intérieur, peut-être…

Tais-toi !

Personne ne me répond, mais la marche lourde reprend.

Comme mue par une force invisible, je me redresse et je monte les escaliers. Lentement, une main agrippée à la rambarde.

Parvenue à l'étage, je remarque que la porte de ma chambre est grande ouverte.

Normal, je ne l'avais pas fermée, me rassuré-je.

En revanche, celle donnant accès au grenier devrait être close.

Pourtant, je la vois bailler de quelques centimètres.

Les pas et les grincements reprennent. Cette fois-ci, je les entends plus distinctement.

Pas de doute, cela provient des combles.

Tu ne vas quand même pas y aller, si ?

Tout m'incite à m'enfermer à double tour dans ma chambre ou mon bureau et à suivre mon plan initial : appeler la police.

Et pourtant je continue d'avancer vers le grenier, magnétisée.

Plainfaing, dimanche 19 novembre 2017, 03:37

Un courant d'air glacial.

Ma peau se constelle de picots, mes poils se dressent comme si je les avais balayés avec une règle en plastique frottée sur un tissu râpeux.

La porte de la pièce aménagée sous les mansardes est entrouverte sur une obscurité quasi totale. Je la pousse au maximum pour faire entrer la lumière du couloir.

L'ancienne chambre d'ado se dévoile progressivement dans un ruban jaunâtre.

En face de moi, sur un vieux poster de Metallica, un jeune James Hetfield, les bras tendus, porte sa guitare Flying V au niveau des genoux. Il m'accueille la bouche ouverte, yeux hallucinés, prêt à mordre le micro. Au-dessus, quelques toiles d'araignées s'accrochent aux poutres et recouvrent des morceaux de papiers déchirés punaisés sur le bois.

Une rafale glacée me transperce de part en part.

Je m'immobilise, incapable de faire un pas supplémentaire.

Le hublot est visible à la lisière du ruban de lumière, fermé.

Je recule et fais grincer le parquet.

— Il y a quelqu'un ?

Le vent me répond par un râle lugubre.

J'agrippe la poignée de la porte, prête à courir, tandis que mes yeux affolés balaient la chambre afin de percevoir si une silhouette se terre dans un coin obscur de la pièce, au-delà de la frontière lumineuse.

Mon pouls cogne si fort que j'entends les ventricules de mon cœur se contracter pour expulser le sang.

Cinq, quatre, trois, deux, un…

Ma main agrippe l'échancrure de ma chemise de nuit.

Ne pas paniquer, descendre lentement et appeler la police.

Ne pas paniquer, descendre lentement et appeler la police.

Ne pas paniquer…

Mais le cri des vautours est assourdissant.

Le tueur est venu pour toi.

D'abord Franck, ensuite toi.

Tu vas te faire assassiner.

Le jappement d'un chien me délivre de la tourmente.

Distinct. Proche.

Un nouvel aboiement, suivi d'une série de grognements.

L'animal est devant la maison, aucun doute.

Je me précipite vers le hublot avant d'être stoppée net par une douleur qui explose dans ma voûte plantaire et remonte le long du nerf de ma jambe.

Je hurle et saute à cloche-pied, me cogne au plafond.

Sonnée, je titube et manque de piétiner plusieurs échardes de verre qui jonchent le sol.

Je me laisse choir et progresse en position assise vers le rai lumineux.

Je saisis mon pied et mes mains se poissent d'un sang qui s'écoule entre mes phalanges.

Je grimace : un morceau de verre d'un centimètre s'est logé dans la chair. On dirait qu'il provient d'une ampoule.

Celle de la pièce. Mais pourquoi aurait-elle éclaté ? Les quelques fragments éparpillés m'en donnent la confirmation.

Dehors, les grognements et les aboiements ont cessé.

J'inspecte mon pied, le sang coule toujours en abondance.

Je tire sur ma chemise de nuit pour en arracher un lambeau de tissu, mais je ne parviens qu'à faire battre mon cœur davantage. Je suis bien trop faible.

J'extirpe le bout de verre d'un coup sec et étouffe un cri en coinçant ma bouche dans le creux de mon bras.

D'une main tremblante et poisseuse, je découpe un morceau de ma chemise à l'aide de cette écharde et enroule mon pied.

Je m'apprête à gagner la salle de bains pour aller désinfecter ma plaie, mais mon regard est attiré par un reflet brillant au niveau du sol, juste en dessous du poster de Metallica.

J'avance à quatre pattes, me place de façon à ne pas bloquer le faisceau de lumière et passe ma main sur le parquet. Il y a quelque chose en dessous, qu'un interstice entre les lames laisse entrevoir.

Une boîte métallique ?

Je pose ma paume sur la latte qui la dissimule. Elle est branlante.

Je soulève la planche sans peine. Un petit nuage de poussière s'envole.

Derrière un enchevêtrement de toiles d'araignées, j'aperçois une boîte à biscuits rectangulaire en métal poli.

Je dois me pencher sur le sol et glisser mon bras pour la saisir. Le contact avec les toiles me soutire une grimace de dégoût. Je sais qu'elles sont vieilles, sans doute abandonnées, mais je ne peux m'empêcher d'imaginer que des araignées remontent jusqu'à mon cou.

Je l'attrape d'un geste rapide. Étrange ; on dirait que la poussière sur le couvercle a été balayée récemment. Je l'ouvre. Une odeur d'humidité s'en échappe.

À l'intérieur, je découvre un cahier de scrapbooking sur lequel reposent un petit sac de lavande, un collier, ou plutôt une breloque, le genre que j'achetais quand j'étais enfant dans les tirettes de fête foraine.

Je pose la boîte sur le parquet et en sors le cahier. Les pages sont légèrement gondolées et elles sentent le moisi. La couverture est surchargée de cartons collés et punaisés. Fleurs sombres, triskèles, pentacles, crânes, squelettes. Un collage en lettres gothiques dessine un prénom : Léna.

Avant de le parcourir, j'imagine l'adolescente, habillée de noir, anneau à la narine, les yeux soulignés au Rimmel et au khôl, les cheveux raides, les lèvres peintes en mauve, les boucles d'oreilles en forme de croix inversées. Je la vois perchée sur des chaussures surélevées qui recouvrent ses bas résille jusqu'aux genoux. Une rebelle qui porte son mal de vivre comme un étendard.

J'ouvre la première page.

Et je découvre dès la première photographie à quel point je suis à côté de la plaque.

Léna n'a rien d'une ado gothique. C'est même l'opposé ; une jeune blonde fluette et souriante, habillée en jeans et T-shirt moulant rose. Pas de maquillage, des boucles d'oreilles discrètes. Elle pose dans notre jardin, paume appuyée sur le châtaignier. En été, vu la clarté. Deux autres photos la montrent à différents endroits à l'extérieur de notre chalet. Je passe ma main sur le papier.

Malgré les sourires et la lumière, je décèle un éclat de tristesse dans les yeux de l'adolescente. La candeur et la joie sont une façade, un maquillage destiné à masquer une fêlure.

Et puis, sans que je puisse l'expliquer, son visage me semble familier.

Je poursuis mon intrusion dans la vie de cette jeune fille. Chaque partie de son cahier illustre un état d'esprit, une humeur, dépeinte par un titre et quelques collages.

Je tombe sur la page « Amour ». Des cœurs noirs et des corbeaux sont épinglés sur des photographies de sa famille. Son père ne lui ressemble pas du tout. Un physique de géant, un large visage mangé en partie par une barbe fournie qui lui descend jusqu'au sternum, des yeux sombres et un regard acéré. Il contraste avec la vulnérabilité de sa fille.

En revanche, sa mère que l'on voit assise sur notre terrasse, une tasse de thé à la main, abritée du soleil sous un parasol, en est presque la réplique. Même blondeur, même sourire, mêmes yeux tristes. Une fragilité de porcelaine.

Et puis il y a Diabolo, son chien.

Un doberman.

Pourrait-il être le même que celui croisé le premier soir, près du cimetière de voitures bordant la route des Auvernelles ?

Le même que j'ai aperçu rôder autour de chez nous au cœur de la nuit ?

Si c'est le cas, cela signifie que les précédents propriétaires l'ont abandonné.

En tournant les pages suivantes, je replonge dans ma propre enfance. Chaque photographie fait écho à mes souvenirs. Quelques images me reviennent par bouffées. Les repas avec Granpa, les séances de cinéma avec mon frère et ma sœur.

Ma famille me manque. Seul mon père est encore là et je n'ai plus de contact avec lui. Je n'ose pas l'appeler, d'ailleurs il est quasi injoignable depuis qu'il habite hors du monde.

De la pointe de l'index, je continue à consulter ces instantanés que je revis par procuration. Étrangement, les vautours se sont éloignés le temps de cette visite dans le passé d'une autre.

Jusqu'à ce que je tombe sur la page « Peur » et me raidisse.

Ce ne sont pas les lettres noires, les dessins de nuages sinistres, les têtes de mort, les serpents qui m'interpellent et manquent de me faire lâcher le cahier.

Mais deux clichés.

L'un expose la maison des voisins un matin brumeux. La photographie a été prise depuis la cour, d'où l'on peut apercevoir le premier étage de l'imposante demeure. On peut clairement voir un vieil homme à la fenêtre. Il regarde dans la direction du photographe. Sans vraiment comprendre pourquoi, cette photographie me fait frissonner.

L'autre cliché a été pris à la nuit tombée, depuis l'entrée de notre chalet. À l'orée du bois qui borde l'allée, je distingue un autre homme. Je ne suis pas certaine, mais il me semble reconnaître le conducteur du fourgon.

Mes mains sont moites et ma tête commence à tourner. Ma tension a dû monter en flèche et par réflexe je plaque ma main sur ma poitrine.

Je ne comprends plus rien à ce qui se passe ici.

Je me relève pour échapper au harcèlement des rapaces.

Je veux sortir, disparaître de ce chalet, retourner à Paris.

Plainfaing, dimanche 19 novembre 2017, 04:13

Je sors de la salle de bains, le pied bandé. Une douleur lancinante m'empêche de le poser et je me contrains à boitiller en prenant appui sur les murs. Je vais attendre Franck dans le salon. Ma respiration est courte, et sans doute vais-je devoir m'oxygéner dans les prochaines minutes, mais je ne veux pas retourner à l'étage, pas après ce qui s'est passé. Dans la cheminée, quelques flammèches grignotent une bûche carbonisée striée de cendre blanche. J'en replace une autre dans l'âtre et attise les braises avec le soufflet pour faire repartir le feu.

Ensuite, je m'installe sur le canapé et étends ma jambe sur la tablette en verre.

Les paupières mi-closes, je me laisse bercer par le craquement du bois et les flammes dansantes.

Lorsque je commence à fermer les yeux, j'entends le gravier crisser.

Je me redresse, le cœur battant.

Franck est de retour !

Cette perspective balaie mes idées noires et fait taire la douleur.

Je trottine vers la fenêtre du salon.

Et je manque de crier.

Ce n'est pas lui.

C'est le fourgon.

Et il se dirige vers l'allée de notre garage.

Mémoires #6

Après cette matinée où j'ai retrouvé Camille armée d'une paire de ciseaux au chevet de mon lit, il n'a pas fallu bien longtemps pour que l'hypothyroïdie de ma sœur soit diagnostiquée.

Avec un petit « bonus » répondant au doux nom de syndrome de Capgras.

Une maladie psychiatrique, rarissime chez l'enfant, qui donne l'illusion au malade que son entourage a été remplacé par des sosies qui lui veulent du mal.

Dans certains cas, toute la famille et même les amis très proches peuvent être confondus avec leurs doubles.

Pour Camille, j'étais désormais une entité maléfique. Et dans son esprit, je devais disparaître pour que sa « vraie » sœur puisse revenir.

Un cauchemar pour elle et moi, qui a duré quatre ans.

C'est le temps qu'il a fallu pour que la thérapie puisse en venir à bout. Quatre ans pendant lesquels Camille s'est gavée de neuroleptiques pour diminuer ses angoisses et son agressivité. Quatre ans à craindre chaque nuit qu'elle me poignarde dans mon sommeil lorsqu'elle n'était pas hospitalisée.

Sans compter la déchirure au cœur, celle d'avoir perdu une sœur.

Heureusement, nous avons pu trouver un moyen de communiquer. Par téléphone ou par talkie-walkie. Étrangement, ce syndrome n'affecte que la vue. Lorsque nous étions chacune derrière notre combiné, nous pouvions avoir des conversations normales. Excepté quand elle me demandait si j'allais revenir ou me promettait de me débarrasser du monstre qui avait pris ma place.

Sa guérison a marqué la fin d'une ère pour notre famille. Après la mort d'Eliot et le retour de Camille parmi nous, la vie pouvait continuer son cours. Deux mois plus tard, le divorce était prononcé. La maison de Granpa était vendue et nous déménagions à New York avec ma mère. Mon père a voulu rester dans le Maine où il vit encore au moment où j'écris ces lignes.

Mais pendant ce laps de temps, pendant ces quatre années éprouvantes, la malédiction qui s'était abattue sur la famille Northwood a fait d'autres victimes.

À commencer par mon oncle, Liam.

Sa disparition a été aussi brutale et inattendue que celle de Granpa Oswald.

Mais contrairement à mon grand-père, on a découvert son cadavre, dans son chalet forestier.

Deux balles logées dans la poitrine, tirées à bout portant.

Un règlement de compte. Ce fut la conclusion de la police, qui n'a jamais retrouvé le coupable.

C'était une déduction facile. Liam traînait toujours avec des types louches. Il jouait, buvait et fumait une grande quantité d'herbe, sans parler des parties de poker.

J'ai mis des années à comprendre que, comme la disparition de mon grand-père ou les troubles psychiatriques de ma sœur, sa mort était reliée au jour où l'on avait diagnostiqué la tumeur au cerveau chez mon frère.

Mais patience, j'y viendrai.

J'avais donc presque douze ans lorsque nous avons déménagé. Le 14 avril 1992. L'air était encore frais ; l'hiver s'accrochait aux nuages, aux arbres et aux pelouses. La veille, nous avions essuyé une des dernières chutes de neige, que les températures positives peinaient à faire fondre.

Papa n'était pas là. Il était parti faire quelques courses à Bangor avec Camille. Un prétexte pour ne pas assister au démantèlement final du foyer Northwood. Une vision qui l'aurait anéanti.

Maman, endurcie par les épreuves, dirigeait les opérations avec autant de fermeté que d'absence de passion.

Pour ma part, j'avais décidé de m'isoler dans la tanière de Granpa. Profiter de son ambiance et me remémorer les bons moments passés en sa compagnie, avant que ce musée des souvenirs ne soit vidé et que la magie ne s'évanouisse de cette pièce.

Son antre n'avait pas bougé d'un pouce depuis sa disparition. Personne n'y avait mis les pieds. Pour la famille, son atelier était un sépulcre, un endroit sacré à ne pas profaner.

Mais il fallait désormais débarrasser cette tombe pour que d'autres y insufflent une nouvelle vie.

Malgré le froid – la pièce n'était pas chauffée –, je suis restée pas loin d'une heure à contempler une dernière fois le bureau du grand Oswald Northwood avant que ses objets ne soient empaquetés. L'obscurité était presque complète, seul un mince filet de lumière filtrait par la lucarne du demi-sous-sol à moitié obstruée par les congères. Parmi les reliques, la vieille machine Underwood reposait sur son tréteau maculé de taches de peintures, tapissée d'une fine pellicule de poussière. Juste à côté, l'antique platine vinyle trônait sur une caisse en bois surélevée placée en dessous de l'impressionnante rangée d'étagères garnies de trente-trois tours et de livres. À ma gauche, collée à même le mur, une toile sur son chevalet était abritée sous une couverture grise. Un tableau inachevé ; sans doute commencé avant sa disparition.

Curiosité oblige, je l'ai découverte et déplacée vers la lucarne pour mieux la détailler.

L'esquisse s'est dévoilée dans un faisceau de lumière.

Il n'avait encore appliqué aucune couleur, mais le dessin était déjà sublime de technique et époustouflant de précision.

Et, alors que je souriais, jamais je n'aurais pensé que la représentation de cette chaumière perdue dans le paysage puisse causer tant de mal et pendant si longtemps.

Chapitre 13

Plainfaing, dimanche 19 novembre 2017, 04:15

Pourquoi s'est-il garé dans notre allée ?

Pour me capturer ? Me tuer ?

L'homme bataille avec la serrure de la porte d'entrée. Il doit certainement la crocheter.

Cachée entre l'îlot de la cuisine et l'évier, accroupie, je ferme les yeux. Ma main se crispe sur le manche du couteau.

Je plaque mon index et mon majeur sur mon cou.

Le pouls est rapide. Trop rapide.

Et ma tête va exploser, signe que je manque déjà d'oxygène.

Cinq, quatre, trois, deux, un…

J'expire par les narines en petites saccades sans desserrer les mâchoires.

Ma respiration se résume à un mince filet, mes mains tremblent comme des feuilles mortes. La peur est une araignée de glace qui remonte le long de ma colonne.

Mes pensées sont confuses.

Ne pas agir, rester cachée, rester patiente, et ensuite…

Ensuite quoi ? Le poignarder ?

J'aurais dû appeler la police, j'aurais…

Non, je n'aurais pas eu le temps. Je ne sais même pas ou j'ai rangé mon téléphone…

Il faut le frapper avant qu'il ne m'agresse. Il faut que je sois forte, déterminée. Comme Camille. Elle n'aurait pas hésité une seconde.

Vrai. Mais elle n'aurait pas pris le risque d'aller en prison. Elle aurait été bien plus maline que moi.

Je secoue la tête. Je suis incapable de tuer, mais j'improviserai, je le blesserai ou…

Un cliquetis métallique m'indique que la porte s'ouvre. Elle grince et se referme aussitôt presque sans un bruit. L'homme lâche un long soupir et reste immobile quelques secondes dans le vestibule.

Ça y est, il est ici, dans ma maison.

Des sons de froissement de tissu. Il accroche un vêtement – sa veste, j'imagine – au porte-manteau. Pour lui, je dois dormir. Je suis une proie vulnérable. Il n'a pas l'ombre d'un doute quant à l'issue de son intrusion.

Malgré le sang qui tambourine sous mes tempes, je me concentre sur chacun de ses pas qui foulent le parquet. Il avance vers les escaliers, assuré, tranquille.

Il est proche, à moins de deux mètres de moi, à hauteur de la cuisine. À *ma* hauteur.

Mon cœur manque un battement.

C'est maintenant ou jamais. Je dois frapper.

Oui, c'est ça, le frapper pour le blesser. Un coup dans la jambe, mais en évitant de toucher l'artère fémorale. Bien, mais j'ignore où se trouve cette artère. Sinon, peut-être le tendon d'Achille, mais n'est-ce pas irréversible ?

Les pensées se bousculent dans ma tête. Les hésitations se télescopent à mes vindictes et mes peurs.

Et déjà l'homme est aux pieds des escaliers, prêt à monter, prêt à chasser sa proie.

Je me lève, tremblante, et j'avance sur une jambe, grimaçant de douleur. Le manche du couteau manque de glisser dans mes mains moites tellement je le serre.

L'homme pose un pied sur la première marche. Son pas est lourd.

Je me rapproche et franchis un bon mètre en m'aidant de l'îlot pour progresser.

Sa main droite se plaque contre le mur, il cherche l'interrupteur.

Je suis dans son dos, à quelques centimètres de lui. La lame de mon couteau pointe vers sa jambe.

La lampe de l'escalier s'allume.

Je frappe, j'atteins le mollet.

L'homme hurle et fait volte-face, glisse sur le dos et s'échoue à mes pieds.

Je l'aperçois et je lâche mon couteau.

Franck me fixe, les yeux si écarquillés que les rides de son front ont formé des dunes. Sa bouche s'ouvre et se referme. Il me regarde sans pouvoir émettre un son. Il secoue la tête et cligne des yeux.

Impossible de réagir, paralysée par trop de sentiments contradictoires.

Franck ? Mais pourquoi n'a-t-il pas répondu au téléphone ou ne m'a-t-il pas prévenu de son retard ?

Je suis folle.

Où était-il ?

Je suis une meurtrière.

Pourquoi était-il dans le fourgon noir et pas notre X6 ?

Je voudrais lui parler, mais les mots pèsent trop lourd. Alors mes nerfs lâchent et s'expriment à ma place, je me laisse choir comme une poupée de chiffon. Ma bouche ne m'obéit plus, elle s'ouvre et laisse échapper quelques cris avant qu'une longue plainte ne déchire mes entrailles. Mes mains agrippent mes joues. Mes doigts se fichent dans ma peau distendue. J'ai envie de m'arracher les cheveux.

Je hurle à nouveau et me frappe le front d'un coup de poing.

Franck secoue la tête en jurant, incrédule.

— Bordel, mais… bordel… mais putain… mais putain…

Il relève le haut de son pantalon en grimaçant et inspecte la plaie de trois centimètres qui lui balafre le mollet droit. Le sang coule jusqu'aux chevilles. Il jure une dernière fois, se redresse et s'agenouille avant de m'enlacer si fort que je vais suffoquer entre ses bras.

— Hey, chérie ! Je suis désolé. C'est rien du tout, c'est superficiel, tu m'as entaillé sur le côté. Il me faudra quelques sutures, pas plus. C'est ma faute, entièrement. Tu as dû être morte d'angoisse, je sais. Mais je suis là ! Tout va bien !

Je l'entends à peine.

Les spectres gémissent plus fort que lui ne parle.

Je suis comme Camille. Une meurtrière.

Dans les brumes, ses explications me parviennent, lointaines.

— Je suis tombé en panne en revenant de chez une cliente en consultation à domicile, une vieille dame. Il était vingt et une heures. J'ai fait du stop, mais personne ne m'a pris. Et pas de chance, j'ai laissé mon téléphone au bureau, je n'ai pas pu te prévenir ! Je suis revenu à pied, mais ça fait une sacrée distance. Et encore, j'aurais pu prendre plus de temps pour revenir, si le voisin ne m'avait pas récupéré en bas des Auvernelles. Une chance. À cette heure-ci, c'était inespéré.

La tiédeur de son contact apaise peu à peu mes craintes, les rapaces s'éloignent et planent en altitude.

Je renifle et hoquette avant d'essuyer mes larmes d'un revers de bras.

— Je suis désolée, Franck, ce n'est pas moi, ça. Regarde ce que je viens de faire ! Ce n'est pas moi ! Je veux partir ! C'est pire qu'avant, pire qu'à Paris ! Je deviens dingue, ici.

Il se redresse à son tour en grimaçant et prend appui sur la rampe. Il m'adresse un clin d'œil.

— Oui, je viens de m'en rendre compte.

— Dis-moi la vérité, Franck. Il se passe quelque chose, hein ? Et tu ne veux pas m'en parler. À cause de la fusillade, à cause de ma… fragilité, c'est ça ? Si c'est le cas, arrête. C'est pire ! Mon imagination, c'est comme une caméra qui tourne en permanence avec un réalisateur fou aux commandes…

— Wow, wow. Calme-toi. De quoi tu parles ?

Cinq, quatre, trois, deux, un…

J'expire lentement l'air dans mes poumons en fermant les yeux. Puis je vide mon sac et je lui raconte tout.

Le fourgon, les cauchemars, les visions, le malaise que je ressens en vivant sous ce toit, la toile que je change en dormant, le doberman et ces messages que je reçois.

Franck ne prononce pas un mot pendant mon flot de paroles ininterrompu. Il se contente de hocher la tête.

Une fois mon récit terminé, je me redresse lentement et je serre les poings.

Il accompagne mon mouvement tout en me caressant la nuque.

— Écoute, nous avons juste pris un mauvais départ. Entre mon agression au cabinet et cette histoire de meurtre, tout s'est emballé trop vite. Concernant le voisin, j'ai rencontré le chauffeur, il a l'air rustre, mais c'est un homme très serviable, vraiment.

— Et le sac mortuaire, tu penses que c'est normal ?

— Admettons que tu n'aies pas confondu avec autre chose. Il peut y avoir des tas d'explications. Je ne connais pas le voisin. Il a peut-être travaillé dans une morgue. Il est peut-être urgentiste, ou bien pompier. Tiens, et si c'était un fétichiste, le genre morbide ?

— Et les messages alors ? Ils parlent de l'éclat, Franck ! Ce truc débile qui obsédait mon grand-père et mon père !

— Une mauvaise blague, tout simplement. La fusillade a fait la une des journaux, tu as été vue sur toutes les chaînes de télé pendant au moins une semaine ! Sans parler de ta sortie de l'hôpital. Un miracle ! Souviens-toi, tu as déjà reçu des tonnes de messages. La plupart de soutien, mais tu connais le genre humain aussi bien que moi ! Il y a des tordus partout. Tiens, ce taré qui t'avait envoyé des douilles par la poste, ou l'autre qui te menaçait de finir le travail.

— Oui, n'importe quel taré aurait pu m'envoyer ces messages. Mais je n'ai jamais parlé de l'éclat.

Franck recule et prend ma tête entre ses mains. Son ton est apaisant.

— Tu en es vraiment sûre ? Jamais ? Même plus jeune, lorsque tu étais étudiante ? À un ami ? Imagine qu'un ancien copain t'ait reconnue dans les journaux et qu'il soit mal intentionné. Ou un ami d'un ami.

— OK, OK… peut-être, oui, j'ai peut-être parlé de mon enfance quand j'étais étudiante. Cela ne me dit rien, mais je ne dis pas que c'est impossible. Mais… les tableaux ?

— Je ne sais pas, cette personne doit savoir que tu voulais faire carrière dans l'art. Même moi, j'étais au courant avant même qu'on se rencontre. C'était ta passion !

Il a raison.

Comme souvent.

Comme toujours.

Je presse ma tête contre son torse. Il passe sa main dans mes cheveux et lâche presque dans un soupir :

— Dis, tu veux bien qu'on aille au lit ? Je dois encore passer à la salle de bains pour suturer ma plaie, et je suis crevé. Et bon sang, ton pouls et tes lèvres… Tu es cyanosée, tu dois être au bord de l'hypoxie. Il faut t'oxygéner.

J'acquiesce d'un marmonnement et d'un hochement de tête.

Et pendant que nous montons les escaliers à son rythme, les questions reviennent à la charge.

Il aurait fait six heures de marche ? Pourquoi aurait-il dû faire du stop ? N'aurait-il pas pu s'arrêter chez quelqu'un pour téléphoner ? Il doit faire pas loin de zéro dehors, alors pourquoi ses joues n'étaient-elles pas froides ? Le chemin parcouru depuis les Auvernelles avec le fourgon était-il suffisant pour les réchauffer ?

ON PEUT APPRENDRE À VIVRE AVEC.

Chapitre 1

Plainfaing, lundi 20 novembre 2017, 11:10

Franck a pris un congé pour rester avec moi ce matin. La voiture est en panne, mais même sans cela, il ne m'aurait pas laissée seule.

Je m'en veux. Je l'ai négligé. Trop centrée sur ma souffrance et mes problèmes, je n'ai pas remarqué les siens. Lui aussi a envie de repartir vivre à Paris. Et dire qu'il a fallu que je l'agresse pour qu'il me l'avoue. Tous ces éloges sur l'air pur et les produits fermiers n'étaient qu'une façade. Il surjouait son rôle et tentait moins de me convaincre que de se convaincre lui-même.

La vérité est qu'il ne supporte plus la vie à la campagne. Et qui pourrait le blâmer ? Entre l'œil au beurre noir, cette sordide histoire de meurtre et sa propre femme qui le blesse avec un couteau de cuisine… Et puis, sa distinguée clientèle de la rive gauche lui manque. Sans compter que celle-ci ne lui saute pas à la gorge au moindre diagnostic déplaisant.

Au petit déjeuner, nous avons donc longuement discuté et convenu d'un retour à la capitale. Mais en attendant, nous devons habiter à Plainfaing encore un mois ou deux. On ne peut pas partir sur un coup de tête et tout laisser derrière nous. Il faut vendre le chalet, et puis Franck ne peut pas lâcher son cabinet en un claquement de doigts. Sans compter qu'il doit se tenir à disposition de la police.

J'avoue que la perspective de rester un jour de plus dans cet endroit m'a fait trembler comme une feuille morte. Cet hiver dans les Vosges sera long. Peut-être même le plus éprouvant que j'aie jamais connu, alors que presque vingt ans passés dans le Maine auraient dû me vacciner.

Mais en attendant que le sol soit couvert de neige, nous allons profiter de la nature et visiter tous les lacs des environs. Lac de Gérardmer, lac des Corbeaux, lac de Longemer.

Plainfaing, lundi 20 novembre 2017, 14:15

— C'est une vilaine blessure. Vous avez bien fait de la désinfecter. Je suis sûre que l'ampoule n'a pas été changée depuis que vous avez emménagé, je me trompe? Sérieusement, si vous aviez idée du nombre de bactéries que l'on peut trouver sur un simple bout de verre…

Le ton d'Agnès est celui d'une mère (une mère qui fumerait deux ou trois paquets de cigarettes par jour pour avoir une voix aussi rauque).

— Je vous rassure, il n'y a pas de quoi choper une septicémie, mais ce genre de plaie peut vous coller une bonne rougeur, une inflammation et une coulée de pus à en rendre jaloux le mont Pelé.

Agnès rit – deux éclats secs, presque forcés –, repose mon pied sur le sol, et saisit une gaze et de l'alcool dans sa mallette.

— Mais sans vouloir vous vexer, votre bandage est mal fait. Remarquez, chacun son métier, hein. J'ai dû en faire des milliers dans ma vie. C'est aussi naturel chez moi que de nouer des lacets. Par contre, je serais bien incapable de peindre, ni même dessiner.

Elle me saisit d'une main ferme par la cheville. Je me raidis.

— Il ne me semble pas vous avoir révélé que je peignais.

— Effectivement. Mais j'ai dit peindre comme j'aurais pu dire piloter un avion ou courir un marathon.

Elle hausse les épaules, applique l'alcool sur la plaie et m'arrache une grimace de douleur.

— Je plaisante. Souvenez-vous, vous avez fait une esquisse lors de notre entretien et votre mari m'a parlé de vos activités à la maison et notamment d'une toile que vous peignez dans votre bureau.

Une esquisse ? Quand est-ce que…

J'ai dû faire son portrait, bien sûr, pour immortaliser ses traits. Oui, c'était il y a…

Ma mémoire. Elle s'apparente à du papier peint collé à un mur et chaque souvenir serait un petit lambeau que je parviendrais à arracher. C'est de pis en pis. Il faut que j'en parle à Franck. Et je n'ai pas mon téléphone à portée de main pour prendre des notes. Je ne sais plus où je l'ai mis. Je le ferai sonner plus tard.

Quelques flashs me reviennent, mais il m'est impossible de retrouver un visage ; je me rappelle un bonnet rouge à pompon et une poigne ferme.

… trois jours.

Agnès termine d'enrouler le bandage autour de mon pied et relève la tête d'un mouvement rapide. Elle affiche un sourire qui dévoile juste sa rangée de dents supérieure. Des petites dents de musaraigne, blanches et parfaitement alignées. Tiens, je n'avais pas remarqué non plus l'odeur d'eau de Cologne. Impossible de l'ignorer désormais ; si prégnante et incommodante. Elle me soulève le cœur.

Je me rétracte dans le canapé, assez subtilement, j'espère, pour ne pas la froisser.

— Cela fera mal encore quelques jours, mais seulement si vous prenez appui sur ce pied. On n'était pas loin de devoir suturer. Mais ne vous inquiétez pas, au cas où cela vous arrive, je sais recoudre aussi bien qu'appliquer des bandages. Allez, vous avez bien mérité un morceau de gâteau.

Elle se relève, m'adresse un sourire qui lui fait plisser les yeux et prend la direction de l'îlot sur lequel elle a posé son grand sac en carton.

Elle en extrait une pâtisserie dont je reconnais la forme avant même qu'elle ne soulève le couvercle en plastique.

Un kouglof. Ma mère en préparait souvent.

— Agnès ? Excusez-moi, vous avez aussi parlé avec Franck de (... *mon enfance*) mes goûts culinaires ?

Elle se tourne vers moi.

— Pas du tout. Pourquoi ? Cela ne vous plaît pas ? Allez, s'il vous plaît, soyez franche. C'est ce que je déteste chez François. Lorsque je lui pose une question, du genre est-ce que cette robe ne me fait pas trop grosse ou est-ce que la tarte est bonne, il se contente d'osciller la tête ou hausser les épaules et je n'arrive jamais à deviner s'il...

— Non, non. C'est (... *le gâteau que préparait ma mère*)... parfait.

— Je ne sais pas si vous connaissez, c'est un kouglof, c'est alsacien. Je vous ai déjà dit que je m'appelle Metzger, non ?

Peut-être, oui.

Je lui réponds par l'affirmative en hochant la tête.

Agnès déambule dans la cuisine avec l'aisance d'une personne qui aurait habité la maison depuis des années. Il n'y a aucune hésitation dans ses gestes, elle sait où trouver les assiettes dans les étagères et saisit les couverts sans se tromper de tiroir. Elle tire un long couteau (celui-là même avec lequel j'ai blessé Franck) de la batterie, ôte le couvercle en plastique du Tupperware et coupe deux tranches qu'elle dispose dans deux petites assiettes.

— En voilà deux que n'auront pas les Boches (elle rit). Je sais, c'est stupide, mais c'est un réflexe. C'est ce que disait mon oncle à chaque repas. C'était un « malgré nous » qui a déserté l'armée allemande pour rallier la résistance. Sacré Raymond, il a survécu à la Seconde Guerre mondiale dans deux camps différents, s'est porté volontaire pour aller se battre en Algérie, a vaincu un cancer du côlon.

Elle lève le couteau de cuisine et le pointe vers moi dans un geste théâtral.

— Tout ça pour finir allongé raide mort sur du carrelage. Il est mort il y a deux ans en tombant dans sa salle de bains. Une stupide glissade sur une éponge mouillée.

Elle pose le couteau et claque dans ses mains comme si elle voulait écraser une mouche.

— Une chute en arrière et paf, sa tête a cogné contre le rebord des toilettes et sa nuque a craqué comme un gâteau sec. Je trouve cela tragique. Il avait quatre-vingt-treize ans et courait chaque matin. Dingue, non ?

Je hausse les épaules.

— Je suis bien placée niveau ironie de la vie, croyez-moi.

Agnès avance vers moi avec les assiettes et les pose sur la table basse. Je remarque une légère claudication dans sa démarche. Peut-être…

Ne m'avait-elle pas parlé d'un accident lors de notre dernière rencontre ? Je n'ose aborder le sujet, de peur de mettre… *les pieds dans le plat.*

Mes lèvres se tordent en un rictus amusé. Ce n'est pas le genre d'expression que j'utilise, pourquoi s'est-elle manifestée spontanément ?

Agnès s'installe dans le fauteuil, pose l'assiette sur ses genoux et entame une lente découpe de sa part de kouglof à l'aide de sa fourchette. Elle stoppe avant d'en avoir détaché un morceau.

— Je peux vous poser une question, madame Gros ?

— Allez-y (j'hésite à lui demander de m'appeler Isabel, j'ai l'impression qu'elle ne s'y résoudra jamais).

— Vous savez, la plupart des gens pourraient se servir de ces machines, d'ailleurs vous l'avez bien fait avant que j'arrive, non ?

Elle sourit, mais je ne sens aucune chaleur dans son expression.

— C'est exact, oui. Mais il y a aussi la manipulation et la recharge des bouteilles, sans compter la fatigue et…

Agnès secoue la tête.

— En toute honnêteté, je pense que vous pourriez très bien vous passer de moi, du moins en ce qui concerne les soins médicaux. Enfin, sauf si vous avez décidé de marcher sur des morceaux de verre.

Je reste interdite une seconde avant de pouvoir répondre, surprise par ses propos.

— Vous suggérez quoi ? Que je… simule ?

Elle recule dans son fauteuil comme si ma remarque l'avait giflée.

— Oh, non, non. Je me disais juste que vous êtes une femme bien plus forte que vous ne le pensez. D'après ce que j'ai observé, vous êtes compétente et votre appareil ne requiert pas de connaissances techniques particulières. En fait, je me demandais si votre mari ne m'avait pas engagée pour…

— … me surveiller ?

— Plutôt pour vous tenir compagnie, corrige-t-elle. Et pour vous aider à la maison aussi, dans les tâches du quotidien, quoique sur ce point je ne voudrais surtout pas m'imposer.

Agnès affiche une expression maternelle, emplie de compassion.

— Non, vous avez sûrement raison, je me sens seule et... *(prisonnière)*... isolée. Et oui, souvent je manque de souffle et je fatigue rapidement. Non, croyez-moi, vous ne vous imposez pas du tout.

— Tant mieux alors. Remarquez, je ne voudrais pas rester seule ici, moi non plus. Et à qui je parlerais, hein ? J'ai vu un reportage sur la vie des requins. Saviez-vous que s'ils s'arrêtent de nager, ils meurent ? J'ai l'impression d'être un peu comme eux. Que se passerait-il si j'arrêtais de causer, hein ?

Agnès mime un frisson.

— Je n'ai pas du tout envie de le découvrir. Bon, en attendant votre séance d'oxygénothérapie, que voulez-vous faire ? J'ai remarqué que vous n'avez pas de télévision, et je pense que vous avez bien raison. Les nouvelles sont déprimantes et les émissions sont souvent d'une grande imbécillité.

Elle marque une pause et ses yeux se lèvent vers le plafond avant de revenir vers moi.

— Oh, je sais ! J'ai toujours un jeu de tarot dans mon sac à main. Je peux vous tirer les cartes, je sais aussi lire l'avenir dans le marc de café, mais ce n'est pas vraiment possible avec les machines à expresso. Une bonne cafetière turque ferait l'affaire, je pourrais rapporter la mienne la prochaine fois.

— Non merci, c'est gentil mais...

— François n'est pas très réceptif à ces choses-là et franchement, je crois qu'il me prend pour une allumée. J'ai un « pet au casque », comme aurait dit l'oncle Raymond. Heureusement, beaucoup de mes patients le sont. Les femmes en particulier. En même temps, quand on est malade, il me semble presque naturel de se raccrocher à quelque chose d'autre que la science. La médecine peut être implacable lorsqu'elle nous condamne, n'est-ce pas ?

Je secoue la tête et lève la main. Son débit de parole est à la fois agaçant et envoûtant. Comme un bruit de fond, le ronronnement d'un moteur, le ressac des vagues. Cela vient certainement du timbre de sa voix, aussi sablonneux et noir qu'une plage volcanique.

— Si cela ne vous dérange pas, je pensais aller peindre. Ne le prenez pas mal, je suis contente d'avoir une présence à la maison. Il m'arrive d'être sujette à des crises de panique.

— Pas de soucis, j'ai toujours un bon livre sous la main. Je vais me trouver un coin confortable ou je serai à portée de voix. Ne vous inquiétez surtout pas.

J'enfourne une bouchée de gâteau. La saveur éveille un souvenir endormi, celui d'un goûter où Eliot s'était cassé une dent en sautant de la chaise.

Agnès me fixe, satisfaite de l'expression qui rayonne sur mon visage.

— Agnès, j'aurais une question à vous poser. Connaissez-vous les voisins ? Je veux dire, vous avez l'air de connaître pas mal de monde ici. Alors, je me disais…

Ses traits se sont figés dans un étrange rictus. Un sourire plat est placardé sur ses lèvres, ses yeux plissés ne laissent qu'une mince ouverture entre ses paupières et sa tête oscille légèrement vers son épaule droite, comme tirée par à-coups par un fil invisible.

Elle ouvre la bouche et la referme.

— Oui… je les connais. Mais je ne peux pas vous en parler. Disons que… c'est compliqué.

Elle émet un petit rire sec sans joie pour ponctuer sa remarque. Son regard reprend vie et elle se lève.

Elle n'a pris qu'un morceau de son gâteau, mais se dirige déjà vers la poubelle.

Elle s'arrête en chemin et se tourne vers moi.

— Vous attendez de la visite ?

— Non, il n'y a que vous de prévu cet après-midi.

J'entends désormais le gravier crisser sous la gomme des pneus.

Je m'extirpe du canapé juste à temps pour voir la voiture de police se garer.

Deux policiers sortent en même temps.

Je reconnais immédiatement le vieux flic (hasard de la mémoire). En revanche, le second ne me dit rien.

Je les devance et ouvre la porte.

— Je peux vous aider ?

Ils continuent d'avancer et empruntent l'escalier de pierre qui scinde notre cour en deux.

— Bonjour, madame Gros, nous pouvons entrer ?

— Écoutez, si vous voulez voir Franck, il était là ce matin, mais il est retourné à son cabinet.

Le plus âgé (je remarque à quel point sa moustache est fournie, son visage creusé par des rivières de rides et ses sourcils broussailleux) secoue la tête et fait encore quelques pas dans ma direction.

— Non. C'est vous que nous venons voir. Nous aurions quelques questions.

Plainfaing, lundi 20 novembre 2017, 14:30

Le policier ténébreux (qui s'est officiellement présenté sous le nom de lieutenant Fracher) pose ses lèvres sur le bord de la tasse de café et sirote une gorgée. De la mousse recouvre une partie de sa moustache.

— Merci, Agnès. J'en avais bien besoin.

— De rien, Sébastien. Et ce n'est pas moi qu'il faut remercier, c'est madame Gros.

L'aide-soignante prend la direction des escaliers et ajoute en me regardant :

— Je vais vous laisser en compagnie de ces messieurs, je serai à l'étage si vous avez besoin de moi.

J'attends qu'elle soit partie pour me tourner face à mon interlocuteur installé dans le canapé.

— Vous vous connaissez ?

Le lieutenant pose la tasse sur la table basse, sort un mouchoir en papier d'une poche de son pantalon et essuie ses moustaches avant de me répondre.

— Ce n'est pas la grande ville ici, et je connais Agnès depuis l'école primaire, elle a le même âge que ma fille. Je suis encore désolé de venir vous déranger à cette heure de l'après-midi, mais il est important pour notre affaire que je puisse vous poser quelques questions.

Au ton du policier et à la façon dont son regard s'est tourné vers le sol, j'ai l'impression qu'il n'est pas à l'aise. Je ne connais pas la loi. Dois-je m'inquiéter ? La procédure est-elle régulière ? Camille aurait su gérer ce genre de situation, mais ce n'est pas mon fort.

J'observe le gardien de la paix – sergent Martin ? Martineau ? Il s'est présenté mais j'ai déjà oublié – qui l'accompagne.

Il est plus jeune ; la trentaine, visage rectangulaire, coupe rase. Il a sorti un cahier de notes à spirale, ainsi qu'une chemise porte-documents bleu clair qu'il a calée entre l'accoudoir et un coussin du canapé. Son regard est fixé sur la feuille, le stylo levé, prêt à griffer le papier. À mon avis, il va laisser Fracher mener son entretien et se contenter de faire un rapport.

— Je suis ravie de pouvoir vous aider, finis-je par répondre en forçant un sourire.

Sans que le lieutenant ait besoin de prononcer un mot, le jeune policier tend la chemise à son supérieur. Ce dernier l'ouvre et en sort une feuille. Il la pose sur la table et la pousse vers moi d'une pression de l'index.

— C'est quoi ?

— Lisez, et dites-moi ce que vous en pensez.

Son regard est acéré, comme s'il tentait de décrypter les émotions sur mon visage.

C'est un relevé de compte. Celui de Franck.

Je survole les transactions pour m'attarder sur la dernière ligne du document.

En la lisant, je prends un coup sur la poitrine.

La balance est dans le rouge. Un découvert de 10 000 euros. C'est impossible, il doit y avoir une erreur.

Je n'ai pas eu l'impression de vivre au-dessus de nos moyens. Certes, je ne perçois plus l'intégralité de mon salaire, mais ma pension et les honoraires de Franck auraient dû largement couvrir tous nos frais. À moins que la maison ait été un gouffre ? Pourtant l'appartement a été vendu une coquette somme. Et il doit valoir deux fois le prix du chalet, si ce n'est plus.

Mais là n'est pas la question. Quel est le rapport entre l'état de nos comptes et cette histoire de meurtre ? Pourquoi le lieutenant me montre-t-il ce relevé ?

Il me fixe avec insistance.

— Étiez-vous au courant de votre situation financière, madame Gros ?

Les deux policiers m'observent. J'ai l'impression d'être un petit rongeur face à deux rapaces.

— Écoutez… non. Mais…

Je secoue la tête et je repousse la feuille vers le lieutenant.

— … je ne comprends pas. Que voulez-vous au juste ? Je pensais que vous enquêtiez sur un meurtre, que Franck était un témoin ou un expert…

Martin griffonne quelques mots. Fracher émet un désagréable claquement de langue en levant les yeux.

— C'est ce qu'il vous a raconté ?

— Oui, je lui ai tiré les vers du nez le matin… (impossible de me rappeler quel jour)… bref, le lendemain de votre visite. Il m'a parlé d'un meurtre, un de ses patients serait impliqué ou suspect, c'est bien ça ?

Les deux hommes s'échangent un regard et j'ai l'impression soudaine de basculer dans un autre monde.

— C'est presque (il insiste sur le *presque*) ça. Mais vous a-t-il dit que la victime était également un de ses patients ?

Je déglutis et tente de ne pas montrer mon malaise.

— Non, j'avoue que non. Mais… Franck est suspect ? C'est pour cela que vous êtes ici ?

Le lieutenant Fracher prend une rasade de café, la repose et se frotte la moustache d'un revers de main.

— Votre mari est le dernier à l'avoir vu vivant. Alors, disons qu'il est une personne d'intérêt. À ce titre, il peut être suspect, même si nous l'avons rapidement écarté de la liste… jusqu'à ce que ces documents fassent surface.

— Je ne comprends pas. Si vous l'avez rapidement écarté, pourquoi avoir mené une enquête sur lui ? Sur ses finances. Sur *nos* finances !

Les deux policiers échangent un nouveau regard et Martin recommence à écrire. Je remarque une manie chez ce jeune sergent, il pince sa lèvre inférieure entre ses dents avant de la mordiller.

— Ce n'est pas tout à fait exact. Nous avons reçu ce document. J'ai même pensé que cela pouvait venir de vous.

— C'est ridicule, pourquoi…

Fracher sort une deuxième feuille. Cette fois, il se lève pour me la tendre.

— À cause de cet autre document joint au courriel.

En le lisant, j'ai l'impression de vivre un cauchemar.

Ce sont des papiers que j'ai signés. C'est un divorce prononcé entre Franck et moi, datant d'une semaine avant la fusillade qui m'a plongée dans le coma. Je suis sonnée et le monde tangue autour de moi.

La feuille tremble entre mes mains. C'est bien mon écriture et aucun doute, je reconnais ma signature.

— Comprenez bien, madame Gros. Lorsque je reçois un relevé de compte indiquant un important souci financier et un papier de ce genre, il est normal de croire que vous puissiez en être l'instigatrice, non ? Vous savez, les problèmes d'argent sont la deuxième cause d'homicide après les problèmes de cœur. Ou l'inverse, on ne sait plus bien à force. Je me suis dit que vous vouliez attirer notre attention.

Impossible de répondre, cela n'a aucun sens. À moins que… aurais-je oublié ? C'est possible. La blessure, le coma, et ma foutue mémoire qui débloque. À moins que…

— Madame Gros, tout va bien ? Vous êtes très pâle.

Non, je ne vais pas bien, je suffoque, j'ai besoin d'air, j'ai besoin de…

… *monsieur O2.*

Ça y est. La crise est là.

— Excusez… moi.

Je me lève, mais mes jambes se dérobent.

— Agnès ! crie Fracher pendant que le sergent Martin se précipite vers moi.

Son parfum sent bon. Chanel pour homme ?

C'est ma dernière pensée avant que je ne m'évanouisse.

Mémoires #7

À treize ans, je trouvais la plupart des adultes prisonniers de leur vie : embourbés dans la langueur de leur quotidien ; alourdis par le poids de leurs habitudes, de leurs croyances, de leurs dogmes. J'attribuais leur état à une privation de rêves prolongée. Ils y avaient renoncé et s'étaient rangés sur le tapis roulant de l'existence en attendant que les choses se passent.

M'imaginer vivre ainsi me terrorisait.

À cet âge, je voulais prendre le large, me délester de l'héritage des Northwood, exploser en un feu d'artifice de sens et d'expériences. J'avais envie de tout dévorer, poussée par la peur de mourir, par l'urgence de me gaver de la vie avant de la quitter. C'était mon plan de gamine, une fuite en avant, une échappée belle. Je comparais notre passage sur terre à un buffet gargantuesque. Il fallait goûter à tous les plats avant qu'il ne ferme, pour avoir la sensation d'avoir vécu.

Pourtant, en quelques années, je suis très vite devenue comme la plupart des gens ; paralysée sur le seuil de mon existence, incapable de le franchir. Résignée.

Et c'est à cause de Granpa.

Ses paroles ont commencé à résonner en moi. Sa mise en garde contre les démons ou la nécessité de trouver l'éclat, quitte à s'ouvrir le cœur et les veines.

Pour que l'armure se brise. Pour que la lumière jaillisse. Pour devenir un quasar ou un pulsar, ou je ne sais quel autre phénomène céleste.

J'ignore pourquoi ses paroles me sont revenues si soudainement et pourquoi elles ont pris tant d'importance dans mon esprit, au point de me hanter. Je suppose qu'elles répondaient à un besoin urgent de comprendre, une quête de sens pour l'adolescente écorchée que j'étais.

Briser l'armure. Saigner. Briller.

Les propos de Granpa m'avaient persuadée que c'était le seul moyen de réussir sa vie.

Mais ma cuirasse n'était-elle pas déjà suffisamment ébréchée ? N'avais-je pas assez souffert ? Combien de coups devais-je encore encaisser ? Que fallait-il sacrifier de plus pour trouver l'éclat ? Et d'ailleurs, c'était quoi au juste, ce fichu éclat ?

Prisonnière de ces questions, j'étais devenue une lycéenne réservée. Je ne savais pas me mettre en valeur, me tenais voûtée et fuyais le contact des autres élèves que je jugeais grossiers, puérils ou immatures. Je désespérais de trouver une personne qui me ressemble, avec qui je pourrais échanger, à qui je pourrais me confier.

J'aurais tant voulu que ce fût Camille.

Mais ma sœur était différente. Elle était devenue une funambule virevoltant sur le fil du temps, évoluant comme une sirène dans l'océan avec l'insouciance de l'enfance. Les épisodes d'absences et de troubles psychiatriques semblaient loin désormais, une mue dont elle s'était libérée avec grâce, pour laisser éclore celle qui allait bientôt être une des filles les plus populaires du lycée. Et moi, la pauvre sœur enkystée dans ses angoisses existentielles, je me traînais comme une ombre dans son sillage. Je ne pouvais pas suivre la cadence effrénée de cette dévoreuse de vie.

Pour bien des personnes, les jumelles Northwood se ressemblaient quasiment trait pour trait. Mais elle était aussi assurée et conquérante que j'étais timide et pusillanime. La rutilance de sa présence me renvoyait à la fadeur de la mienne. Mon horizon était une terre désolée, asséchée par la flamboyance du sien.

Pourtant, sans moi, Camille n'aurait jamais pu briller.

J'encaissais pour elle, je m'inquiétais pour elle, je souffrais pour elle.

La vie l'avait cognée durement, mais j'étais marquée par ses ecchymoses.

Et je lui en ai voulu pendant longtemps. De ne pas avoir eu de gratitude, de ne pas avoir reconnu ce que j'ai fait pour elle. D'avoir fendu mon armure pour qu'*elle* trouve l'éclat.

Aujourd'hui, je regrette ma rancœur. Car je sais maintenant que tout cela n'était qu'une façade. Que derrière le fard de la jovialité et de l'enthousiasme se dissimulait la faïence ébréchée. Ma sœur était déjà une étoile morte, un astre céleste en fin de vie qui tournait sur elle-même à grande vitesse pour nous éblouir.

Un tourbillon aussi aveuglant que dévastateur. Mais elle ne s'était pas transformée en quasar.

Granpa ne nous avait pas tout dit ce soir-là, sous le perron. Lorsqu'une étoile meurt, elle peut également donner naissance à un trou noir.

Et c'est exactement ce qu'était devenue Camille.

Chapitre 2

Plainfaing, lundi 20 novembre 2017, 19:30

Franck n'a pas touché à son assiette. J'ai attendu qu'il soit installé, me gratifie d'un sourire, me remercie pour le repas et se serve un grand verre de blanc, avant de lui annoncer que j'étais au courant. J'ai vu défiler sur ses traits plusieurs expressions : la surprise lorsque j'ai brandi ce papier et expliqué que ses deux « amis » étaient venus nous rendre visite, l'inquiétude quand je lui ai raconté ma perte de connaissance, la peine quand il a compris à quel point j'étais secouée, le regret de ne pas m'avoir parlé de cette histoire, et enfin le soulagement de s'être délivré de ce fardeau.

Il a bu son verre d'un trait, à la manière d'un de ces cowboys assoiffés qui descendent une pinte de bière après une longue traversée du désert.

Et là il me fixe, le teint d'albâtre, les yeux rougis.

— Je suis désolé, me répète-t-il pour la dixième fois (au moins) depuis un bon quart d'heure.

S'ensuit un silence interminable qui me fait remarquer pour la première fois le bruit de la trotteuse de l'horloge de la cuisine.

— Pourquoi ?

Il hausse les épaules et prend sa coupe vide en main, prêt à la remplir.

— Le jeu.

C'est à mon tour d'être surprise et je dois faire la même tête ahurie que Franck il y a quelques minutes.

— Le jeu ? Comment ça, le jeu ?

Il élude ma question et continue de parler, une étincelle (de folie ?) dans le regard.

— Lorsque tu as repris connaissance, j'étais si heureux. Je pensais t'avoir perdue et voilà que tu sortais enfin du coma. Je ne pensais plus aux dettes ni au divorce, tu vois. C'était dingue, incroyable. Tu avais survécu à la fusillade, c'était tout ce qui comptait. Tu ne t'en souviens sûrement pas, mais j'étais là tous les jours. Je venais le matin avant d'aller au cabinet, à midi avec une salade ou un sandwich, je te racontais ma journée de la veille avec mes patients, surtout lorsque je pouvais y placer quelques anecdotes. Quelque part, j'étais convaincu que tu pouvais m'entendre. J'en étais persuadé et je revenais le soir, avec un livre que je lisais quelquefois à voix haute. Il m'est arrivé de m'endormir et d'être chassé par les infirmières ou par un mal de dos, car Dieu sait que ces fauteuils d'hôpital sont inconfortables.

Franck se ressert un verre, qu'il boit plus lentement cette fois-ci.

— J'étais là quand tu t'es réveillée. J'ai entendu le moniteur faire un bip lorsque tu as repris connaissance.

Il marque une pause et tend sa main pour saisir la mienne. Sa paume est moite, sa prise est ferme. Je me raidis, mais je ne me rétracte pas.

— Deux jours après, nous pouvions parler. Une semaine plus tard, tu étais chez nous. Tu me regardais avec une tendresse que je n'avais pas ressentie depuis nos premières années ensemble. Tu avais tout oublié de nos problèmes. Les dettes et leurs conséquences… le divorce.

— Quoi, je voulais te quitter pour des soucis d'argent ?

— Oui, tu avais découvert mon addiction pour le jeu, les paris. Les crédits revolving, les dettes qui s'accumulent. Tu n'as pas supporté. Je vais être franc, les choses n'allaient pas non plus très bien entre nous. Notre couple n'en était plus un. Nous étions chacun pris dans nos métiers respectifs, absorbés par le quotidien, notre vie en pilotage automatique. Et vu qu'on ne pouvait pas fonder une famille… je pense que je te le faisais payer inconsciemment. Je n'étais pas facile à vivre.

Il passe sa deuxième main au-dessus de l'autre et serre ses dents. Ses deux yeux bleus me fixent et l'espace d'un flash, je revois le jeune Franck étudiant, flamboyant dans sa chemise échancrée, les cheveux longs et bouclés et son sourire de charmeur bohème.

— Je t'ai négligée. J'avais de la rancœur, mais je ne voulais pas te perdre, c'est pour cela que je n'ai pas signé les papiers. Et puis… il y a eu la fusillade.

Il termine le verre d'une rasade.

— Voilà, tu sais tout. Je veux vraiment qu'on fasse table rase. Je travaille dur pour rembourser. Tu sais que j'ai entrepris une thérapie avec le docteur Adam ? Et ici je ne risque pas de rechuter…

Il lève les yeux au ciel, comme si c'était une évidence.

Mais dès lors qu'on a accès à internet, Vosges ou pas, on peut facilement engloutir son argent dans les jeux en ligne. Et puis on trouve les casinos près des points d'eau, non ? Et les Vosges n'en manquent pas. Mais je m'abstiens de le lui faire remarquer. J'ai envie de lui accorder le bénéfice du doute.

Je me contente d'un :

— Je vois.

Lui, non.

Il me regarde, les yeux embués, implorant.

— Tu es sous le choc. Et j'ai été un connard, je sais. Mais j'étais si heureux, je ne pensais pas te retrouver. Je t'aime et je ne veux pas te perdre à nouveau.

— Je n'ai pas souvenir de ce divorce, et c'est du passé pour moi. Tu as été là lorsque j'ai repris ma vie en main. Je te dois ma remise sur pied. Sans toi… je ne sais pas comment j'aurais fait. Mais les dettes, Franck. C'est si grave ?

Il lève les paumes. Placées ainsi, ses mains semblent prêtes à réceptionner un ballon. Ses yeux sont deux grands disques bleus dans un visage auréolé d'une soudaine clarté. Il a cet air halluciné que peuvent avoir les prêtres, cette foi absolue qui fait briller le regard, cette même lueur que je voyais étinceler dans le regard de mon père.

— J'ai un plan. J'ai un plan. Surtout, ne t'inquiète pas. Fais-moi confiance !

Une phrase si souvent entendue lorsque j'étais enfant. Dans la bouche de mon père.

— Je vais reprendre le travail, dis-je. Je ne vais pas…

— Non !

Le ton me surprend. Il soupire et se ressaisit.

— Tu dois te reposer. C'est pour cela que j'ai embauché…

— Justement ! Et ce n'est pas gratuit. Ni ce chalet d'ailleurs, et tu gagnes moins ici qu'à Paris.

— On se fout de l'argent ! Je n'ai pas envie de te retrouver un jour dans une baignoire rougie par ton sang ou sur un lit avec une boîte de somnifères au bout de tes doigts.

— Tu dramatises, Franck.

Le regard qu'il me jette et la dureté de son visage me glacent les veines.

— Tu ne te souviens pas, alors ?

Non. Mais instinctivement, je comprends. J'ai dû faire une tentative, et tout comme ce papier de divorce, c'est le trou noir. J'ai *l'impression* de me rappeler. Je le *sens.*

— Mon père a joué les artistes bohèmes. Et lorsque nous avons eu besoin d'argent pour Eliot… Non, Franck, laisse-moi travailler. J'avais des contacts. Je rédigeais des critiques, je pourrais recommencer à la pige. Et puis, ne suis-je pas la « fameuse rescapée » ? Je pourrais monnayer des interviews, écrire un livre. Tiens, j'ai même un titre : « La miraculée ». Bref, les possibilités sont nombreuses.

Il acquiesce, de plusieurs mouvements de la tête, mais son regard est ailleurs.

— OK, OK. Oui, bien sûr, bien sûr.

Et puis soudain, après quelques oscillations supplémentaires, il me fixe.

— Tu aurais une idée ? Pourquoi quelqu'un aurait expédié ces documents à la police ? Et qui ? Je veux dire, cela aurait bien été le genre de Camille…

— Elle n'est plus là, Franck. Pourquoi en parler ?

Mêmes mouvements de la tête, même regard absent.

— Oui, excuse-moi. Je sais, je suis désolé.

— Je ne sais pas qui, et j'avoue que cela me fait peur.

Il ne répond pas et vide le reste de la bouteille dans son verre. Puis il me dévisage.

Pendant quelques longues secondes, j'ai l'impression de ne pas le reconnaître.

Puis il me sourit.

— Tout va bien se passer, chérie. Tout est sous contrôle.

Plainfaing, mardi 21 novembre 2017, 01:43

Impossible de dormir. Les vautours sont revenus à la charge, plus féroces et affamés que jamais. Leurs croassements me parviennent à travers les pulsations sonores qui jouent à plein volume dans mes écouteurs.

Les ondes binaurales mixées au son d'une pluie tropicale censées me calmer et réduire l'intensité des palpitations n'ont aucun effet. Bien que je n'aie pas bu la moindre goutte de café, mon organisme réagit comme si j'en avais ingurgité une pleine carafe.

Visions, somnambulisme, perte de connaissance, messages, divorce, dettes, et ces foutus voisins. Quel est le rapport ? Y en a-t-il seulement un ?

Je me sens si stupide et impuissante que j'ai l'impression de me retrouver devant ce professeur que je détestais tant lorsque j'avais quatorze ans. Comment s'appelait-il déjà ? Monsieur Hook ? J'avais beau être douée en maths, il m'avait prise en grippe et il me poussait encore et encore à l'échec, m'infligeant des énoncés bien trop complexes pour mon niveau.

Je peux encore l'entendre dire :

« Vous voyez que vous n'êtes pas si douée, mademoiselle Northwood. Ne vous pensez pas plus intelligente que vous l'êtes. »

Je revois son sourire en coin et son regard brillant, ses cheveux gras et sa mèche plaquée sur son front.

Un vautour qui doit avoir rejoint la bande qui décrit des cercles dans ma tête.

Aujourd'hui, je ressens une plus grande détresse encore, car je n'ai plus la même acuité intellectuelle et chaque effort se solde au mieux par un engourdissement, au pire par une douleur.

Alors je laisse les questions tournoyer, en espérant qu'elles se fatiguent, m'entraînent dans leur chute et me plongent dans le sommeil.

Mais il semblerait que les rapaces aient étendu leur territoire de chasse ce soir.

Franck s'est orienté vers la porte-fenêtre et a recouvert sa tête avec un oreiller. Il ne veut certainement pas que je remarque sa lutte contre l'insomnie, mais je l'entends respirer. Le rythme est élevé et émaillé de soupirs. J'imagine qu'il a les yeux ouverts et qu'il rumine.

Qu'est-ce qui pèse le plus sur sa conscience ? Le fait que je sois au courant pour les dettes et le divorce ? La culpabilité qu'il éprouve pour me l'avoir caché ?

Ou est-ce de ne pas savoir qui est à l'origine de l'envoi de ces documents à la police ?

Un cocktail des trois sans doute, un *shot* de nitro pour faire pédaler les méninges à plein régime.

Je retire les écouteurs ; inutile de prolonger la séance, le zen ne fonctionnera pas ce soir, alors je capitule.

Les palpitations martèlent un rythme de plus en plus rapide et font trembler ma poitrine. Des gouttes de sueur froides commencent à s'accumuler sur mon front.

Je laisse glisser une main à la recherche de monsieur O2. Son contact me rassure.

Mais pas les bourrasques qui cognent contre la façade, violentes et hargneuses.

Le ciel est en colère et nous punit en voulant arracher la maison à son filet de lierre.

Des images défilent derrière mes paupières closes. Le toit s'envole, une tornade dévastatrice fend le mur. Franck est happé et rejoint une centaine d'objets tourbillonnants avant de disparaître ; avalé par la bouche béante d'un nuage monstrueux.

Et peu à peu, je sens mon corps se dissoudre. La chambre se voile de noir.

Je remarque juste Franck qui se redresse et se saisit d'un verre d'eau posé sur sa table de chevet.

Plainfaing, mardi 21 novembre 2017, 03:48

— S'il est vrai que monsieur Gros est un fieffé cachottier, vous n'êtes pas mal non plus dans votre genre, mademoiselle Northwood.

La voix de monsieur O2 a résonné dans ma tête, avec le ton à la fois attentionné et flegmatique d'un majordome anglais ; celui d'Anthony Hopkins dans les *Vestiges du jour*, avec une pointe métallique.

L'appareil d'oxygénation est posé sur un autel d'église dépouillé de tentures et de bougies, plongé dans un halo lumineux et doré. Une idole à laquelle je dois la vie. Autour de moi, les paroissiens, silhouettes anonymes et floues, sont figés comme des statues de cire.

— Que voulez-vous dire ? Et c'est madame Gros. Franck est mon mari…

Je ne parviens qu'à murmurer ces mots. J'ai envie de crier, mais ma mâchoire est engourdie et je dois forcer pour faire sortir chaque syllabe.

— On ne peut pas avoir les deux, mademoiselle, il faut choisir, me répond-il sur le même ton flegmatique.

Le temps d'un battement de paupières, Granpa a remplacé monsieur O2 dans le rayon de lumière. Je ne suis plus dans une église, mais sur le perron de la maison du Maine. Mon grand-père, assis dans son rocking-chair, joue avec le Docteur Maboul posé sur ses genoux. Granpa appuie sur les cavités du patient avec ses doigts, mais lorsque son nez devient rouge, ce ne sont pas des bips stridents mais des pleurs de bébé qui s'en échappent.

Sans quitter le jouet du regard, il se met à rire puis il dit :

— Tu as toujours voulu devenir un quasar ou un pulsar ! C'est pourtant si simple.

Il se tourne vers moi, ses deux yeux n'ont plus de pupilles ni d'iris, une galaxie d'étoiles y gravite sur elle-même dans une spirale tourbillonnante.

— Il suffit de mourir pour devenir immortel.

Le jeu a disparu. Le rocking-chair aussi. Il est debout et sa main enserre un couteau de cuisine, il le place sous son cou et fait glisser le fil de la lame d'un geste lent.

Eliot est apparu à mes côtés et applaudit, les yeux ébahis comme s'il assistait à un feu d'artifice.

La gorge de Granpa s'ouvre en deux d'une manière obscène – un poisson qu'on éventre – et ce n'est pas du sang qui gicle, mais des rayons de lumière aveuglante.

— C'est un putain d'éclat, Granpa ! hurle Eliot, un putain d'éclat !

Mon frère se tourne vers moi.

— Et toi, tu as de l'éclat, ma colombe ?

Il a parlé avec la voix de mon père et ses yeux flamboient d'une lueur malsaine.

— Tu n'es pas ma sœur. Où est ma sœur ?

En une seconde il est sur moi, ses mains agrippent ma gorge et la compressent.

— Eliot…

Je manque d'air.

Il bascule sur moi et…

… Ma tête heurte le sol et j'ouvre les paupières.

Je suis dans le salon, une de mes jambes repose sur le canapé, l'autre gît sur le parquet.

J'ai dû m'endormir, j'ai eu ce cauchemar et je suis tombée…

Mon nez est à deux centimètres à peine du pied de la table basse, de là où je suis j'aperçois les braises rougeoyantes consumer la dernière bûche dans l'âtre.

Je me redresse lentement, encore engourdie par le sommeil. Je passe mes doigts sur ma gorge sur laquelle je ressens la pression des mains de mon frère. Ma mâchoire me lance comme si j'avais reçu un coup de poing.

Les jambes flageolantes, je dois m'aider de la table pour me lever.

La pièce tourne, comme si j'avais bu de l'alcool. Mais ce n'est pas le cas, si ?

Je ne me souviens pas avoir approché le moindre verre avant de me coucher, mais ma mémoire ne me renvoie qu'un noir abyssal.

Et puis, il aurait fallu une bonne quantité pour me mettre dans cet état. Ou un mélange ?

C'est peut-être ça ? Ou trop de médicaments ?

En revanche, je me rappelle très bien m'être assoupie dans mon lit. Je n'arrivais pas à dormir, bien que je ne sache plus trop pourquoi.

Franck. Sa situation me préoccupait. Et lui aussi semblait troublé. Mais là encore, impossible de m'en souvenir. Juste une vague impression. Il était en détresse, nous avons parlé le soir. Il portait une chemise bleue et il avait l'air si abattu, il n'avait pas touché son assiette.

Pourquoi ?

Une bulle de pensée remonte à la surface.

Divorce.

Puis une autre, dans la foulée.

Papiers.

Oui. J'avais signé les papiers du divorce avant la fusillade.

Plusieurs bulles émergent des profondeurs et j'arrive peu à peu à recomposer le puzzle morcelé.

Les braises sont désormais réduites à un minuscule point orange. Le feu va mourir dans l'âtre.

L'impression d'être au centre d'un carrousel a disparu, mon équilibre est revenu.

Subsiste malgré tout un goût âcre dans la bouche, comme une remontée acide causée par un reflux. Et la douleur dans la mâchoire.

Il est temps de regagner mon lit.

En passant devant l'escalier pour rejoindre ma chambre, je remarque un mince filet de lumière provenant de la porte qui mène au sous-sol.

Je n'y descends jamais, c'est l'antre de Franck, et le point d'accès au garage.

Une autre bulle de mémoire éclate à la surface.

Franck était assis sur le lit. Il ne dormait pas. Même au milieu de la nuit. Je le vois de dos… et après, black-out.

J'hésite, un pied posé sur la première marche.

Va te coucher, il faut que tu reprennes des forces.

Oui, mais c'est louche cette lampe allumée, non ?

Tu aurais pu l'allumer, tu es somnambule, souviens-toi.

C'est bien une des seules choses que je ne peux pas oublier. Mais si je ne vais pas voir à la cave, la question va rejoindre la horde de vautours et je n'arriverai pas à m'endormir de toute façon.

Je décide d'ouvrir la porte.

Plainfaing, mardi 21 novembre 2017, 03:57

L'odeur du vernis est forte dans les escaliers. Franck a repassé une couche sur les murs en rondins ? C'est à en vomir.

La lumière provient de la lampe circulaire accrochée au-dessus de la porte qui mène au garage. Elle éclaire une partie du sous-sol.

En bas, rien n'a changé ou presque. Une bonne dizaine de cartons s'entassent sur le sol en béton. Deux pans de BA13 (déjà présents lors de notre emménagement) reposent sur le mur du fond. Franck a installé un grand tréteau où s'étale, pêle-mêle, le contenu de sa trousse à outils. Je remarque qu'il a également acheté de quoi dessaler en prévision de l'hiver. Deux gros sacs de dix kilos s'entassent dans le coin droit de la pièce, à côté d'une pelle à neige.

Il a rangé les nains de jardin juste en dessous, à côté de la tondeuse à gazon qui repose à la verticale sur le mur attenant au garage.

Je poursuis mon chemin en prenant soin de ne pas me prendre les pieds dans les affaires qui jonchent le sol, mais manque tout de même de trébucher sur le tuyau d'arrosage qui serpente entre les cartons.

Parvenue à la porte du garage, je suis prise d'une soudaine angoisse.

Ce n'est pas pour rien que la lampe est allumée. Franck a pu l'oublier en rentrant du travail, ou alors…

Je tourne la poignée.

… pour sortir.

Pas de X6. Ma crainte est confirmée.

Franck est parti. Au beau milieu de la nuit.

À quatre heures du matin ? Pour soigner un patient ?

Non. Je n'y crois pas.

Monsieur Gros est un fieffé cachottier...

La voix de monsieur O2, version « majordome anglais », résonne encore dans ma tête.

Alors pourquoi est-il parti ?

C'est la question de trop, celle qui sature mon cerveau, celle qui le fait disjoncter.

Et je reste dans l'embrasure, comme une imbécile, à regarder, sans vraiment les voir, les quatre pneus d'été alignés le long du mur qui me fait face.

Il n'y a plus qu'un rapace qui plane au-dessus de ma tête, son croassement seulement interrompu par la voix d'Anthony Hopkins.

Pourquoi ?

... Et vous aussi, mademoiselle Northwood.

Pourquoi ?

Vous ne pouvez pas avoir les deux.

Le monde se remet à tourner, le manège redémarre et cette fois-ci, il emporte mon estomac avec lui.

Sentant la nausée venir, je me précipite vers un seau métallique posé à côté d'un chargeur de batterie.

Je plonge la tête à l'intérieur, ignore la forte odeur de térébenthine et vomis presque sans discontinuer.

L'acide brûle mon œsophage et j'ai l'impression qu'il se plaque à ma poitrine, qu'il va fusionner à mon sternum à chaque spasme.

Je vais mourir. Je vais mourir en me vidant. Ça arrive, non ? Ça se peut de régurgiter à en crever ?

Je redresse légèrement la tête et je pousse un râle – le dernier j'espère –, attendant la prochaine vague, les yeux mouillés de larmes, mon visage flottant à deux centimètres du seau et l'estomac retourné et essoré comme une serpillière.

Je reste plus d'une minute dans cette position inconfortable avant de comprendre que mon calvaire est enfin fini.

Je réussis à me relever au prix d'un grand effort, les bras aussi cotonneux que les jambes.

Des étoiles scintillantes dansent devant mes yeux.

Mes poumons sont contractés. Mon souffle est court.

J'inspire, mais je ne parviens qu'à filtrer un mince filet d'air. Je tente à nouveau, c'est encore pire.

J'en reconnais les symptômes.

Crise d'asthme.

Je plaque les mains sur mon pyjama à la recherche d'une bosse dans mes poches.

— Non, non… pas ça.

Le spray de Ventoline ne s'y trouve pas.

Il est temps de me rendre une petite visite, mademoiselle Northwood.

— Madame… rectifié-je dans un grognement apeuré.

Je n'ai pas besoin de lui. La Ventoline suffira, non ?

Sauf que je ne sais pas où elle est.

Réfléchis. Calme-toi. Tu sais ce qu'il faut faire. Ne bouge plus, ne fais plus aucun effort.

J'hésite. Je pourrais monter les escaliers, il doit être dans ma chambre, il doit…

Non. Pas le temps. Tu sais ce qu'il faut faire. Aie confiance.

C'est vrai, je pourrais manquer d'oxygène rien qu'à gravir les marches. Je m'assois puis je m'allonge sur le côté, mon genou appuyé contre le sol afin de me maintenir, et la tête posée sur mon bras replié.

Voilà. Je suis en position latérale de sécurité. Je ferme les yeux.

Et maintenant, tu respires lentement avec le ventre.

Mais je ne peux pas, justement. Je connais la théorie, mais chaque bouffée d'air requiert un effort colossal. Gonfler un matelas pneumatique avec une paille serait moins difficile.

Ma vue se brouille.

Cette fois, c'est la bonne. Je vais mourir étouffée.

Mais après quelques respirations ventrales, je sens mon pouls ralentir et mes bronches se dilater (ou n'est-ce qu'une impression ?).

Je demeure au sol pendant un temps interminable, la tête à côté du seau, la hanche dénudée plaquée sur le béton froid et humide. Mais il pourrait faire moins vingt que je ne bougerais pas. Ici, je respire, mais que se passera-t-il si je me relève ? Je n'ai pas envie de prendre le risque. Pas encore. Dans quelques minutes, juste quelques minutes.

Mes paupières papillonnent, je pourrais m'endormir dans ce garage puant.

Quand Franck rentrera, il me trouvera dans cet état ; allongée sur un sol humide et froid à côté d'un seau rempli de vomi.

J'espère que ce spectacle lui fera pousser quelques cheveux blancs. Il le mérite.

Pourquoi est-il parti ?

Je suis sur le point de m'évanouir lorsque je remarque le petit point rouge au creux de mon coude.

Alertée, je le rapproche de mon visage.

C'est… c'est une trace de piqûre. Impossible de se tromper, j'en ai eu assez dans ma vie pour ne pas les oublier.

Quelqu'un m'a piquée avec une seringue.

Mémoires #8

Nous avons fini par déménager à Paris, dans un confortable quatre-pièces situé rue de la Reine-Blanche. Maman nous l'a annoncé une semaine avant le départ. Nous étions toutes les trois assises autour de la table circulaire de notre trente mètres carrés new-yorkais. Elle a débouché une bouteille de champagne et sorti trois coupes puis a déclaré :

— Les filles, j'ai une grande nouvelle.

Puis elle a rempli nos verres et nous a raconté son histoire. Un coup de fil à son ancien agent, une attente, une audition, un départ en France.

Une « opportunité » de carrière à ne pas manquer pour une artiste de son âge, une signature de contrat inespérée assortie d'une coquette avance pour couvrir les frais d'installation.

Je me souviens encore de son sourire, de ses yeux pétillants, de sa ferveur. Ses paroles étaient celles d'un conte de fées. Une renaissance après l'effondrement de notre famille, la lumière au bout du tunnel. Et j'avais tant envie d'y croire. *Nous* avions envie d'y croire. Mais malgré l'enthousiasme de ma mère (et je dois bien lui reconnaître quelques talents d'actrice), ses propos sonnaient faux. Ni Camille ni moi n'étions dupes. Nous avions deviné une autre raison derrière notre départ des États-Unis, bien trop précipité. Et, même si je l'ai d'abord pensé, ce n'était pas papa.

Nous avons débarqué en France en juin 1999. Camille et moi nous sommes inscrites à la Sorbonne pour suivre le même cursus en histoire de l'art, toutes deux passionnées par la peinture, la sculpture, la musique.

À dix-neuf ans, je n'étais plus cette adolescente mal dans sa peau, à la recherche d'une âme sœur ou en quête de sens. J'avais gagné en assurance et j'étais parfaitement consciente de mes atouts et de mon pouvoir sur le sexe opposé.

Et bien que toujours en proie à mon *carpe diem* perverti, j'étais plus ancrée que jamais chez les vivants et bien déterminée à y faire ma place.

Rien à voir avec Camille, cependant.

Ma sirène de sœur était une mante religieuse en compétition avec le monde entier, dotée d'un appétit sans limites. Il y avait un éclat de folie dans son regard et une insolence dans chacun de ses gestes.

Malgré nos différences de tempérament, nous sommes devenues plus proches. D'abord par nécessité, car il fallait aider maman dans les tâches quotidiennes (elle aurait pu largement s'offrir les services d'une femme de ménage, mais s'obstinait à cacher son aisance financière). Et puis, l'expatriation nous a forcé la main. Nous venions d'être parachutées dans un monde inconnu, et nous parlions à peine le français (juste quelques mots et expressions appris par notre mère). Nous nous sommes serré les coudes, nous avons travaillé ensemble.

Malgré la difficulté à s'adapter à ce nouvel environnement, je garde un bon souvenir de cette année 1999, de son été ensoleillé, de nos escapades dans les rues de Paris, de nos visites aux musées et des fous rires piqués avec Camille. Je n'avais pas encore retrouvé la complicité de notre enfance, mais pour la première fois depuis longtemps, j'avais espoir de renouer avec elle.

Et puis Franck est entré dans nos vies.

C'était en octobre de cette même année. Nous nous sommes rencontrés lors d'une fête d'Halloween organisée par Dave Richardson, un ami de ma classe parfaitement bilingue (son père était Américain). Ses parents possédaient un immense penthouse dans le cinquième arrondissement. J'étais venue seule, sans grandes attentes. Je savais que cette fête n'avait pas la même ampleur en France qu'en Amérique du Nord. Je m'étais juste accoutrée en vampire, en tartinant mon visage de blanc, en assombrissant mes traits. J'avais piqué une robe de soirée noire à ma mère. De son côté, Camille s'était éclipsée avec sa bande habituelle, ses amis de fac avec lesquelles elle écumait les bars. Elle devait me rejoindre plus tard ou aller en boîte, elle n'avait pas encore décidé.

Je m'étais trompée, et j'avais sous-estimé la démesure de Dave ainsi que ses origines. Le temps d'une soirée, je me suis retrouvée dans un « party » américain, avec la sono poussée à fond, l'alcool, les jeux à boire et toute la diversité de la faune que l'on croise dans ce genre d'endroit. Les timides, les moralisateurs, les bavards, les gueulards, les malades.

Tous déguisés (bien mieux que moi) et plongés dans une décoration cauchemardesque digne d'un studio hollywoodien.

J'en étais à mon troisième punch (dans lequel flottaient quelques fruits découpés en forme de têtes de squelettes) lorsque j'ai rencontré Franck, près du tréteau où s'étalaient les victuailles.

D'une main il tenait une bouteille de champagne par le goulot, de l'autre il triait les petits fours. Un joint se consumait lentement à la commissure de ses lèvres.

Il s'était déguisé en vampire lui aussi, mais son maquillage avait coulé et ses longs cheveux châtains tombaient sur son visage. Il me faisait penser à un membre du groupe Kiss, du moins tel que je me les imaginais en coulisses après un concert. Comme s'il avait senti ma présence, il s'est tourné vers moi et sans un mot m'a tendu le pétard aux trois quarts entamé, une lueur de malice perceptible derrière ses paupières mi-closes.

Je n'en avais jamais fumé. Mais, sans doute en raison de mon ébriété avancée, j'ai accepté.

La première bouffée m'a arraché la gorge et les poumons à un point tel que je me suis précipitée vers l'un des cactus en pot qui décorait l'appartement, prête à rendre.

Franck a ri, puis m'a saisie par les épaules. Il m'a entraînée ensuite vers un canapé en cuir sur lequel un des étudiants dormait la joue collée à l'accoudoir et la bouche ouverte.

Il a poussé les jambes de ce type pour me faire une place, puis s'est assis lui-même sur la table basse pour me faire face.

C'est comme cela que nous avons entamé une conversation qui n'allait prendre fin que trois heures plus tard.

J'ai appris qu'il avait vingt-deux ans et commençait sa quatrième année de médecine. Qu'il avait vécu à Rennes jusqu'à ses dix-huit ans avant d'emménager à Paris, qu'il était passionné par la musique et la littérature de genre. Lorsque je lui ai révélé que j'étais née dans le Maine, ses yeux rouges se sont écarquillés.

Pour lui, j'étais à la fois magique et terrifiante, j'étais originaire de l'État où habitait Stephen King.

Nous sommes restés ensemble toute la soirée, à discuter, à évoquer nos passés respectifs.

Il m'a demandé d'imaginer sa vie d'enfant rien qu'en le regardant. J'ai observé sa pose, son sourire, sa façon de bouger les mains, avant de partir dans ma description. Je l'ai situé dans un grand manoir bourgeois. Fils unique, jamais dans le besoin, mais souffrant d'un déficit d'affection. Père chirurgien trop absorbé par son travail, toujours pris entre les opérations, les consultations et les colloques. Il ne pouvait profiter de sa présence que lors de quelques week-ends passés dans leur maison secondaire avec plage privée ou à bord de leur voilier. Je lui ai décrit une mère musicienne, joueuse de violoncelle virtuose, elle aussi partie aux quatre coins du globe. Elle s'était chargée de lui inculquer les bases musicales et avait tenté de lui transmettre sa passion, mais s'était heurtée à un mur. Son éducation avait été dispensée par une préceptrice d'origine anglaise, stricte, mais d'une grande gentillesse. Fin cordon bleu, elle excellait dans la préparation des desserts. C'était dans cet environnement qu'il avait développé son côté rebelle, était devenu musicien de rock amateur à l'adolescence pour finalement suivre le sillon creusé par son père et devenir chirurgien à son tour.

Il m'a regardée, éberlué, avant de partir dans un fou rire. Ce n'était pas si drôle, mais c'était l'un des effets secondaires du cannabis. En fait, j'étais complètement tombée à côté. Franck venait d'un milieu paysan de la région de Rennes. Il avait vécu une enfance difficile. Les week-ends, il aidait ses parents à la ferme. À l'âge de dix ans, il avait été marqué par la perte dramatique de son frère cadet de quatre ans. Chez des amis de la famille, le gamin avait échappé à la surveillance de ses parents et s'était noyé dans une piscine. Plus tard, son père l'avait encouragé à poursuivre ses études, contre son gré, car Franck voulait rester avec eux. Il avait fini par choisir médecine, mais pas par vocation. D'ailleurs, il regrettait déjà de ne pas s'être orienté vers l'ingénierie agronome.

J'étais fascinée par son histoire (dans laquelle je pouvais un peu me retrouver) et j'étais tombée sous le charme.

Franck avait ce flegme tranquille doublé de l'assurance de ceux qui ne doutent de rien et traversent la vie avec une aisance insolente. Pour une fille qui n'avait connu que le chaos ces dernières années, et sachant ce qu'il avait vécu lui-même, il était impensable qu'une telle personne puisse exister.

Notre discussion aurait pu durer encore des heures, tant il me captivait. Mais Dave, ivre mort et le T-shirt Lacoste rose imbibé de bière, nous a chassés. Ses parents étaient sur le point de rentrer.

J'ai revu Franck le lendemain et nous sommes sortis ensemble deux jours plus tard. Pour la première fois, j'étais tombée amoureuse.

Mais Camille ne pouvait pas supporter que sa sœur échappât à l'obscurité des Northwood, ne serait-ce qu'un temps. Dans son esprit torturé, le bonheur n'était pas une option valide.

Je me souviens d'un soir où maman était partie avec ses amis musiciens. Nous étions restées seules à la maison. J'étais plongée dans mes cours et ma sœur était allongée dans le canapé, les pieds sur la table basse, un paquet de chips à la main qu'elle engloutissait avec ostentation. Elle regardait le DVD du film *Titanic* pour la troisième fois avec le son presque à fond.

Je la connaissais suffisamment pour savoir qu'elle voulait attirer mon attention.

— Camille, je bosse, tu pourrais mettre moins fort, s'il te plaît ?

J'ai dû m'y reprendre à trois fois pour qu'elle baisse le volume et qu'elle se tourne vers moi.

Pendant un bref instant, j'ai revu la petite Camille sur le perron, celle avec les yeux vides.

Elle m'a souri puis a dit :

— Tu sais qu'un jour je te le piquerai, ton Franck.

J'ai lâché mon crayon et je l'ai regardée en tentant de savoir pourquoi elle venait de me dire une chose pareille.

Puis elle m'a fait un clin d'œil.

— Relaxe, je plaisante, je ne ferais pas de mal à ma sœur chérie.

Elle s'est esclaffée puis a remonté le volume et repris le cours de son film.

Il y avait quelque chose de faux dans son rire.

Trop fort, trop mécanique.

Je n'ai rien rétorqué, trop sidérée.

Et puis j'ai repensé à toutes les fois où elle avait croisé notre couple.

À ses sourires, à ses regards, à ce malaise que j'éprouvais sans pouvoir le définir.

Je me suis soudainement mise à la haïr, j'ai ressenti l'envie de me lever et de la gifler.

Elle ne plaisantait pas du tout, elle en était capable. Rien que par jeu ou par défi. Ou encore pour me prouver que je ne pouvais pas faire confiance aux hommes, qu'ils étaient tous les mêmes salauds.

Mais pas un seul instant je n'aurais pensé qu'elle en tomberait amoureuse.

Chapitre 3

Plainfaing, mardi 21 novembre 2017, 9:30

Pourquoi ai-je si mal à la tête ?

Chacune de mes pulsations cardiaques se répercute sur mon cerveau, trop à l'étroit dans la boîte crânienne.

Ma joue droite est enfoncée dans l'oreiller, ma bouche à moitié recouverte par le tissu, je ne sens presque plus mes membres.

Je pousse un gémissement et ouvre un œil avec difficulté. Ma paupière est collée.

Dans le flou de ma vision, j'aperçois le rideau de la fenêtre onduler légèrement dans la lumière filtrée par les persiennes.

Je gémis à nouveau et me rendors.

Plainfaing, mardi 21 novembre, 14:09

Je dérive sur un radeau en rondins de bois flottant sur des eaux noirâtres. Je suis seule, assise, les genoux rabattus sur ma poitrine, grelottante. Les flots s'étendent à perte de vue sous une voûte céleste sans étoiles.

Aucun son, pas même le clapotis des vagues.

Il n'y a que des ténèbres, insondables.

Et puis, un point lumineux apparaît dans le ciel noir. Le point grossit pour devenir un disque et diffuse sa lueur progressivement. Il dissipe l'obscurité.

Madame Northwood?

Je me redresse sur l'embarcation. Je connais cette voix. Elle me semble venir de la voûte céleste et résonne comme un écho lointain. Le radeau a rétréci, résumé à un carré en dessous de mes pieds, je me demande comment il peut flotter. Désormais, je distingue à peine la mer d'encre, plongée dans une brume épaisse qui s'enroule autour de moi comme un anaconda.

Les spectres. Ils ne veulent pas me laisser partir. Ils souhaitent m'engloutir dans les abysses.

Madame Northwood!

La voix a tonné dans l'obscurité. Le disque de lumière grossit.

J'ouvre les yeux, hagarde.

Une silhouette floue est penchée sur moi.

Je fais une mise au point en quelques battements de paupières.

C'est une femme et son visage est à vingt centimètres du mien. Ses sourcils sont froncés, ses traits tirés. Elle paraît inquiète.

— Madame Northwood?

Je la dévisage sans la reconnaître. Qui est-elle?

Je me décale vers la droite en prenant appui sur mes mains. Mais je m'affale et ma tête manque de percuter la table de nuit de Franck.

Je la fixe, prête à bondir hors du lit. Mais déjà exténuée par ma manœuvre, je demeure immobile.

— Qui êtes-vous? fais-je au prix d'un effort.

La femme ouvre la bouche et affiche une moue perplexe.

— Madame Northwood, tout va bien? Vous ne me reconnaissez pas? C'est Agnès, l'aide-soignante. Il est plus de quatorze heures, j'ai sonné mais personne n'a répondu, alors je suis entrée. Une cafetière était allumée, mais l'odeur m'a alertée, ça puait le café brûlé qu'on a laissé réchauffer trop longtemps, je suis montée pour vérifier que tout allait bien.

Agnès. Oui, je me souviens d'Agnès, mais… ses traits. Avait-elle les yeux verts ? Son visage était-il si poupin ?

J'ai dû la dessiner. Je le fais toujours lorsque je rencontre une nouvelle personne.

— Pouvez-vous me passer ma sacoche, s'il vous plaît ? Celle où je range mes portraits, elle devrait se trouver dans mon atelier.

Avant de me répondre, la femme m'adresse un sourire gêné dans lequel je décèle un soupçon de pitié.

— Oui, bien sûr madame Northwood, je comprends.

Elle quitte la chambre et j'en profite pour me rendre à la salle de bains. Chacun de mes pas est lesté de plomb, et je manque de chanceler avant de pousser la porte.

Le miroir au-dessus du lavabo me renvoie l'image d'un film d'horreur. Des yeux rouges et cernés, des cheveux en bataille, une pâleur spectrale.

Je plaque la paume de ma main contre ma bouche et exhale.

Mon haleine pourrait terrasser un éléphant.

Je grimace et saisis ma brosse à dents.

La femme revient et m'interpelle depuis la chambre.

— Madame Northwood, je viens de mettre la sacoche sur votre lit. Lorsque nous nous sommes rencontrées, je me demandais si vous alliez vous servir de ce portrait que vous aviez fait de moi. On dirait que j'ai la réponse. J'avoue que vous m'avez fait peur.

Et à moi, donc…

Après avoir reposé le dentifrice, je passe de l'eau sur mon visage et arrange mes cheveux pour ne pas ressembler à une méduse morte, puis je me dirige vers le lit.

La femme est dans l'encadrement, elle m'adresse un grand sourire qui lui fait plisser les yeux. Portait-elle cette horrible salopette en jeans lorsque je l'ai supposément rencontrée ? Elle me fait penser à Granpa.

Elle n'a pas l'air méchante et je vois bien qu'elle tente de gagner ma confiance, mais ses traits ont quelque chose d'inquiétant. Je ne sais pas pourquoi, mais quelque chose dans sa posture et ses formes m'évoque une poupée gigogne.

Je m'assois sur le rebord du lit et je sors mes dessins de la sacoche, à la recherche de notre *matriochka.*

Je m'arrête un instant sur le portrait du docteur Adam. J'ai bien réussi à retranscrire l'intensité de son regard et son côté… coincé. C'est le premier mot qui me vient à l'esprit.

Voilà, j'ai trouvé Agnès.

Une esquisse réalisée le 17 novembre à seize heures trente.

Je lève les yeux vers la femme qui me fixe depuis l'embrasure avant de détailler mon dessin. Je répète l'opération plusieurs fois, comme ces douaniers suspicieux qui comparent les visages et les photos de passeport.

Non. Quelque chose cloche. Ce n'est pas elle. Les traits sont différents. Je serre le portrait, incapable de prononcer un mot. Elle a dû remarquer mon trouble.

— Il y a un problème, madame Northwood ? Vous aviez fait un si beau dessin !

Peut-être, mais le visage couché sur le papier n'est pas le même que celui qui me fait face. Il y a une vague ressemblance, mais sur mon esquisse le nez est épaté et les narines sont très larges, alors qu'il est plus fin chez la femme. Les yeux sont en amande plutôt que ronds. Et surtout, je n'aurais jamais oublié de dessiner les cicatrices.

Ce n'est pas elle. Ce n'est pas la vraie Agnès.

Ne pas paniquer.

Trop tard, mon pouls s'emballe, les picotements gagnent mon front et ma gorge se serre. Mon malaise a dû transparaître à nouveau. La femme fait un pas vers moi.

— Excusez-moi, madame Gros, je vois bien que vous avez un problème. Comment pourrais-je faire pour vous rassurer ? Vous vous souvenez, lors de notre entretien, je vous avais parlé de mon accident et… de la perte de ma fille. Et quand je suis venue travailler, j'ai préparé un kouglof… Ah, et des policiers vous ont rendu visite à la maison. Cela vous dit quelque chose ?

Sa voix s'est étranglée sur le dernier mot.

L'accident ne me dit rien, mais il pourrait très bien expliquer les cicatrices sur son visage. En revanche, je me souviens parfaitement du kouglof. Comment pourrais-je l'oublier ? Quant aux policiers, ils sont venus, mais était-ce le même jour ?

Peut-être dit-elle la vérité, mais la « vraie » Agnès aurait très bien pu raconter toute cette histoire à quelqu'un qui lui ressemble et…

Tu t'écoutes ? C'est ridicule.

Je repose le portrait sur la couette et je prends une grande inspiration.

— Je suis désolée, mais mon esquisse ne vous ressemble pas. Et pourtant j'aimerais vous faire confiance, vous avez l'air sincère.

Ou alors, elle a manqué une vocation d'actrice.

La surprise éclaire son visage assombri. Elle fait un pas vers moi, puis se rétracte, soudainement mal à l'aise.

— Je peux regarder, cela ne vous dérange pas ?

Je secoue la tête et je pousse le dessin vers le bord de lit.

Elle le prend et lâche :

— Oh ! Mais ce n'est pas du tout le portrait que vous avez fait de moi, madame Gros, ça, je peux vous l'assurer. Vous m'aviez bien mieux réussie que… cette chose.

Elle lâche un éclat de rire et s'interrompt en plaquant sa main sur sa bouche.

— Excusez-moi, mais regardez-moi cet horrible nez ! C'est presque une caricature à ce niveau-là !

Moi, en revanche, je ne ris pas. J'ai l'impression de devenir folle. J'ai toujours été précise dans mes esquisses, c'est une de mes forces, mais peut-être n'étais-je pas en état de dessiner ? Ou alors – mon estomac se contracte rien que d'y penser – mes problèmes cérébraux s'aggravent.

— Vous êtes bien certaine que le portrait était différent ? J'aurais pu vous rater, cela ne m'arrive jamais, mais… (*Mais quoi ? Dis-le ! Dis que tu pourrais être cinglée !*)

— Non, celui que vous avez fait devant moi était parfait. Très ressemblant. Et très impressionnant aussi. Je n'avais jamais vu quelqu'un dessiner si vite… et si bien. Vous me parliez en plus et je me demandais comment vous pouviez faire deux choses en même temps. Je me suis dit que je vous l'achèterais bien. Tenez, j'étais prête à vous en commander un de plus pour mon François.

Je l'écoute à peine, encore stupéfaite. Ces dessins, comme des notes, forment des repères dans ma mémoire en miettes. Sans eux, je suis condamnée à me perdre dans un dédale de souvenirs et de réalités altérées.

— Mais… comment ?

Je m'adresse à elle, même si la question m'est destinée.

Elle hausse les épaules avant de lever les yeux vers le plafond et me fixer avec l'intensité d'une voyante qui vient d'avoir une révélation.

— Votre mari m'avait parlé de votre somnambulisme et du tableau qui avait changé. Peut-être que vous avez modifié le dessin en dormant ?

— Mais pourquoi ? Cela n'a aucun sens !

Et cela en aurait plus de modifier des détails sur la toile que tu peins ? Réfléchis, Isabel. Il y a peut-être à creuser dans ce qu'elle dit. Et avoue que cette perspective est plus agréable que celle qui condamne ton cerveau à se transformer en gruyère.

Agnès m'adresse une moue peinée.

— Désolée, madame Gros, je n'ai pas la réponse. Mais je pourrais peut-être vous faire une suggestion ?

Je la fixe quelques secondes avant de parler.

— Je vous écoute.

— Peut-être devriez-vous changer de façon de faire. Je sais que vous aimez dessiner, mais la plupart des téléphones sont équipés d'un appareil photo. Ce serait plus simple de l'utiliser, non ? C'est rapide et il n'y aura plus… attendez, j'ai le mot au bout de la langue…

— D'ambiguïtés ? hasardé-je.

— C'est ça, ambiguïtés. Je dois vous paraître stupide, je suis navrée.

Prendre des photos. J'y avais pensé bien sûr, mais je trouvais cela compliqué.

— Merci, Agnès, c'est… une bonne idée.

— Je vois bien que vous n'êtes pas convaincue, mais puis-je encore vous faire une suggestion ? Désolée si j'insiste, mais vous me faites tellement de peine.

Le visage d'Agnès est celui qu'aurait une mère inquiète face à un enfant malade.

— Oui, bien sûr.

— Je suis comme vous, enfin je crois. Je ne suis pas très à l'aise avec la technologie et puis qu'arrive-t-il si on égare notre téléphone ou que l'ordinateur tombe en panne ? On perd nos photographies, non ? J'ai un ami dont l'ordinateur faisait un bruit, un genre de claquement. Eh bien il a perdu tout le contenu de son disque dur. Les souvenirs des enfants… paf ! (Elle frappe son poing dans sa paume)… envolés. François me dit qu'il y a le cloud, mais je ne sais pas ce que c'est et je n'ai pas osé lui demander. J'ai cru comprendre qu'on sauvegardait nos données je ne sais pas où et qu'elles ne pouvaient jamais s'effacer.

Agnès laisse échapper un rire et se reprend. J'aimerais qu'elle abrège, je commence à saturer, d'autant qu'elle a tendance à monter dans les aigus lorsqu'elle s'emballe. La migraine me guette.

— Enfin bref, ce que je veux vous dire, c'est qu'il y a quelques années on apportait la pellicule au magasin. D'ailleurs, j'ai toujours un appareil argentique, mais on a de plus en plus de mal à trouver des endroits pour les faire développer, surtout ici. François devait aménager une chambre noire, mais il a préféré faire des travaux pour rénover la façade.

Je grimace et masse mes tempes.

— Agnès s'il vous plaît, vous m'avez perdue.

— Oh, je suis désolée, j'aimerais tant pouvoir m'arrêter et aller droit au but, mais… OK, je voulais simplement vous dire que vous pouvez imprimer vos photographies. Vous avez une imprimante, non ? Je suis sûre que le docteur Gros en possède une dans son bureau. Alors, prenez des photos et imprimez-les ! Vous n'aurez qu'à rajouter la date et le nom de la personne et les ranger dans votre dossier ! Vous pourrez toujours dessiner, mais juste pour le plaisir. Il faudra que votre mari configure la connexion, mais il est capable de le faire, non ?

Elle n'a pas tort. C'est une bonne idée.

— Ça vous dirait de commencer avec moi ? Je ne voudrais pas… enfin vous voyez, j'ai eu un choc aujourd'hui. Vous pensez que… (elle marque une pause, cherche ses mots) vous pourriez oublier notre conversation ? Demain ou même dans une heure ?

J'aimerais lui dire que ça m'étonnerait, que j'ai des trous de mémoire mais qu'il ne m'est jamais arrivé de tout oublier hormis la semaine qui a précédé la fusillade, mais je sens que mon état s'aggrave. Et si mon amnésie devenait totale ?

Je me lève et dégage une mèche de cheveux tombée devant mes yeux.

— Je vais prendre une photo de vous, Agnès. Mais je ne sais pas où j'ai rangé mon…

J'amorce un pas vers la table de nuit, mais elle me tend mon téléphone.

— Tenez, il était sur l'îlot de la cuisine. Enfin, j'ai supposé que c'était le vôtre. C'est bien le cas ?

Je hoche la tête.

— Merci. Vous pouvez reculer vers la porte ?

Agnès s'exécute, puis je la cadre. Alors qu'elle prend la pose et me gratifie d'un large sourire, je réalise que ce cliché ne servira à rien si je l'oublie avant que Franck ne puisse installer l'imprimante. Je me sens si démunie et empotée. Camille n'aurait pas eu besoin de lui, elle aurait pu se débrouiller toute seule. Je tape sur l'écran pour immortaliser le portrait d'Agnès.

— Cela ne vous dérange pas de me montrer le résultat ? me demande-t-elle avec la moue d'une gamine impatiente.

En guise de réponse, je lui donne l'appareil. Je me rassois sur le bord du lit et je tends ma main en direction du verre d'eau posé sur la table de nuit.

Il n'est pas loin de quatorze heures trente et j'ai l'impression de n'avoir dormi qu'une heure. Pourquoi suis-je si fatiguée ? Si je m'écoutais, je m'allongerais pour une ou deux heures supplémentaires. Mais je n'aurais rien fait de la journée et ce n'est pas bon pour le moral.

— Excusez-moi, je sais que je n'aurais pas dû, mais je n'ai pas pu résister à la curiosité et, désolée, mais je suis tombée sur quelque chose qui..

Agnès me fixe avec un regard trouble, ses traits sont tirés comme si elle avait un point de côté. Je devine qu'un des clichés l'a contrariée. Mais elle n'aurait jamais dû espionner de la sorte sans ma permission.

— Vous avez raison, vous n'auriez pas dû, mes photos sont privées, dis-je sur un ton glacial.

Elle hoche la tête.

— Désolée, madame Gros, mais je dois partir.

Elle a l'air vexée. Non, déçue. Puis elle grimace et pose sa main sur son épaule. Elle semble souffrir.

— Vous avez mal ?

Agnès me tend l'appareil, se détourne et quitte ma chambre sans un mot de plus. Je suis tellement sidérée par son attitude que je n'ai même pas le réflexe de l'interpeller et de lui demander où elle va.

Je saisis mon téléphone pour tenter de comprendre ce qui a pu déclencher cette réaction.

Une dizaine de clichés précèdent celui que je viens de prendre.

Deux montrent le fourgon noir garé devant la porte des voisins. Sur une autre, on peut apercevoir un doberman (sûrement *le* doberman) qui rôde à la lisière de la forêt. Sur deux photos, un homme aux cheveux blancs accusant une légère calvitie et vêtu d'un costume gris se tient près de la fontaine et parle à une femme. On ne voit pas le visage de cette dernière, mais sa stature ressemble fort à celle d'Agnès. Petite, un peu ramassée, les épaules tombantes et le cou large.

Bon sang, comment ces photos ont-elles atterri dans mon appareil ? D'après les données, elles auraient été prises pendant les trois derniers jours. Sauf que je n'ai aucun souvenir d'avoir pris le moindre cliché.

Paniquée, j'ouvre mon agenda pour notifier cet événement perturbant.

Je manque de lâcher le téléphone.

Tous les messages de la semaine ont été remplacés par :

Méfie-toi d'Agnès Metzger.

Quand ai-je fait cette modification ?

Si j'ai écrit ça, c'est que je suis convaincue qu'elle est dangereuse. Mais pourquoi ?

Il faut que je tire cela au clair, elle n'est peut-être pas encore partie. Je peux l'interpeller depuis le balcon ou depuis la fenêtre de mon atelier.

Je me lève, la migraine m'arrache quelques grimaces, mon œil gauche semble avoir doublé de volume. La douleur me lance à m'en retourner l'estomac.

Je titube dans le couloir et je dois m'aider des murs et de l'encadrement des portes pour ne pas tomber.

Je parviens à gagner mon atelier. L'odeur de peinture est si capiteuse que je dois réprimer quelques nausées avant d'arriver à la fenêtre.

En regardant dehors, j'ai un choc. Pendant un moment, je suis persuadée que je sors de deux mois dans le coma. Et puis je me souviens, nous sommes dans les Vosges et en altitude.

Une pellicule de neige recouvre la cour ainsi que la cime des arbres. Les flocons dansent et se déposent avec délicatesse sur les vitres.

La voiture de ma visiteuse du jour est toujours garée juste devant notre entrée.

La neige a commencé à s'accumuler sur son pare-brise. Elle n'est pas partie, mais n'est pas non plus dans son véhicule.

Dans le chalet. Elle est ici et va bientôt enfoncer une lame de cuisine dans ton cou, elle est peut-être déjà derrière toi, se déplace lentement…

Je résiste à l'envie de me retourner, mais je sens la peur ramper le long de mon dos.

Et puis, je l'aperçois. Elle vient de sortir de la maison d'à côté et avance en clopinant vers la lourde porte en fer.

C'était donc bien elle sur la photographie, avec le vieil homme.

Que fait-elle chez les voisins ?

Plainfaing, mardi 21 novembre, 23:05

J'ouvre les yeux en grelottant. Le froid est si pénétrant que mes dents s'entrechoquent.

Je suis couchée sur le sol, dans la neige, la tête à deux centimètres de la racine d'un énorme Douglas. Sans blouson, simplement vêtue de jeans et d'un sweat. Les flocons s'écrasent sur mes joues, une douleur vrombit dans mon crâne. Je plaque une main sur mon front. Le contact est poisseux. Du sang macule mon index et mon majeur. Mais plus que la blessure, c'est la stupeur et l'incompréhension qui me frappent.

Que s'est-il passé ?

J'ai aperçu l'aide-soignante partir en voiture depuis la fenêtre de mon atelier, ensuite j'étais si fatiguée que je me suis allongée dans le lit.

Et après ? J'aurais marché en dormant jusqu'à la forêt ? J'aurais chuté ou heurté un sapin ?

Autour de moi, les arbres couverts de blanc scintillent sous une pâle lumière lunaire filtrée par les nuages. La neige qui avait commencé à tomber le matin et l'après-midi tapisse à présent le sol d'une couche d'au moins cinq centimètres.

Bon sang, mais quelle heure est-il ?

Je me relève en frissonnant, trempée de pied en cap. Un post-it froissé s'échappe de ma main gauche engourdie par le froid.

Je frotte mes paumes, souffle pour redonner vie à mes doigts et chasser la douleur à leurs extrémités. Ensuite, je ramasse le bout de papier. L'encre s'est humidifiée au contact de la neige, mais je peux quand même lire, malgré l'obscurité :

Fuis !

Fuir : c'est ce que j'ai dû faire pour atterrir ici. La crise de somnambulisme n'est pas à écarter, mais il est plus probable que j'aie couru dans les bois pour m'échapper de la maison. J'ai dû tomber ou me cogner, et ensuite je me suis évanouie. Et si je ne m'en souviens pas, c'est à cause de mon cerveau qui débloque. Qu'est-ce qui m'aurait poussée à me sauver, sans même un manteau, un bonnet ou des gants ?

Je contrôle mon pouls. Régulier.

J'inspire et expire lentement. Tout va bien de ce côté, pour le moment.

Mais il y a ce froid. Mes doigts et mes orteils vont geler si je ne trouve pas vite un abri. Je broie le papier dans ma main. OK, je veux bien fuir, mais où ?

Tu ferais mieux de rentrer à la maison, tu as dû écrire ce mot pour je ne sais quel motif que tu as déjà oublié. Mais si tu restes là trop longtemps, on va devoir amputer tes pieds, tu le sais ça, non ? Et ton oxygénation, tu y as pensé ? La cheminée, monsieur O2, Franck. Autant de raisons de revenir au chalet. Ne sois pas stupide.

Non, je ne suis pas ici par hasard. En toute logique, je me trouve encore sur la propriété ; la porte en fer étant cadenassée, je n'aurais pas pu sortir de l'enceinte.

Sauf si tu t'es fait enlever et que tu t'es échappée d'une cabane isolée dans la montagne, tu es peut-être seule dans la forêt, complètement perdue, tu vas crever, ma belle.

Au loin, un chien aboie et grogne. Sûrement le doberman qui rôde dans le secteur.

Au cœur de la nuit et avec cette pluie floconneuse, il est impossible de savoir avec exactitude où je suis. Il me faudrait un point de repère comme le ruisseau ou le mur. Je pourrais retrouver le chemin et rentrer.

Ou alors, tenter ma chance avec le portail.

Je vais appeler Franck.

Attends une minute, et si tu avais fui à cause de lui ? Il s'est comporté de manière étrange et plus encore depuis que tu es au courant pour le divorce et ses soucis financiers. Tu penses vraiment pouvoir lui faire confiance ?

Je plonge une main dans la poche de mon jean à la recherche de mon téléphone.

Je ne trouve qu'un billet de dix euros froissé et la clé de la maison.

Pas de portable. Merde.

Courage, tu es née dans le Maine, tu as connu des hivers à moins trente degrés, tu ne vas pas te laisser intimider par quelques flocons. Et il fait quoi, ici, zéro degré ?

Peut-être, mais je suis trempée. Il faut que je bouge, rester ici, c'est mourir, même à cette température.

L'idée de me bâtir un igloo me traverse l'esprit, nous en construisions chaque hiver dans notre jardin avec Eliot et ma sœur. Il faisait si bon à l'intérieur que nous pouvions ôter nos gants.

Je chasse cette pensée ridicule d'une grimace et j'avance en aveugle en me frottant les bras.

Je déambule entre les grands sapins sans vraiment savoir où je me dirige, jusqu'à ce que mon pied droit s'enfonce dans la neige et qu'un craquement libère l'eau de sa gangue de glace.

Je le retire comme s'il avait touché une plaque chauffante. Je ne suis pas assez rapide et l'eau s'infiltre dans ma chaussure.

C'est le ruisseau, il a dû geler par endroits, la neige a recouvert la glace et je n'ai pas fait attention en marchant.

Ma chaussette est trempée, mais dans mon malheur j'ai trouvé un point de repère. Si je continue à le longer dans le sens de la descente, je vais arriver au mur. Du moins, si mes souvenirs sont exacts. Ensuite, je prends la direction du portail.

S'il est cadenassé, je pourrais tenter de l'escalader.

Et après, tu ferais quoi ? Tu irais où ? Combien de temps vas-tu encore tenir ? Tu te rappelles cette fois où l'oncle Liam avait eu un accident de motoneige ? Il avait failli mourir de froid avant d'avoir la chance de trouver un refuge forestier. Il a tout de même perdu deux orteils et il était bien plus couvert que toi. Remonte vers la maison ! Que peut-il t'arriver de pire que mourir ? Et ton oxygène, tu as pensé à ton oxygène ? À ce foutu monsieur O2 et son nom ridicule !

Je tâte ma carotide. Le pouls est élevé. Le risque que j'encours en tentant de fuir par le portail est trop grand.

D'un autre côté, retourner à la maison est potentiellement dangereux, mais je pourrais aussi avoir eu une crise et avoir fui sans raison, comme Granpa avant qu'il ne disparaisse.

Je suis encore en train d'hésiter lorsque j'aperçois le faisceau d'une lampe torche fendre l'obscurité.

Franck ! Il doit être parti à ma recherche !

Je m'apprête à courir dans la direction lorsqu'un deuxième faisceau croise le premier.

Et il serait avec qui ?

Non, ce n'est pas lui.

Fuis.

Les images de la serveuse criblée de balles et de l'homme en costume qui s'effondre à mes pieds me reviennent en tête, par flashs.

Ce n'est pas le moment d'avoir une crise, Isabel, ressaisis-toi.

Sans réfléchir, je me mets à courir, mais j'ai à peine parcouru quelques mètres que ma poitrine se compresse.

Ménage ton oxygène, calme-toi, respire lentement.

Je slalome entre les sapins, le souffle court et la gorge brûlante. Je n'ose pas me retourner.

Je manque de trébucher sur une racine, mais je parviens à m'agripper à une branche pour ne pas chuter.

Bientôt, je ne perçois plus que le son de ma respiration et du sang qui pulse dans mes veines.

Le mur, tu dois regagner le mur.

Le faisceau d'une lampe me frôle.

Et derrière moi, j'entends :

— Elle est ici ! Là !

Une voix grave que je ne reconnais pas.

Ma gorge se noue et les larmes envahissent mes yeux. J'ai de la peine à respirer et je dois ralentir la cadence.

Le mur, courage, tu dois regagner le mur. Tu peux le faire.

Non. Je suis à bout de souffle.

Un coup de feu éclate derrière moi.

Je me fige, aussi raide qu'une biche prise dans le faisceau d'un phare de voiture.

Et les images affluent.

Le plateau tombe des mains de la serveuse, l'homme crie « Non, non » et se protège avec ses mains, je me retourne pour faire face au cinglé armé d'une mitrailleuse. Je ne vois pas son visage dissimulé par une cagoule noire, une femme et son enfant gisent à ses pieds, il tire sur un client qui reçoit trois balles dans le dos. L'impact le propulse sur le bar. Et plutôt que fuir, je fonce, vers lui, je vais le neutraliser, je dois le mettre à terre. Je suis à deux mètres de lui. Il se tourne vers moi, nos regards se croisent.

Et il fait feu alors que je m'élance sur lui.

Rideau.

Deux mains m'agrippent par les épaules, tandis qu'on place un sac en toile sur ma tête.

On me soulève.

Je ne résiste pas. Je n'en ai pas la force.

Mémoires #9

Deux ans après notre arrivée à Paris, Camille et moi étions passées en deuxième année et parlions parfaitement le français. Seul un accent américain prononcé trahissait nos origines. Nous étions intégrées, possédions un cercle d'amis conséquent et maman se produisait sur quelques scènes de la capitale (c'était bien loin de ce que nous avions imaginé, mais elle semblait heureuse et c'était tout ce qui comptait). Je n'irais pas jusqu'à dire que nous nagions dans le bonheur, mais nous bénéficiions enfin d'une période d'accalmie. Camille et moi téléphonions à papa chaque week-end. Lors de notre dernier coup de fil, il nous avait promis de venir nous rendre visite à Noël. Il fallait « juste » qu'il puisse mettre suffisamment d'argent de côté pour payer le billet d'avion. Comme c'est aussi ce qu'il nous avait dit l'année précédente, nous avions peu d'espoir de le voir débarquer. Même s'il nous manquait, nous écourtions nos conversations, pour ne pas nous exposer trop longtemps aux « radiations » Northwood. Lui parler était comparable à s'immerger dans une eau noire, replonger dans un passé sinistre. Côté cœur, j'étais toujours avec Franck. Malgré sa promesse de me le ravir, ma sœur s'était tenue à l'écart de notre couple. Je sentais toutefois un malaise entre nous deux. Elle enviait la stabilité de ma relation alors qu'elle-même enchaînait les conquêtes, séduisant une proie, avant de se lasser et de passer à la prochaine. Et il y avait une longue file de candidats pour la mante Camille. À vingt et un ans, elle était plus populaire que jamais.

Dave était devenu un de nos meilleurs amis (et l'amant occasionnel de Camille), plus en raison de ses « bons plans » et de la fortune de ses parents que par véritable affinité, il faut l'avouer. Ce n'était pas un garçon antipathique, loin de là, mais il planait toujours à vingt mille lieues, ses yeux rougis fixés sur un monde caché derrière un voile de fumée. La réalité avait peu d'emprise sur les types comme lui, sans repères, perdus dans ses nuages de cannabis et sans une once de responsabilité. Tenir une conversation sérieuse avec Dave était aussi intéressant qu'entamer une discussion avec un mur de brique, il n'appartenait pas au même univers. Mais je ne vais pas mentir, avoir un Dave dans son cercle intime avait ses avantages. Fêtes tous les week-ends arrosées au champagne grand cru, invitations régulières dans des restaurants gastronomiques trois étoiles, virées occasionnelles dans les résidences secondaires en province. Un an après notre arrivée, nous avions été conviées un mois en Grèce sur le yacht de ses parents. Un séjour inoubliable. Le problème, c'est que les Dave attirent également les parasites, et sa tendance à consommer des stupéfiants l'avait vite exposé à des espèces nuisibles.

Nous étions en mai 2001 et cela faisait déjà plusieurs semaines qu'une bande de caïds (des dealers parisiens) se joignaient à nos fêtes du vendredi. Camille ne semblait pas incommodée, mais pour ma part j'avais décidé de ne plus fréquenter ce genre de soirée. D'ailleurs, Franck avait un peu levé le pied sur l'alcool et les pétards (sa sixième année était particulièrement exigeante) et préférait passer son temps libre avec moi, surtout que l'internat lui rapportait un plus gros salaire. Bien sûr, chaque soir ma sœur y allait de sa petite pique pour me culpabiliser. « T'es sérieuse, je vais être seule encore une fois ? » « Dave compte sur toi, frangine, tu sais à quel point il t'apprécie. » Quelquefois, elle tentait de m'amadouer : « Tu devrais venir, Dave sort sa cuvée spéciale de Dom Pérignon, ça n'arrive pas tous les jours. » J'ai même eu le droit à « Tu sais que son père connaît Brad Pitt, il sera certainement là ce soir, non je ne déconne pas. »

Aucune de ses approches ne fonctionnait et elle devait se résoudre à y aller seule.

Sauf le vendredi 11 mai. Franck avait chopé une intoxication alimentaire en mangeant des moules et cela faisait déjà deux jours qu'il était secoué. Je lui avais proposé de venir chez lui, pour regarder un film, mais il avait insisté pour que je m'amuse (en vérité, il détestait que je le voie dans cet état).

C'est comme cela que je me suis retrouvée chez Dave, accompagnée d'une sœur perchée sur des talons hauts. Elle était habillée d'un débardeur échancré et d'une minijupe en skaï rouge qui dévoilait dix centimètres de peau au-dessus de ses bas résille noirs s'arrêtant mi-cuisse. Pour ma part, j'avais opté pour une paire de jeans, un sweat à capuche ample et une paire de Converse.

Dès le début de la soirée, je ne me suis pas sentie à ma place. Déjà, nos amis habituels n'étaient pas présents, au contraire des deux types patibulaires que j'avais remarqués les fois précédentes. Leur proximité me faisait froid dans le dos. Le plus repoussant était celui qu'ils appelaient Slit. Un petit blond aux yeux globuleux et au visage crénelé comme s'il avait gratté tous les boutons de varicelle sur sa peau. Il portait toujours le même T-shirt noir troué par les boulettes de shit et parsemé de pellicules au niveau des épaules. Mais au-delà de son physique peu engageant, il avait ce regard de reptile et cette façon obscène de sortir la pointe de sa langue quand il vous dévisageait. Sans compter qu'à la dernière soirée où je l'avais vu, Slit avait fait quelques démonstrations avec son couteau papillon en prenant à partie Amir, un étudiant de ma classe. Après avoir jonglé avec son couteau, il avait failli lui planter la lame dans la main, et je suis persuadée qu'il voulait lui faire peur. Son acolyte, Finger, était d'un tout autre genre, un grand Martiniquais à la limite de l'obésité morbide et au look de gangster afro-américain : embagousé, cascade de colliers dorés, baskets flashy. Son surnom lui venait d'une particularité physique : il lui manquait une phalange au petit doigt de la main gauche, qu'il s'amusait à recouvrir de dés à coudre customisés.

Au bout d'une heure dans cet environnement, je n'avais qu'une envie : rentrer. Trop d'inconnus, la fatigue, mon inquiétude pour Franck et cette ambiance rendue poisseuse par la présence des deux voyous. Je m'étais mise en retrait, proche de la porte du balcon, un verre à la main et quelques petits fours stockés sur une assiette. J'ai tenu le temps que j'ai pu en esquivant les regards, les conversations et en jetant des coups d'œil réguliers à ma montre. Passé vingt-trois heures, je songeais déjà à prendre un taxi. J'avais compté sur la lassitude de ma sœur, étant donné que sa cour habituelle n'était pas là pour la couvrir de compliments.

C'était mal la connaître. Camille était fidèle à elle-même : coupe de champagne à la main et éclats de rire forcés. Je m'étais trompée. La présence d'inconnus lui offrait une opportunité de chasser un nouveau gibier. Un buffet de nouvelles personnes à séduire pour élargir son cheptel.

Camille ne dansait pas, elle provoquait. Elle montait sur la table basse et se trémoussait lascivement devant une assistance médusée. Sans se rendre compte qu'elle jouait un jeu dangereux.

J'avais remarqué que Slit la dévorait du regard et commençait à taper du pied frénétiquement. Il était sorti de sa réserve pour rejoindre les quelques zombies alcoolisés et enfumés qui formaient un cercle autour de ma sœur. Son ami Finger avait les yeux mi-clos et dormait à moitié depuis une bonne heure déjà dans le grand canapé en cuir blanc.

J'ai attendu que Camille s'excuse auprès de sa cour pour m'éclipser aux toilettes afin de la prévenir.

— Je vais rentrer, je n'en peux plus et tu ferais bien de venir avec moi. Je ne sens vraiment pas ces types.

Elle m'a regardée puis a levé les yeux au ciel avant de s'esclaffer.

— On est chez Dave, que veux-tu qu'il m'arrive ? Tu t'inquiètes trop, encore une fois. Tu peux partir, je vais rester un moment, je vais sûrement coucher ici d'ailleurs, si ça peut te rassurer.

Elle a laissé passer un silence avant de continuer :

— Avec Dave, dans sa chambre, avec un peu de chance il y aura encore quelque chose à en tirer.

Puis elle a ponctué sa phrase d'un clin d'œil.

— Tiens, prends mon téléphone et appelle un taxi. Et ne t'inquiète pas pour moi, on est entre amis ici.

Elle m'a tendu son portable, un Nokia 3210 à la coque rouge. En 2001, tout le monde n'en possédait pas.

Et c'est ce que j'ai fait. J'ai appelé un taxi et je suis rentrée chez moi avec une boule au ventre.

Le téléphone de notre appartement a sonné à quatre heures du matin. J'étais seule à la maison, maman n'était pas encore revenue de sa soirée dansante.

C'était Dave.

Rien qu'au premier mot, j'ai su qu'il s'était passé quelque chose de terrible.

Je l'ai écouté parler sans prononcer une parole, sans respirer non plus. Le téléphone pesait de plus en plus lourd dans ma main et la gravité m'enfonçait dans le sol.

J'ai raccroché sans dire un mot. Je suis restée immobile pendant presque une minute, puis j'ai hurlé à m'en arracher la gorge. J'ai balayé le combiné d'un revers, il a roulé jusqu'à ce que le cordon se tende. Et puis j'ai martelé mes poings sur le mur. Le cadre qui surplombait la petite table sur laquelle on avait posé le téléphone s'est fracassé contre le carrelage. La photographie de la famille Northwood s'est détachée et a glissé sur quelques centimètres : on y voyait Granpa, papa et maman debout devant la maison. Eliot souriait et il lui manquait deux dents sur la rangée du bas. Ma sœur et moi étions assises sur une nappe de pique-nique à carreaux.

Je l'ai ramassée.

Camille. Ma sœur.

Elle avait été violée à tour de rôle par tous ceux qui étaient restés. Sous la menace d'un couteau, Slit l'avait forcée à le sucer jusqu'à ce qu'il jouisse et après cela avait dégénéré. Dave avait tenté d'intervenir, mais Finger l'avait frappé et maintenu au sol. Plus d'une heure de calvaire. Avant de partir, Slit avait tailladé la joue de Dave et lui avait fait jurer de ne rien dire, faute de quoi il le tuerait. Ajoutant à ses menaces que tout son fric n'y changeait rien, qu'il était son pantin, sa chose.

Dave avait retrouvé ma sœur, à peine consciente, le regard dans le vague. Ces porcs l'avaient frappée, elle avait perdu du sang.

Lorsque je l'ai vue quelques heures plus tard, j'ai reçu un uppercut qui m'a transportée de nombreuses années en arrière.

Camille était assise sur le rebord du lit, hagarde.

Un spectre.

Je l'ai appelée, ou plutôt j'ai murmuré son nom. Elle me paraissait si fragile que même un mot prononcé trop fort aurait pu la briser.

Elle a tourné la tête vers moi et j'ai eu un choc : Camille avait le même regard perdu et vide que cette soirée passée auprès de Granpa sous le perron.

Ses yeux s'étaient éteints. Il n'y avait plus personne aux commandes.

Et d'instinct, j'ai deviné. J'ai su qu'elle avait vécu quelque chose d'effroyable alors que nous n'avions que sept ans.

Ce sordide épisode a pris fin une semaine plus tard quand Dave m'a annoncé que ces deux salopards de Slit et Finger avaient été découverts dans une ruelle, assassinés de plusieurs coups de couteau.

Pour moi, ce n'était pas une coïncidence. Camille les avait retrouvés et avait payé quelqu'un pour les tuer.

J'en étais convaincue.

Chapitre 4

Plainfaing, mercredi 22 novembre, 00:09

Cinq, quatre, trois, deux…

J'inspire un mince filet d'air entre mes dents serrées. Un des derniers, si on ne vient pas m'aider rapidement. Les symptômes ne trompent pas : mon cœur doit battre à plus de cent quatre-vingts pulsations par minute, mon crâne menace d'exploser. Je ne pourrai pas tenir encore longtemps sans un apport d'oxygène. Je marmonne quelques sons à l'attention de la brute qui me transporte. En réponse, il me repositionne sur ses épaules et ma tête heurte son blouson en cuir. Malgré le sac de toile, je respire de fortes effluves de sueur.

Je voudrais me laisser glisser, mais le molosse doit faire le double de mon poids et sa poigne est ferme.

J'ai déjà tenté de me débattre. J'ai martelé mes poings dans son dos et donné des coups de pied sur sa poitrine.

Mais il m'a vite fait comprendre en serrant mes jambes à m'en couper la circulation que j'avais intérêt à me calmer.

Une rébellion stupide qui n'aura servi qu'à m'épuiser.

Je pense avoir perdu connaissance à mi-chemin, dans la forêt. J'ai repris mes esprits, déboussolée et incapable de me situer. La tête renversée, le corps tétanisé par le froid, je ne distingue que ses pieds qui s'enfoncent dans la neige et ne perçois que le son éraillé de sa respiration.

L'homme monte une pente, me semble-t-il. Il marque une pause avant d'ouvrir une porte. Une vague de chaleur me saisit. Les extrémités de mes membres sont piquées de mille aiguilles lorsqu'il franchit le seuil.

Il parcourt quelques mètres avant que son acolyte ne le rejoigne.

— Je reste à l'étage. Je vais effacer les traces, donne-moi cinq minutes.

La voix est venue de derrière.

Les traces ? Les traces de quoi ?

Mon ravisseur ne lui répond pas et continue d'avancer (il traverse peut-être quelques pièces, impossible de savoir avec le sac sur la tête et l'obscurité environnante), seulement éclairé par la lueur de sa lampe torche.

Pourquoi les lampes sont-elles toutes éteintes ?

Il pousse une dernière porte et descend des escaliers. Je ressens les secousses à chaque marche.

Une odeur de vernis me monte aux narines, je pourrais vomir si j'en avais la force.

Je me souviens de cette fragrance envahissante. Nous sommes dans notre maison.

Parvenue au sous-sol, la brute s'immobilise et me soulève comme si je n'étais pas plus lourde qu'un sac de plume.

— Isabel ? C'est Isabel ? Laissez-la tranquille, bande de salopards !

Franck !

Sa voix est étranglée et il s'est exprimé comme s'il avait une pomme de terre dans la bouche (ou qu'il lui manquait des dents…)

Je veux lui parler, mais j'ai à peine la force de le faire. Mon esprit s'égare et je vois Camille danser dans le salon et ma mère rapporter un plateau de cookies et le déposer sur la table basse.

Pourquoi ce souvenir ? Ce n'est pas bon… je suis en train de partir.

— Franck… dis-je dans un murmure.

L'homme me balance sur le sol et ma tête heurte le carrelage. La douleur se propage du sommet de mon crâne jusqu'à la base de mon dos. Je laisse échapper un gémissement.

Ma respiration n'est plus qu'un râle, à peine audible. Je réalise que je vais finir ici, ligotée et allongée, un sac en toile sur la tête et sans en connaître la raison.

— Aidez-la ! Elle a besoin d'oxygène ! Mais putain, faites quelque chose, elle va mourir. Sa bouteille est à l'étage, dans la chambre, je vous en supplie !

Ma vue se trouble et s'auréole d'un voile noir, mais le sac s'est relevé et j'aperçois les jambes étendues de Franck.

Un son mat, suivi d'un cri. Les jambes de Franck tressautent. Je pense qu'il vient de se prendre un coup de poing ou un coup de pied. L'opération se répète plusieurs fois. Le molosse est en train de tabasser mon mari et je ne peux rien faire.

— Fallait y penser avant de nous entuber, fait une voix rauque. Si ta pute crève, c'est ta faute, pas la nôtre. Faut pas jouer au con quand on a une famille, Doc. Au moins, tu as eu la décence de ne pas avoir d'enfants. Ce n'est pas mon truc de faire brailler les mômes, mais je l'aurais fait. Crois-moi, je l'aurais fait.

— Ôtez-lui ce foutu truc de la tête au moins ! crie Franck, au bord des larmes.

J'aperçois les grosses chaussures aux semelles recouvertes de neige fondante s'approcher de mon mari et se poser sur sa cuisse. La brute fait peser tout son poids. Franck gémit entre ses dents serrées.

— Pour un médecin, je te trouve plutôt stupide. Tu préférerais qu'elle voie nos tronches ? Qui sait, elle a peut-être une chance de s'en sortir vivante contrairement à toi.

— Elle… (il reprend son souffle)… elle… Isabel souffre de prosopagnosie, elle ne reconnaît pas les traits du visage des personnes qu'elle croise. Et de toute façon, elle va mourir si vous ne lui apportez pas son oxygène ! Vos têtes sont le dernier de ses soucis en ce moment !

Autre son mat, suivi d'une quinte de toux et d'un gémissement.

— Oh, et je dois te croire, Franckie ? Après tous les bobards que tu nous as servis ? Après nous avoir menés en bateau pendant des mois ? T'être barré dans les Vosges sans rien nous dire ? Non, Doc, c'est fini. Tu vas payer, mais avant on va s'amuser avec ta pute devant tes yeux. Et avec le paquet de pognon que tu nous dois, on ne va pas se priver, crois-moi. Elle va crier, ta garce, et cela ne sera pas de plaisir.

Les jambes de Franck s'agitent sur le sol.

— Non ! Non ! Écoutez. Je vais payer ! Je suis à deux doigts de mettre la main sur une grosse somme d'argent. Pas des milliers d'euros, mais des millions ! Je ne déconne pas, vous faites une connerie, une énorme connerie ! Je peux vous donner bien plus, mais pour ça, ma femme doit rester en vie.

— Bla, bla, bla. Ne te fatigue pas, Doc. Je suis imperméable à ton baratin.

Les semelles s'avancent vers moi.

Une main se pose sur le haut de mon crâne et tire d'un coup sec sur le sac. J'ai à peine la force de relever la tête et mes yeux sont mi-clos. Mais j'aperçois Franck: ligoté, les bras rabattus dans son dos et attachés à une poutre en bois.

Son visage n'est plus que boursouflures et ecchymoses. Du sang tache sa chemise, des croûtes parsèment son cou. Un de ses doigts fait un angle à quatre-vingt-dix degrés.

J'aperçois enfin un de mes ravisseurs. Un monstre mesurant pas loin d'un mètre quatre-vingt-dix et pesant dans les cent cinquante kilos. La bête me fixe de ses gros yeux noirs, enfoncés sous des arcades proéminentes. Sa lèvre basse pendante lui donne un air de bouledogue.

Je ne pense pas l'avoir croisé un jour, je ne l'aurais pas oublié.

Après m'avoir dévisagée, il se tourne vers Franck.

— Elle est complètement paumée, ta femme. T'as vu son regard? Je suis sûr qu'elle ne doit rien paner, hein? Elle sait que son mari est une grosse merde qui se ruine en jeu, en putes et en drogue? Elle sait à quel point tu t'acoquines avec des gens pas fréquentables, Doc?

Franck grimace de douleur et ouvre la bouche. Ils ont dû lui briser plus d'une dent.

— Elle ne sait rien. Et même si elle savait. Elle souffre d'amnésie aussi et…

— Épargne-moi le baratin, je n'en ai rien à foutre, coupe la brute.

Il avance vers moi, mais ses traits sont flous. Ma respiration crépite. Il me saisit par le menton et s'agenouille.

— C'est vrai que t'es mal en point. Et c'est vrai que t'es un beau brin de fille aussi. Ça serait dommage que tu te brises avant qu'on ait pu jouer un peu ensemble. Mais ne t'inquiète pas, dès que mon copain sera descendu, j'irai chercher ta bouteille. Sauter les cadavres, ce n'est pas mon truc non plus.

Il passe son doigt sur mes lèvres. Les larmes embuent mes yeux. Je n'ai ni le courage ni la force de lui répondre ou de le supplier.

— On va offrir un beau spectacle à ton mari.

— Vous faites une connerie. Elle… elle vaut de l'or. Il y a des millions dans sa tête. Et je peux le prouver, je peux le prouver. Merde, laissez-moi le prouver !

De quoi parle-t-il ? C'est ma dernière pensée lucide. Dans mon esprit, je suis déjà ailleurs. Je ne sens plus mon corps, je n'ai plus froid. Camille me tend la main. Elle est radieuse, baignée d'une lumière blanche et vive.

C'est comme cela que l'on meurt, alors ?

Plainfaing, mercredi 22 novembre, 01:15

Je suis allongée sur le dos, étendue sur notre nappe de pique-nique déployée sur le gazon. Mes paupières closes se saturent d'orange et de rouge. Ma sœur est à mes côtés, nous nous sommes enduites d'huile de tournesol pour accélérer nos bronzages. Mon corps est en feu à l'exception de mes pieds, à l'ombre du grand érable sur lequel la fratrie a gravé son nom. Sous le porche, à quelques mètres, les grincements du rocking-chair de Granpa, dont le balancement ralentit peu à peu, rythment sa sieste digestive. Je me demande comment il peut s'assoupir avec les cris que pousse Eliot et les jappements aigus du chien. Mon frère court en zigzag sur le gazon pour narguer Hermès. Eliot le provoque et attend que l'animal lui saute dessus.

Isabel !

Les couleurs chaudes s'évanouissent sous mes paupières. Les sons – hurlements, aboiements, grincements – ont également disparu. Mon corps est devenu aussi froid que la glace.

Je me lève en grelottant. Autour de moi, le décor s'est figé, seuls quelques lourds flocons tombent d'un ciel gris-noir.

Isabel!

Tout est statique, sauf la neige couleur de cendre. J'ai l'impression d'être à l'intérieur d'une boule de souvenir. Eliot s'est statufié dans son élan, ses jambes flottent à quelques centimètres du sol. Hermès, la gueule ouverte, s'apprête à lui pincer le mollet. Granpa est soudé à son fauteuil, les yeux fermés, la peau aussi bleue qu'une veine gelée. De petites stalactites pendent à ses joues et dans ses cheveux.

Je fais un pas vers lui. Un coup de tonnerre retentit. Et les sons explosent.

Staccato de mitrailleuse. Cris, maelstrom de bruits et de flashs lumineux.

Le décor reprend vie, un cœur rendu frénétique sous une injection d'adrénaline.

Le chien aboie et grogne. Le rocking-chair repart de plus belle et bascule à un rythme endiablé. La bouche de mon grand-père est ouverte au point de lui disloquer la mâchoire et laisse échapper un râle ininterrompu fait de plusieurs voix dissonantes.

Isabel!

Je me retourne, la nappe est miteuse et tachée d'une moisissure noire. Ma sœur n'est plus qu'un squelette couvert de mousse et d'algues.

Un hurlement.

Eliot se débat et repousse la tête d'Hermès qui a planté ses crocs dans son cou.

Je voudrais intervenir, me précipiter vers lui pour le sauver, mais mes muscles n'obéissent pas.

Liam surgit de nulle part. Il est face à moi. Ses yeux globuleux et rouges sont fixés sur les miens. Sa peau pâle, presque translucide, évoque un spectre.

— Cela valait le coup ? Tu as vraiment cru aux conneries d'éclat du vieux fou ? Aux délires de ton grand-père sénile ? Regarde où tu en es. Réveille-toi, Isabel. Réveille-toi.

Mes paupières s'ouvrent sur un nimbe flou.

— Isabel. Tu vas bien ?

La voix – celle de Franck ? – me semble lointaine, irréelle.

D'autres marmonnements diffus me parviennent, des échos.

Il y a quelque chose d'enfoncé dans mon nez.

De l'air circule dans mes narines. Non… de l'oxygène. La sensation est familière. Les lunettes de la machine.

Monsieur O2.

Je suis à la maison…

— Elle reprend connaissance, fait une voix que je ne reconnais pas.

Une voix désagréable, aigre.

… mais pas dans mon lit.

Je recouvre ma vue après quelques battements de paupières et aperçois le carrelage du sous-sol de notre chalet. Je suis assise, adossée à un carton. Franck est en face de moi, méconnaissable. Ses yeux sont fermés ou trop gonflés pour que je puisse les distinguer. Un filet de bave rosé s'échappe de la commissure de ses lèvres. Sa tête penche sur le côté, il gémit.

— Isabel, lâche-t-il dans un souffle avant que sa tête ne s'échoue sur son épaule.

La brute est agenouillée à côté de lui, un sécateur dans sa main ensanglantée. Je n'ose pas regarder davantage et détourne mes yeux.

— Le doc s'est évanoui, je fais quoi ?

Il me parle ? Non. Il fixe quelqu'un d'autre.

— On s'occupera de lui plus tard. On va d'abord vérifier s'il nous a dit vrai, cette fois.

La voix est venue de ma droite. Je la distingue mieux à présent. Nasillarde, posée.

— Laissez-le tranquille, s'il vous plaît, dis-je en tournant la tête vers l'inconnu.

En le voyant, je voyage dans le temps. Pendant une fraction de seconde, son visage porte les traits de Slit. Même regard vicieux, lèvres pâles, sourire en accent circonflexe, teint cireux. Des cheveux blonds et brillants sous la lumière du sous-sol. Et puis je réalise que non, ce n'est pas possible. Cette racaille est morte depuis longtemps.

L'homme passe la main dans sa chevelure laquée et émet un bruit de succion désagréable avant de s'agenouiller à mon niveau.

— Tiens, la Belle au bois dormant est parmi nous. Cela tombe bien. Ton mari, que tu n'as pas l'air de si bien connaître que ça, m'assure que… (il plaque son index sur mon front)… dans ta petite tête se cache une information qui pourrait (il se tourne vers Franck), et je dis bien pourrait, permettre à cette raclure de Frankie de payer ses dettes avec intérêts.

Il me caresse les cheveux. Des frissons de dégoût parcourent mon corps.

— Tu vois, j'étais sur le point de… régler son compte au doc. Et avec mon ami, nous étions en train de débattre de ce que nous allions faire de toi. Mais je ne sais pas, l'instinct, ou son ton plus sincère que d'habitude m'ont convaincu de le laisser respirer. Je lui ai donné l'occasion de me prouver qu'il disait vrai. Alors, pendant une heure, peut-être un peu plus, le doc a le bénéfice du doute.

L'homme plonge sa main dans son blouson (un bomber vert) et en ressort un petit carnet de notes Moleskine. Je le reconnais, c'est celui de Franck.

Il plaque son pouce sur la tranche et fait défiler les pages, un sourire énigmatique aux lèvres.

— Tu sais ce qu'il y a dedans ?

Je secoue la tête.

— La preuve que ton mari est un enculé de premier ordre. Personnellement, si j'étais à ta place, je supplierais que mon ami finisse le travail… avec lenteur.

Mon regard dérive vers Franck.

L'homme fait claquer ses doigts devant mes yeux.

— Hey, c'est ici que ça se passe. Le doc est dans les vapes. Mais toi, je veux que tu sois concentrée, hein. C'est bon ? J'ai ton attention ? Hoche la tête si tu comprends.

Je m'exécute.

— Bien. Dans ce carnet, ton mari a pris des notes sur toi. Sur ton état et sur ses expériences. Je n'ai pas eu le temps de tout lire, mais il ne se serait pas donné autant de mal juste pour nous enfumer une fois de plus. Je pense que…

L'homme réitère son geste et appuie son doigt – légèrement poisseux – sur mon front.

— … il voulait vraiment extraire une information dans ta cervelle.

— Quelles expériences ?

Il parcourt le carnet de notes de l'index.

— Voyons, voyons, voyons… eh bien on dirait que le doc s'est bien amusé, hypnose, drogue… EMDR… Ça, je ne sais pas ce que c'est. En tout cas, il n'a pas attendu longtemps après ta sortie du coma pour se mettre à fouiller dans ta tête.

J'ai l'impression d'être dans un cauchemar ou victime d'un canular. Je vais me réveiller ou alors quelqu'un va entrer et crier « Surprise », Franck va se lever, tout le monde va s'esclaffer de rire. Sauf moi.

Mais le regard impatient et chargé de noirceur de mon vis-à-vis me ramène à la réalité.

— Je n'ai aucune idée de… je ne comprends rien… quelle information ?

L'homme pousse un soupir, referme le carnet et le range dans sa poche arrière.

— Laisse-moi te poser quelques questions avant, veux-tu ? Le cambriolage au musée des Beaux-Arts de Montréal, cela te parle ?

J'ai envie de crier « Quel est le putain de rapport ? », mais une fois encore l'intensité du regard et les traits graves du sosie de Slit m'incitent à lui répondre.

Je déglutis et dis :

— Je… oui. En 1972, plusieurs tableaux ont été volés, dont…

As-tu trouvé l'éclat, ma colombe ?

Impossible de continuer. Les messages reçus sur mon téléphone remontent à la surface, régurgités par ma mémoire malade.

« Paysage avec rochers et ruisseau » de Gustave Courbet. « La Sorcière » de Narcisse Virgile de la Peña. Ces toiles faisaient partie des œuvres volées en 1972 ! Comment ai-je pu passer à côté ? Mais pourquoi les messages ? Il ne peut pas y avoir de rapport avec moi, ou bien Franck. Si ?

L'homme me saisit par le menton et me secoue la tête. Ses yeux se sont plissés, mais derrière les paupières mi-closes brille une curiosité ardente.

— Continue, je t'en prie.

— Plusieurs tableaux célèbres ont été volés et personne n'a jamais retrouvé les coupables. Dix-huit peintures, des bijoux. Et parmi les toiles, il y avait un Rembrandt…

L'homme hoche la tête, ses traits se décrispent.

— Je ne suis pas expert en œuvres d'art, mais je pense que cela représente beaucoup d'argent. Plusieurs millions.

Il a prononcé « millions » comme si c'était une question. Dans son regard, je sens qu'il cherche à me sonder, à déterminer si je lui mens ou si je cache un renseignement. Il doit penser que j'ai quelque chose à voir avec ce vol.

Cela n'a aucun sens…

Il ignore mon expression incrédule et continue.

— Tu vois, ton mari m'assure que tu sais où se trouve le Rembrandt. Que l'information est dans ta tête.

C'est tellement absurde que je ris nerveusement.

— Mais c'est… ridicule. Je suis… j'étais une critique et une marchande d'art, pas une receleuse. Et un tableau comme celui-ci ne serait pas passé inaperçu. C'est une histoire de dingue.

Parler m'épuise, et des étoiles commencent à danser dans mes yeux. Y a-t-il suffisamment d'oxygène dans la bouteille ?

L'homme m'adresse un sourire sans joie et tire légèrement sur la lunette.

— J'espère que c'est la vérité car, absurde ou pas, c'est la seule raison pour laquelle le doc est en vie et que tu respires encore. Tu sais, dans notre métier il est nécessaire de posséder certaines qualités. L'intelligence en fait partie. On ne s'oppose pas au système en place sans être un minimum futé. Il faut en avoir dans le crâne pour passer entre les mailles du filet, surtout de nos jours avec cette foutue technologie. Alors, ne te fie pas aux apparences et surtout ne nous prends pas pour des imbéciles. Tu vois mon collègue, je l'appelle Jumbo. Pas parce qu'il est bâti comme un éléphant, non. Mais en raison de sa mémoire ahurissante. C'est simple, il retient tout. Numéros, vêtements portés par untel, les repas mangés il y a plusieurs semaines. Tiens, je suis prêt à parier qu'il est capable de ressortir toutes les conneries que ton mari nous a servies depuis qu'on s'est rencontrés ; mot par mot. Je n'ai pas ce don-là, mais j'en ai d'autres : de l'instinct, de l'intuition. Je suis un vrai bâton de sourcier qui détecte automatiquement les mensonges. Par exemple, je savais que le doc nous menait en bateau depuis le début et je l'ai suivi de près. Maintenant, mon instinct me dit que même si cette histoire de tableau volé est un peu grosse, il y a un fond de vérité derrière. Et avant qu'on ne lui coupe un doigt…

Je laisse échapper un cri d'épouvante et mon regard dévie vers Franck qui dort toujours.

— … oh, ne t'inquiète pas, c'est le petit doigt. Et crois-moi, il s'en sort plutôt bien. Tu sais, nous sommes des businessmen. La violence n'est utilisée que si nécessaire. C'est le cas pour le doc. Il n'a pas respecté sa part du contrat et a tenté de disparaître en venant se perdre dans les Vosges. D'ailleurs, c'est idiot d'avoir emménagé dans une résidence secondaire… j'imagine qu'il n'a pas réussi à la vendre. Elle aurait pourtant pu éponger une partie de ses dettes.

— De quoi… quelle résidence secondaire ? Vous devez faire une erreur. Nous n'avions qu'un appartement à Paris.

Il secoue la tête.

— C'est faux, désolé. Mais je ne suis pas détective privé. Tu pourras demander à ton mari… à condition d'avoir satisfait à mes exigences.

— Mais je ne vois pas de quoi…

Mes yeux s'embuent de larmes et je suis prise de spasmes incontrôlés.

L'homme pose son index sur mes lèvres.

— Chut. Ne panique pas, tout va bien se passer, crois-moi, je sais ce que je fais. Tiens, voilà quelques éléments qui vont t'aider à raviver ta mémoire. Le doc m'a dit que ta mère aurait déjà vendu deux toiles, mais qu'elle a conservé ce foutu Rembrandt.

Chaque mot prononcé provoque un mouvement de ma tête. Je ne me souviens pas de cette révélation de ma mère. Camille était-elle au courant ?

— Quelque chose en rapport avec ton grand-père… Oswald. Il aurait fait partie du groupe qui a volé les œuvres d'art avant de venir s'installer dans le Maine. Ton grand-père en aurait parlé et ta mère aurait voulu le vendre pour payer des soins à ton frère. Une triste histoire. J'avoue que le discours de ton mari était confus. Il faut dire que Jumbo a cogné dur. Mais peu importe, car je vais trouver. Oh ! Je vois bien que tu ne te souviens de rien. Mais ne t'inquiète pas, je suis au courant pour ton amnésie, et cela ne change rien.

As-tu trouvé l'éclat, ma colombe ?

J'essaie d'imaginer Granpa en voleur, mais l'association ne colle pas. Pas lui, cet artiste un peu frappé.

— Je ne suis ni psychologue ni psychiatre, je te le concède. Mais j'ai de l'expérience avec la mémoire. Par ailleurs, tu serais étonnée de savoir tout ce qu'un organisme peut endurer, des prouesses dont il est capable pour survivre. Il y a quelques mois, j'étais dans le Sud, près de Cassis. Je devais récupérer de l'argent auprès d'un type qui avait « omis » de mentionner son déménagement, un peu comme notre bon vieux Doc. Ah mince, tu te souviens de son nom, Jumbo ? Le Grec ?

— Anthos Dimopoulos, répond l'intéressé.

— Tu vois, je te l'avais dit, une mémoire d'éléphant. Bref, j'étais avec Anthos dans une belle petite maison que ce junkie avait transformée en squat. Jumbo me l'avait bien préparé. Mais malgré sa gueule en miettes, ce fumier ne se rappelait plus l'endroit où il avait planqué son magot. Et je le croyais hein, faut dire que c'était le genre à picoler, sniffer et s'injecter des saloperies dans les veines. Défoncé vingt-quatre heures sur vingt-quatre, l'Anthos. Eh bien, crois-le ou non, ce connard de Grec a vite recouvré sa mémoire et je n'ai pas eu besoin d'hypnose ou de trucs du genre… Juste d'un sécateur, le même qui a servi sur ton mari. Cela peut te paraître fou, mais deux doigts plus tard, c'était magique, Anthos retrouvait la mémoire. Il n'y avait plus de trou noir, les souvenirs avaient refait surface. Je pense que sous la menace nous sommes capables de faire des miracles. Je ne sais pas, peut-être que l'information est cachée dans un tiroir de l'inconscient.

Il se tourne vers moi et tend sa main, paume ouverte vers son ami.

— Alors, je suis confiant, on va réussir à trouver et ouvrir ton tiroir, mais je ne vais pas te mentir, cela sera douloureux.

Avec son autre main, l'homme me saisit par le poignet. Je tente de résister, mais il me tord le bras.

— Pas la peine de te débattre, tu ne ferais que te déboîter l'épaule. Jumbo ?

Le molosse se redresse et fait quelques pas vers moi avant de s'agenouiller. Il place le sécateur dans la paume de son acolyte.

— Non… non… Ne faites pas ça, je vous en supplie… Pas besoin de ça.

— Ne t'inquiète pas, c'est un sécateur à coupe franche. Et je sais très bien l'utiliser. Je vais procéder phalange par phalange, en commençant par le petit doigt. Je vais le faire sans aucun sadisme, et je serais le premier heureux que ce supplice ne s'éternise pas.

Mon pouls monte en flèche et malgré l'oxygène, je sens que mon souffle va se couper.

— Pitié…

Je sens le contact du métal sur mon petit doigt... et la pression s'exercer.

Je hurle avant de m'évanouir.

Plainfaing, mercredi 22 novembre, 02:29

La douleur est intense et lancinante. Elle irradie depuis l'extrémité de mon petit doigt gauche et remonte jusqu'à la naissance de mon épaule. Désorientée, je crois d'abord à un mauvais rêve, de ceux qui laissent une rémanence après le réveil. Et puis, mes méninges se dégrisent et je me souviens des kidnappeurs, du sous-sol. De l'homme qui ressemblait à Split… et du sécateur. Mes poignets et mes chevilles sont liés par des colliers de serrage en plastique. Je m'empresse d'examiner ma main, paniquée à l'idée d'avoir été mutilée. Une phalange a été sectionnée et la blessure a été cautérisée. À la vision de la chair boursouflée, à l'odeur de cochon grillé qui s'en dégage, je ressens un mélange d'horreur et de soulagement. Cela aurait pu être pire. Bien pire.

Je n'ai aucun souvenir de ce qui s'est passé. Ni de la blessure, ni de la cautérisation, ni de l'interrogatoire. Juste d'un contact froid sur mon doigt, de la pression sur ma peau et ensuite… black-out. Comment ai-je pu rester inconsciente pendant que ce monstre tranchait un morceau de moi-même ? Et pourquoi s'est-il arrêté à une phalange ? Aurais-je pu donner l'information en question ?

Cela me paraît tellement dingue.

Non, je ne devais pas être inconsciente. J'ai simplement oublié ce qui s'est passé. L'amnésie rétrograde est la seule explication plausible.

— Isabel…

Je redresse la tête (et remarque au passage l'absence de canule sous mes narines, en revanche la machine est toujours posée à mes côtés).

Franck tend une main ensanglantée vers moi. Son visage tuméfié a encore pris du volume et s'est coloré de noir et violet foncé. Il doit à peine me distinguer tant ses paupières sont gonflées. Il me fait de la peine et même s'il est responsable de notre situation, je n'arrive pas à lui en vouloir.

— Que s'est-il passé, Franck ?

Il grimace de douleur.

— Merci, je vais bien, puisque tu me le demandes si gentiment.

Il marque une pause puis reprend :

— Tu… tu as donné l'info… tu leur as tout raconté. Le Rembrandt. Tu leur as dit comment le trouver.

Ses paroles sont vides de sens. Comment pourrais-je leur parler d'une chose dont j'ignore l'existence ?

— Je ne me souviens de rien, tu dois me croire !

— Je te crois, mais cela n'a pas d'importance. Écoute, il faut qu'on s'échappe. Je ne sais pas comment, mais si on reste ici, ils vont nous tuer, Isabel. Ces gens-là ne laissent pas de témoins. Pas de traces. Oh, mon Dieu, je suis tellement désolé, je ne voulais pas que cela se termine comme ça.

Je tourne la tête afin de scruter la pièce, encore plongée dans une semi-obscurité dissipée en partie par la lampe circulaire fixée au-dessus de la porte du garage. Il n'y a aucune trace du passage de nos tortionnaires au sous-sol, hormis les cartons maculés de taches brunâtres et le sécateur posé à même le carrelage.

— Où sont-ils, Franck? Pourquoi ne nous ont-ils pas déjà tués?

Il gémit.

— Bruits de voiture… Moteur… Ils sont montés vérifier à l'étage. Ils ne sont pas redescendus. Cela fait cinq minutes, peut-être plus. Je n'en sais pas plus. Mais ils vont revenir, crois-moi. Ils vont terminer le travail.

Une voiture. C'est peut-être la police. Franck est toujours un témoin dans cette affaire de meurtre, il me semble, non? Les inspecteurs auraient pu décider de venir à l'improviste, comme la dernière fois. Ou sinon, les voisins. Mais dans ce cas, les deux gangsters seraient déjà revenus.

Je tends l'oreille et je ferme les yeux. Aucun bruit à l'étage. On a peut-être encore une chance, il n'est peut-être pas trop tard.

— Franck, je pense pouvoir me détacher. Si j'arrive à attraper le sécateur, je pourrai sûrement couper les liens.

Il secoue la tête.

— Tu penses pouvoir l'atteindre?

— C'est pas la grande forme, mais on n'a rien à perdre, et je ne vois pas quoi faire d'autre.

Il ne dit rien et hoche la tête.

Je soulève mon bassin et tente de me redresser. Impossible. Pas assez de muscles abdominaux. Pas évident quand on ne peut pas prendre appui sur ses mains. Changement de tactique : j'utilise mes talons et mes fesses. Le sol en carrelage ne facilite pas ma progression, mais je réussis à rabattre l'extrémité de ma chaussure sur l'outil, parvenant à le coincer sous la semelle.

Je tente de le ramener vers moi en pliant mon genou.

Ma chaussure se déplace, mais le sécateur n'a bougé que d'un centimètre ou deux.

Je réitère l'opération à deux reprises. Franck m'observe avec attention.

Cinq centimètres de gagnés. Avec un coup de talon, je pourrais sûrement le catapulter vers moi.

Je lâche un grognement et expédie un coup de pied. L'outil glisse ; il est désormais à portée de main.

— Oui ! lâché-je malgré moi.

Je me tourne sur le côté et tends mes doigts vers le sécateur. Je parviens à l'effleurer de mon majeur. Je serre les dents pour atténuer la douleur dans mon bras gauche et me penche davantage.

Je réussis à le faire bouger. La lame encore poisseuse entre en contact avec la pulpe de mon index.

Au même moment, je capte des bruits à l'étage. Quelqu'un court au rez-de-chaussée.

— T'as entendu ? demande Franck.

Je hoche la tête et continue ma manœuvre. J'étouffe un cri de joie quand j'arrive à me saisir du sécateur.

La porte qui sépare le sous-sol du salon s'ouvre et des pas lourds dévalent les escaliers.

Franck s'agite, il rétracte ses jambes, tente une ultime fois de se détacher en ahanant.

Je m'empresse de cacher l'outil sous ma manche. Si le molosse s'approche pour me tuer, je le lui plante dans l'œil.

Le moteur électrique qui commande la porte du garage se met en route quelques secondes avant que l'homme ne soit au pied des escaliers.

Ce n'est pas Jumbo (le gabarit est quasi identique), ni le blond qui m'a torturée.

Celui-ci porte un gros anorak bleu couvert de flocons. Il s'avance vers nous, le visage grave (et taché de sang), son regard oscille entre Franck et moi. Ses yeux sont rendus effrayants par d'épais sourcils broussailleux. Il se place entre nous et ôte son bonnet de marin. Des oreilles rouges et décollées se déploient.

— Bordel, lâche Franck. Vous ? Que... Que faites-vous ici ?

L'homme ne répond pas et reste immobile.

Franck semble le reconnaître. Ses traits me sont familiers également. C'est certain, je l'ai déjà rencontré. Mais où… et quand ?

— Allez, je ne sais pas pourquoi vous êtes ici, mais détachez-nous ! On est en danger ! Faites vite ! Il y a deux types armés à l'étage.

L'homme ne dit toujours rien.

— Mais putain ! Vous devez nous aider !

La porte séparant le garage du sous-sol s'ouvre et laisse entrer un filet de lumière.

Une silhouette familière se découpe dans l'encadrement. Petite, trapue. Je reconnais Agnès. L'aide-soignante.

Franck se tourne vers elle.

— Madame Metzger… mais que…

Elle avance de quelques pas vers moi.

— Désolée, madame Gros, les choses ne devaient pas se passer comme cela, mais l'arrivée de ces types m'oblige à intervenir.

— De quoi parlez-vous ?

Elle m'adresse un sourire froid et ses yeux se chargent de gravité avant qu'elle ne s'agenouille à mon niveau.

— Cela n'a pas vraiment d'importance.

Franck émet un grognement auquel se mêlent l'impatience et la frustration.

— Écoutez, cette nuit est complètement dingue. Regardez-moi ! Et voyez ce qu'ils ont fait à ma femme. Madame Metzger, ils vont revenir. Il y a deux types qui vont rappliquer et tous nous tuer !

L'aide-soignante se lève et se dirige vers Franck pour rejoindre l'homme.

— Non, monsieur Gros, je vous assure que ces deux-là ne poseront plus de problèmes. François s'en est chargé.

— Quoi ?

Mes yeux obliquent vers l'homme, que je reconnais cette fois-ci.

C'est le chauffeur du fourgon noir.

Plainfaing, mercredi 22 novembre, 02:32

Franck me dévisage à travers ses paupières gonflées. Dans son air ahuri, je retrouve les traits de l'étudiant en médecine trop défoncé pour répondre à une question en moins de cinq secondes.

Comment ai-je pu un jour tomber amoureuse de ce type pathétique ? Faible, incapable de résister à ses addictions, menteur, calculateur. Un lâche qui n'a pas hésité à me mettre en danger, sachant que le milieu en avait après lui. C'est à cause de lui que nous croupissons dans le sous-sol d'un chalet paumé dans le trou du cul du monde.

L'aide-soignante (mais en est-elle vraiment une, en fin de compte ?) s'occupe de détacher les liens de Franck, pendant que l'autre benêt inspecte ma blessure.

Il empeste le vin et ses mains sont râpeuses comme de la pierre ponce.

C'est certainement lui qui a éliminé les deux mafieux parisiens. Mais qui sait, j'ai toujours trouvé qu'Agnès était louche avec son sourire figé et ses paupières papillotantes.

— Merci, merci Agnès… lâche Franck entre deux gémissements.

La femme ne répond pas et continue de s'activer sur la corde. Il y a quelque chose de froid dans son regard, d'inanimé dans son visage.

Franck doit être complément sonné et désespéré pour n'avoir rien remarqué. Il n'est même pas étonné de les voir débarquer en plein milieu de la nuit, dans notre sous-sol. C'est à peine s'il se pose la question la plus importante : comment ces deux-là se sont-ils débarrassés aussi facilement de deux truands aguerris ?

La femme jette la corde qu'elle tient entre ses mains. Franck amorce un sourire, mais cela ne fait que l'enlaidir davantage ; il doit avoir plusieurs dents de cassées.

— Isabel… on va s'en sortir, chérie. C'est fini. On va s'en sortir. Je suis désolé.

Non, *chéri*… on ne va pas s'en sortir. Ce crétin n'a pas vu la seringue que vient de brandir l'aide-soignante.

— Non, Franck. Je dirais même que cela ne fait que commencer.

Ma remarque le désarçonne et il met plusieurs secondes avant de me répondre.

— Je… je ne te suis pas, là. De quoi tu parles ? De nous ? Écoute, si tu veux on va en discuter. Bien sûr on va le faire, je te dois des explications, mais je dois appeler la police et une ambulance et ensuite…

— Je ne parle pas de nous deux.

Il se tourne vers Agnès. Ça y est, on dirait qu'il a enfin compris.

— Vous n'avez pas appelé la police ni les secours, c'est ça ?

D'un signe de la tête, l'aide-soignante confirme ses craintes, tandis que le dénommé François s'approche de Franck et l'aide à se lever. Je ne sais pas ce qu'ils préparent, mais ce n'est certainement qu'une question de secondes avant qu'ils ne s'en prennent à moi. Je fais glisser le sécateur plaqué à mon avant-bras. Même affaiblie, je ne me laisserai pas faire. S'ils tentent de m'enlever, je frapperai. Il faut juste que je parvienne à couper le collier de serrage.

— Madame Metzger, continue Franck, que voulez-vous ? … Qui êtes-vous ?

Il tient à peine sur ses jambes et manque de tomber. François le rattrape et le soulève par les aisselles. La femme reste silencieuse.

— Mais bon sang, Agnès, répondez putain ! Hein ! Vous êtes avec eux ? C'est quoi, une torture psychologique ? Finissons-en, Isabel a déjà parlé…

Franck pousse un hurlement et les larmes coulent sur sa peau encroûtée.

Ça y est ; il craque. Il s'effondre.

J'attends qu'il se calme avant de prendre la parole.

— Tu sais, je ne t'ai jamais rien dit à propos du tableau. Comment l'as-tu appris ?

Il ne réagit pas immédiatement à ma remarque, le regard toujours fixé sur Agnès. Puis il se tourne vers moi.

— Quoi ? Si… tu ne t'en souviens pas ? Ta mémoire. On pourra en parler plus tard ? Ce n'est pas le moment.

Menteur jusqu'au bout, même au fond du gouffre.

Agnès et François nous observent en silence. Deux membres d'un jury, attentifs au déroulement d'un procès.

— Il n'y avait que trois autres personnes au courant pour le Rembrandt… Ma mère, ma sœur et mon père. L'une est morte. La deuxième a disparu, je pense qu'elle est morte elle aussi. Quant à papa, il vit à l'état sauvage. Alors j'imagine que tu dois le savoir depuis un certain temps déjà, non ?

Franck laisse échapper un gémissement.

— Isabel… je ne comprends rien. Tu te souviens du tableau maintenant ? Il y a à peine une minute…

— Ma sœur t'a tout raconté, hein ? C'était quand ? Après avoir baisé ?

— Isabel ? Mais putain, tu délires ! Qu'est-ce qu'il te prend ? Pourquoi tu parles de ça ?

— Je ne sais pas. Peut-être que j'ai enfin retrouvé la mémoire, qu'en penses-tu ?

Le visage d'Agnès s'agite. Petits étirements à la commissure de ses lèvres, doigts crispés sur la seringue. C'est à l'évocation de ma sœur qu'elle a réagi. Ces deux-là ne sont pas là pour le tableau.

Franck tente de s'approcher de moi, mais François le maintient fermement.

Agnès sort de son immobilisme et se détourne de moi pour rejoindre son mari.

J'en profite pour faire tomber le sécateur dans la paume de ma main gauche.

Agnès plante soudainement la seringue dans le cou de Franck qui hurle sous le coup de la surprise.

C'est le moment. À l'aide de mon majeur et de mon annulaire, je parviens à actionner l'outil et couper le morceau de plastique.

Lorsqu'Agnès se tourne vers moi, j'ai remonté le sécateur dans la manche et je fais mine d'avoir toujours les poignets liés. Je cache mes mains entre mes cuisses.

— C'est bon François, je pense que nous pouvons passer à la suite.

Franck lève son bras vers moi, implorant.

— Isabel ?

Il se fige et secoue la tête et sous l'amas boursouflé qui lui sert de paupières, sous la cocarde violacée, un œil s'ouvre et je vois la stupéfaction embraser son iris. Il est sur le point de s'évanouir, mais je sais qu'il a compris.

Mémoires #10

J'ai ressenti un vide abyssal pendant des semaines. J'avais l'impression de ne plus être qu'une coquille. Peu à peu, je me suis détachée de mes cours à l'université, de mes amis, et même de Franck. Après ce qui s'était passé, je ne parvenais pas à retrouver un rythme de vie normal. En proie à l'insomnie, je me levais tard, et j'étais incapable d'avaler le moindre aliment. Ma mère était plus affectée encore, sans doute rongée par la culpabilité et les remords. Elle n'avait pas prononcé un seul mot sur les événements, mais elle n'avait pas besoin de le faire. Des phrases telles que : « Nous aurions dû rester aux États-Unis » ou « Tout est de ma faute, je n'ai pas assez été vigilante » devaient tourner en boucle dans sa tête. En quelques jours à peine, elle est redevenue le spectre veule que nous avions connu après la mort d'Eliot.

Ma culpabilité différait de la sienne. Je ne regrettais pas d'avoir aussi peu insisté pour que Camille m'accompagne, je n'aurais jamais pu la forcer à me suivre dans le taxi. Non, je regrettais de ne pas être restée chez Dave, de ne pas avoir été présente lors de son viol, de ne pas avoir été agressée moi aussi. Cela paraît insensé d'écrire une chose pareille, mais j'ai encore la conviction que si nous avions pu partager cette terrible expérience, que si nous l'avions affrontée et surmontée ensemble, nous aurions resserré nos liens. Je ne l'aurais pas perdue à nouveau.

Elle ne serait pas devenue si... différente.

À peine deux semaines plus tard, Camille a changé. Elle a quitté la torpeur des premiers jours pour renaître sous une autre forme. La mante religieuse a disparu et a laissé la place à une étudiante sérieuse et assidue. Elle a redoublé d'attention en cours et déserté les fêtes. Ma mère a accueilli ce revirement avec plus d'enthousiasme que moi. J'imagine que voir sa fille se reconstruire dans ses études atténuait sa propre culpabilité. Mais je connaissais trop bien ma sœur. Ce changement d'humeur n'était pas normal. Et puis j'avais l'impression qu'elle me fuyait, comme si ma proximité rouvrait ses plaies. Nos échanges se cantonnaient à quelques banalités autour des repas, qu'elle quittait prématurément pour s'enfermer dans la solitude de sa chambre. J'avais peur. Pour elle, pour moi. L'épisode des sosies de Capgras était encore profondément ancré dans ma mémoire. Avec le recul, je me rends compte que notre famille n'a pas été assez vigilante. Camille souffrait de problèmes psychiatriques depuis l'enfance, mais nous avions tous refusé de le voir. Pour les Northwood, accepter la maladie mentale était hors de question. Camille était juste une petite fille troublée, davantage perturbée que sa sœur par les événements tragiques que nous avions vécus.

J'ai fini par rompre avec Franck un mois plus tard. Je n'arrivais plus à envisager notre relation autrement que par le prisme d'un bonheur coupable. Je me suis rapidement convaincue qu'être heureuse était une avenue interdite tant que Camille ne pourrait pas l'emprunter elle aussi. J'ai invité Franck à notre restaurant préféré, le Coupe-chou, en pensant que le cadre serait propice à une discussion responsable. Pendant le repas, j'ai pris mes distances (ma main se dérobait, je fuyais ses regards insistants) et il l'a bien remarqué. Mais j'ai patienté jusqu'au dessert pour lui annoncer la nouvelle. J'avais besoin d'une pause dans notre relation ; le temps d'y voir plus clair et de me remettre du choc de l'agression. Sa réaction a été aussi foudroyante qu'inattendue. Après un silence interminable pendant lequel un éventail d'émotions a animé les traits de son visage, il a posé la bouteille de vin qu'il empoignait avec une telle force que mon verre s'est renversé sur la nappe. J'avais espéré sa compréhension et son soutien, j'ai récolté sa colère.

Pendant deux longues minutes, il m'a crucifiée, m'a traitée de lâche, d'égoïste et de faible. Dans ses paroles enragées, j'étais la fautive qui décidait de sacrifier notre couple et vivait dans l'ombre de sa sœur, incapable de s'extraire de son influence néfaste. J'étais estomaquée. Ses propos envers Camille étaient d'une telle virulence qu'ils semblaient prononcés par un inconnu.

J'en avais la nausée.

Puis il enfonça le clou en affirmant que c'était mieux ainsi. J'étais trop déprimée à son goût, trop anxieuse, trop négative. Il n'envisageait pas son avenir avec une fille dont il aurait à subir la morosité constante. Il s'est essuyé la bouche avec sa serviette et l'a balancée sur la table. Il tremblait de rage.

J'avais pensé à plusieurs scénarios et préparé plusieurs discours, mais aucun mot ne parvenait à franchir la barrière de mes lèvres. Je me suis contentée de le fixer en secouant la tête, incrédule.

Ce jour-là, Franck m'a montré son vrai visage, celui d'un égocentrique doublé d'un lâche. Adorable et drôle tant que son quotidien suivait le courant d'un fleuve tranquille. Infect lorsque confronté aux remous de la vie.

Il m'a plantée là, sous les regards médusés du serveur et de nos voisins de table. J'ai attendu de longues minutes, la tête coincée entre mes mains, les pensées se bousculant dans un esprit trop agité. J'ai fini par me calmer. J'ai réglé l'addition et j'ai quitté le restaurant la gorge serrée, les yeux embués et le corps tremblant.

Au cours des semaines qui ont suivi, j'ai eu droit à de nombreux appels (sur répondeur) et messages d'excuses de Franck. « Ce n'était pas moi, ce soir-là », « C'est le stress des études », « Je suis désolé, comment pourrais-je me racheter », « Je suis stupide, j'ai commis la plus grosse erreur de ma vie, tu me manques ». Un florilège de mauvaise foi et de mièvrerie. Mais je suis restée ferme. Ce repas gâché a eu le mérite de m'ouvrir les yeux sur notre relation et celles qui allaient suivre. On ne peut pas construire un avenir avec une personne qui se dérobe au premier obstacle. Tôt ou tard, on doit faire face à la tourmente, et à ce moment-là notre partenaire doit être solide comme un roc, ou tout s'écroule.

Cette rupture eut deux conséquences inattendues.

La première : je me suis rapprochée de Dave, autre victime indirecte du viol de ma sœur et lui aussi rongé par la culpabilité. Après tout, c'est lui qui avait invité les agresseurs, cela s'était passé dans le penthouse de ses parents. Pendant une fête qu'il avait organisée. La dernière, d'ailleurs. Puisque Camille refusait de me parler, Dave est devenu le seul capable de me comprendre et m'épauler. Au fil de nos conversations, j'ai découvert un garçon charmant, bien moins superficiel que le personnage artificiel qu'il s'était fabriqué. Et aussi plus blessé et malheureux que son environnement et son rythme de vie le laissaient paraître. Parents absents (ou presque), manque d'affection, peu de véritables amis. Dave m'a avoué que j'étais l'unique être humain avec qui il avait pu avoir une discussion sincère depuis des années. Nous nous sommes découvert des passions communes. L'expressionnisme abstrait, le jazz modal. Il évoquait Pollock et Coltrane avec presque autant de passion que Granpa Oswald, la vulgarité en moins. Dave aurait plu à mon grand-père. De fil en aiguille, notre relation s'est renforcée et nous sommes devenus amants. Il n'y a pas eu de coup de foudre. Juste une complicité qui a évolué vers une autre forme.

Je n'ai pas vu venir la deuxième conséquence. Après m'avoir expédié une centaine de messages, Franck a cessé de me contacter. J'ai éprouvé des sentiments contradictoires. D'abord le soulagement de ne plus avoir à subir son harcèlement quotidien, mais aussi une pointe de déception. Ce n'est jamais désagréable d'être l'objet du désir d'un autre, de se faire convoiter. Et lorsque les déclarations se sont taries, j'ai ressenti à la fois un manque et une pique dans mon ego, surtout que, quelque part, je ne l'avais pas oublié.

J'ai fini par découvrir la cause de cet arrêt soudain. Par hasard, alors que je venais de quitter mon cours de peinture en raison de l'absence de mon professeur. Je remontais l'avenue Mouffetard sous des trombes d'eau pour rallier la place de la Contrescarpe. La pluie explosait sur la rue pavée et mes chaussures se gorgeaient d'eau. Le parapluie, trempé, laissait filtrer les gouttes. J'avais hâte de me réfugier à l'intérieur du café Delmas pour y prendre un mojito et attendre Dave.

Je n'y suis jamais entrée.

De l'autre côté de la vitre, assises autour d'une petite table ronde juste en face du bar, deux personnes se souriaient, main dans la main.

Franck et Camille.

Malgré le déluge, je suis restée immobile pendant de longues minutes, à les fixer sous le rideau de pluie qui cascadait depuis la devanture rouge du café.

Ma *grande* sœur, celle qui avait juré de me protéger lorsque nous étions enfants, me poignardait dans le dos.

J'avais beau me raisonner et me dire que j'étais seule responsable, que j'avais provoqué cette situation, je vivais cet instant comme une trahison.

Camille a fini par tourner la tête, elle m'a adressé un sourire puis a de nouveau fixé son attention sur Franck.

C'en était trop.

J'ai appelé Dave pour annuler notre rendez-vous, prétextant un rhume et un début de fièvre. Je suis rentrée directement à la maison pour ne sortir de ma chambre que tard dans la soirée.

J'ai passé un très long moment à me retourner sur mon lit, incapable de contenir la déferlante de pensées. J'ai fini par exploser aux abords de minuit. Je me suis levée et malgré le panneau « Ne pas déranger », je suis entrée dans la chambre de Camille sans frapper.

Ma sœur était assise sur son matelas, dos au mur. Elle lisait un roman à la lueur de sa lampe de chevet. L'espace d'un instant, j'ai revu la fillette de sept ans, absorbée par *Barbe-bleue*, le soir où Eliot s'était manifesté.

Elle a levé les yeux et m'a lancé un regard curieux.

— Il y a un problème ? Tu sembles furieuse.

Incroyable, elle n'avait même pas l'air de réaliser. J'ai refermé la porte et me suis avancée vers le lit. Je me souviendrai toujours de notre échange irréel.

J'avais du mal à contenir ma colère.

— Furieuse ? Et tu te demandes pourquoi ? Franck. Sérieusement ? Avec tous les gars qui te tournent autour, il a fallu que tu te jettes sur mon ex ! C'est pour me faire mal, c'est ça ?

Elle a haussé les épaules et posé son livre sur la table de chevet, visiblement bouleversée.

— Non… c'est… Il était si triste. Il m'a contactée pour que je plaide sa cause auprès de toi. Je t'assure, je n'avais pas prévu de sortir avec, mais il m'a émue.

— Et tu ne m'as jamais rien dit ? ai-je rétorqué.

Camille a affiché un sourire peiné.

— Je ne voulais plus te parler. J'avais mes raisons. Et c'est toi qui l'as quitté. Alors, pourquoi en faire une montagne ? Tu devrais plutôt être contente pour lui... et pour moi. Je me sens enfin heureuse depuis… je ne sais même plus combien de temps. Et puis, tu n'es pas bien avec Dave ?

Elle me parlait calmement, avec douceur. Ma colère s'estompait.

— Si. Mais là n'est pas la question. Et lorsqu'on va sortir tous ensemble, tu ne penses pas qu'il va y avoir un malaise ?

— Nous sommes amoureux, il n'y aura pas de problèmes. Tu m'en veux ?

Je n'ai rien répondu, je ne savais plus quoi penser. J'ai pris une grande inspiration.

— C'est que… on avait un pacte toutes les deux. De ne jamais se faire de mal, et toujours se protéger.

— Oh, il ne faut pas en vouloir à Camille, je suis la seule responsable. Mais tout ira bien désormais.

J'étais partie pour une confrontation. Elle m'avait d'abord désarçonnée avec sa candeur et voilà qu'elle m'effrayait avec des propos incohérents.

— À Camille ? Comment ça ? Tu parles de toi à la troisième personne, maintenant ?

Son regard était d'une rare douceur et d'une bienveillance que je n'avais jamais connue chez elle.

— Je voulais te le dire. Mais j'avais peur que tu réagisses mal. Camille dort désormais, elle souffre trop. Je ne suis pas sûre qu'elle revienne avant un bon moment.

J'ai pensé au syndrome de Capgras. Je me suis dit : « C'est reparti pour des années de thérapie, Camille est malade, il faut la faire soigner avant qu'elle ne me blesse. Cela va tuer Maman. »

Et puis, presque sans m'en rendre compte, je lui ai demandé :

— Qui es-tu ?

Elle m'a répondu :

— Isabel.

C'est de cette façon que j'ai fait la connaissance de l'alter de ma sœur.

Et je l'ai tout de suite détestée.

OU ON PEUT LES COMBATTRE.

Chapitre 1

Paris, mardi 24 octobre 2017, 02:55

Je veux bouger.

Impossible. J'ai l'impression qu'un parpaing de béton écrase ma poitrine. Mes doigts ne répondent pas, ni mes bras, ni mes jambes.

Paralysie du sommeil.

La charge qui pèse sur mon torse s'allège progressivement et je parviens à inspirer un mince filet d'air.

Le plafond tourne. J'ai dû trop boire.

Où suis-je ? À qui appartient ce lit ? Et pourquoi suis-je si engourdie ?

Des hurlements et des cris de panique résonnent encore dans ma tête.

Est-ce que j'ai rêvé ? Quelle heure… ? Non… quel jour ? Je ne dois pas manquer mon rendez-vous.

Je verrai ça demain… je verrai…

Je parviens à basculer ma tête au prix d'un effort colossal. Ma main se soulève à quelques centimètres au-dessus de la couverture. Je reconnais le motif de la housse.

Je suis chez moi. Cette pensée m'apaise. J'ai eu l'impression de revenir à la vie dans un hôpital ou de sortir d'un de ces cauchemars qui semblent si réels.

Mon regard se pose sur l'homme qui dort à mes côtés et mon sourire disparaît.

Franck !

Que fait-il ici ? Chez moi, dans mon lit !

Isabel l'a fait entrer. Il n'y a pas d'autres explications.

Quelle conne ! Mais pourquoi aurait-elle fait ça ? Nous nous étions mises d'accord. Le divorce… nous avions signé les papiers. C'est même elle qui avait…

Mes mains se crispent, j'ai envie de lui sauter dessus, de l'étrangler. Mais déjà mes forces me quittent et je m'enfonce dans le matelas.

Mes yeux se voilent de noir, les sons disparaissent.

Mes paupières se ferment.

Paris, jeudi 26 octobre 2017, 02:49

L'eau froide ne suffira pas. Il me faut du café, beaucoup de café. Deux expressos bien tassés pour commencer. Et après, quelque chose de plus fort. Avec un peu de chance, Franck n'a pas sniffé la coke que je planque. Hors de question de laisser le contrôle à l'autre gourde.

D'ailleurs, depuis quand l'ai-je perdu ? Je ne sais pas ce qui se passe en ce moment. Mon cerveau est un gruyère et j'ai l'impression qu'*elle* est responsable de cet état. Mon souvenir le plus récent remonte au jour où je devais aller rencontrer un certain Luciano Ravelli. Je me rappelle seulement son nom. Impossible de retrouver son identité ni son visage. Je l'ai aperçu, il m'a fait un signe de la main et… plus rien. Je suppose qu'Isabel a pris les rênes à ce moment-là. Et après, c'est le black-out. Ce n'est pas normal, si tant est que ce mot signifie quelque chose dans mon état.

Mais il y a forcément une raison. Et je vais la trouver.

Je me redresse et suis horrifiée par le spectacle que me renvoie le miroir.

Je n'aurais jamais dû me regarder.

Isabel n'a jamais pris soin d'elle, mais là, elle a repoussé les limites de sa propre négligence. Cheveux filasse, cernes, peau pâle. Et ce pyjama à rayures, ce tue-l'amour. Je pensais pourtant l'avoir jeté.

Cela confirme mes craintes. Pour me retrouver dans cet état, je n'ai pas dû souvent être aux commandes.

Mais même son laisser-aller habituel ne peut justifier un tel carnage. J'ai l'impression d'avoir vieilli de dix ans, au bas mot.

Je penche ma tête vers le lavabo pour approfondir l'inspection de mon visage.

Tiens, c'est nouveau, il y a une cicatrice visible derrière une houppe de cheveux qui recouvre ma tempe.

Je relève la mèche et la plaque contre le côté de mon crâne.

Non, deux cicatrices. Circulaires.

Je m'écarte de l'évier, horrifiée.

Depuis quand?

J'aurais remarqué, j'aurais forcément remarqué. Ce n'est pas le genre de chose qui passe inaperçue.

Dans mon reflet, je distingue également une boursouflure rose entre mes seins, à la limite de l'échancrure.

Je l'agrippe et je tire le tissu jusqu'à mon sternum.

Une cicatrice verticale me barre la poitrine…

J'écarte un peu plus le col et plonge mon regard en dessous du pyjama.

… jusqu'au nombril.

On a dû m'ouvrir. Une opération à cœur ouvert.

Isabel, qu'as-tu fait bon sang?

Plusieurs idées défilent dans ma tête, mais aucune n'est cohérente. Des bribes de mots et de pensées tourbillonnent sans parvenir à s'emboîter.

Qu'est-ce qui m'arrive ? Je sens que mon cerveau est engourdi, qu'il n'est plus fonctionnel. Comme si j'étais droguée.

Un accident.

Oui, c'est ça. On a dû avoir un accident. Ce qui explique les absences trop nombreuses, les méninges grippées. Et là, on doit être shootées aux antalgiques.

Et cela s'est forcément passé juste après une prise de contrôle d'Isabel, puisque c'est mon dernier souvenir.

Est-ce en rapport avec le rendez-vous avec Ravelli ? Possible ; si seulement je pouvais me rappeler cette rencontre.

Il me faut des réponses. Mais je n'ai que peu de temps. Je peux disparaître n'importe quand et je ne souhaite pas me faire remarquer. Pas pour le moment, du moins. Si Franck est revenu habiter ici après tout ce qui s'est passé entre nous, c'est qu'il y a une raison.

La découvrir implique de ne pas l'étrangler pendant son sommeil. Et pourtant c'est tentant. *Trop* tentant.

Paris, samedi 28 octobre 2017, 02:05

Je suis encore sous le choc. Ce n'était pas un accident, mais une fusillade.

Les articles mentionnent un certain Rémy Drouin, un tireur isolé. Ce cinglé a fait feu au AK-47 sur la foule. Le tueur a pu être maîtrisé par les forces de police grâce à l'intervention d'une femme courageuse qui s'est jetée sur lui. Moi, ou plutôt, *elle*. Après son acte héroïque – qui lui a valu deux blessures à la poitrine et à la tête –, Isabel Gros est restée deux semaines dans le coma, entre la vie et la mort.

Ces événements datent du 2 octobre 2017. Presque un mois s'est écoulé depuis. Et là, assise devant l'écran du portable, plongée dans l'obscurité de mon appartement, je découvre des parcelles de mon passé au gré des articles, des blogs, des témoignages, des photographies.

Ce jour-là, six personnes sont décédées.

Deux serveuses, un trader, une mère de famille et son enfant, et Luciano Ravelli, mon rendez-vous dont j'ai tout oublié. J'aurais dû mourir également, mais j'ai dormi sur un lit d'hôpital, avant de réintégrer le monde des vivants. Enfin, Isabel en est sortie. Et pendant deux semaines, je suis restée… où, au juste ? Dans une partie du cerveau inactive, touchée plus gravement par la balle ?

Cette explication pourrait paraître complètement folle – et je ne pense pas qu'il y ait un précédent –, mais pas si surprenante en fin de compte. Les recherches sur le trouble dissociatif de l'identité font état de cas étranges. J'ai passé ma vie à les recenser pour mieux les comprendre, pour mieux *me* comprendre. Et encore, nous ne sommes que deux à vivre à l'intérieur de ma tête, alors que certains peuvent posséder beaucoup plus de personnalités, plusieurs dizaines.

Mais compte tenu de mes connaissances et de mes nombreuses discussions avec le psychiatre, je n'aurais jamais pensé être mise de côté par mon *alter.*

Il faut que je comprenne pourquoi.

En toute logique, les blessures au cerveau doivent en être la cause.

Il se pourrait par exemple que la lésion ait provoqué un trouble similaire à celui du syndrome de l'accent étranger.

Comme celui de Reuben Nsemoh, qui a parlé espagnol à sa sortie de coma, sans l'avoir jamais appris.

Il y a d'autres cas, mais aucun ne me revient en mémoire.

Avant, j'aurais pu citer chacun d'eux, y associer des dates, et même donner le nom du professeur responsable du dossier.

Désormais, c'est impossible. Toutes mes pensées sont floues et mes souvenirs délavés. J'ai perdu mon acuité intellectuelle et une grande partie des données stockées dans mon cerveau.

Je me demande si Isabel souffre de la même façon. Elle avait déjà des problèmes de santé avant la fusillade. Asthme, dépression. Elle a toujours été faible. Bien plus que moi.

Je ne sais pas comment j'ai repris le contrôle de mon corps. Le sommeil est ma seule piste. Il faut qu'Isabel dorme – ou soit inconsciente – pour que cela puisse se produire.

Je ne m'éveille que la nuit, après deux heures du matin. J'ai un créneau d'environ une heure et demie à deux heures. Passé ce délai, elle m'expulse et je disparais. Ma théorie actuelle, faute de mieux, est qu'Isabel n'a plus conscience de ma présence. Pour elle, Camille doit être morte dans la fusillade, ou s'est dissoute dans le coma. L'ironie, c'est qu'officiellement je n'existe plus depuis que nous avons changé de prénom à l'âge de vingt-quatre ans.

Paris, dimanche 29 octobre 2017, 02:22

Franck a archivé les dossiers médicaux. Je connais par cœur sa façon de penser et de (mal) ranger ses affaires et cela m'a épargné un temps précieux. J'ai trouvé un ensemble de rapports, de diagnostics, de résultats d'examens dans une chemise dans le tiroir central de son bureau en merisier, une horreur dont j'avais prévu de me débarrasser et dont il s'est empressé de reprendre possession.

Franck a également pris des notes dans un petit agenda joint au dossier. À vue de nez, il supervise l'évolution de notre état depuis qu'Isabel est sortie du coma.

Je n'ai pas beaucoup de temps et je ne voudrais pas perdre le contrôle alors que j'ai le nez plongé dans ses affaires. Je vais devoir prendre des photographies, les effacer au fur et à mesure pour ne pas laisser de trace, créer une adresse mail et me les envoyer. Je pourrai ainsi les lire en plusieurs fois. Avec un peu de chance, et si mon cerveau ne déraille pas trop, je devrais avoir fini en quelques nuits.

Je consulte l'horloge dorée sous le dôme de verre – une autre horreur – qui trône sur le coin droit du bureau : 2h45.

Il faut que je m'active. Je pourrais perdre connaissance à n'importe quel moment.

Je masse mes tempes pour chasser la migraine naissante. Un bruit provenant de la chambre – un gémissement, un ronflement – me fait lever la tête. J'attends quelques secondes, en espérant que Franck ne se réveille pas.

Si c'est le cas, je ne vois pas quelle excuse je pourrais trouver.

Je répète en murmurant ce qu'il me reste à faire avant de pouvoir rejoindre le lit :

— Création de l'adresse mail, photographies du dossier et du carnet. Effacer les traces.

Je souris en cadrant la première feuille dans la caméra du téléphone portable.

Paris, lundi 30 octobre 2017, 02:13

J'ai trouvé mon bureau. Il y a plus confortable, mais les toilettes ne risqueront pas de révéler ma présence.

Si Franck se réveille, la lumière filtrant sous la porte devrait le rassurer. S'il ne se rendort pas, estime que je m'attarde ou s'enquiert de mon état, je n'aurai qu'à prétendre que je suis constipée.

Mais il y a peu de chance que cela se produise. Franck a toujours eu le sommeil profond.

Aussi, pour limiter les risques de perdre connaissance avant d'avoir regagné le lit, j'ai activé une alarme silencieuse sur le téléphone. Pour l'instant, j'ai constamment passé les trois heures du matin, mais je préfère ne pas tenter le diable et l'ai réglée à deux heures cinquante-cinq.

Et maintenant que tout est installé, je vais enfin savoir de quoi je souffre. Je fais d'abord une recherche sur Ravelli. Hélas, elle ne donne rien. J'espère pouvoir en apprendre davantage sur lui. Qui sait si ma mémoire ne va pas revenir plus tard ? Et peut-être aurai-je des réponses dans les dossiers médicaux.

Malheureusement, la lecture sur petit écran n'est pas optimale et je dois cligner des paupières à intervalles réguliers pour faire la mise au point (aurais-je aussi des problèmes de vision ?).

Les premiers documents proviennent du département de neurochirurgie de l'hôpital Bicêtre de Paris.

Je dois composer avec le jargon médical – je tente de deviner la signification de certains mots en m'aidant du contexte – mais j'arrive à en extraire assez vite l'information la plus importante : je souffre de lésions au niveau du lobe frontal et du lobe temporal.

D'après ce que je lis, mes fonctions motrices ne sont pas atteintes, ce qui explique que je peux bouger ou parler sans problème. Je n'ai pas encore eu l'occasion d'avoir un dialogue avec qui que ce soit, mais le rapport stipule qu'Isabel peut tenir des conversations sans heurt ou presque. Le *presque*, c'est ce qui vient après.

Le médecin a noté (et Franck a entouré) :

« Isabel souffre d'amnésie rétrograde, elle a oublié ce qui s'est passé une semaine avant l'accident, certains pans de son enfance ou adolescence sont également occultés. »

Un peu plus loin, sur la troisième photographie, je peux lire :

« En outre, la patiente est atteinte d'amnésie antérograde partielle. »

Je dois quitter un instant la consultation du dossier médical pour aller chercher la signification sur internet.

Note à moi-même : effacer l'historique de navigation du téléphone.

Les résultats sont nombreux et je constate que cette forme d'amnésie est très fréquente dans la fiction populaire : au cinéma et dans la littérature de genre. Tout comme Guy Pearce dans le film *Memento*, Isabel peut très bien parler à quelqu'un et l'avoir oublié dans les heures qui suivent. Elle peut aussi se retrouver dans un endroit et se questionner soudainement sur ce qu'elle était venue y faire.

Je me demande ce que le terme « partielle » mentionné par le docteur signifie. Et surtout, pourquoi ne suis-je pas atteinte également ? Si on met de côté mes difficultés à réfléchir et l'accès à ma mémoire devenu problématique, je ne semble pas être affectée. En tout cas, c'est sans commune mesure avec ce qui est décrit dans le document.

Le chapitre des dommages cérébraux ne s'arrête pas là. En poursuivant ma lecture, je tombe sur un autre terme qui me pousse à faire une recherche sur le web : la prosopagnosie.

Wikipédia m'informe que ce mot désigne un trouble de la reconnaissance des visages.

Isabel aurait donc des problèmes à mémoriser les traits et reconnaître les gens qu'elle voit ou rencontre.

Est-ce aussi le cas pour moi ? Je pourrais très bien être affectée de la même manière, et pour l'instant, je n'ai aucun moyen de le savoir. Je n'ai aperçu que mon reflet dans un miroir et le visage de Franck.

Et lui, je ne suis pas près de l'oublier.

Je consulte la minuterie. J'ai encore quelques documents à éplucher ; je voudrais bien savoir pourquoi mon torse est fendu en deux à la verticale.

Il ne me reste que cinq minutes.

Cela ne sera pas suffisant.

J'éteins le portable, tire la chasse d'eau (autant jouer mon rôle jusqu'au bout), me lave les mains et retourne me coucher.

Franck a la bouche ouverte, sur l'oreiller.

L'envie de l'étouffer en lui faisant avaler les draps me traverse l'esprit, mais je me contente de soulever la couette et me glisser à ses côtés en prenant soin de ne pas le toucher.

Paris, mardi 31 octobre 2017, 02:07

Je me souviens de ma session d'hier. Je souffre donc de quelques trous de mémoire, mais je ne suis pas « amnésique antérograde ».

Cependant, je m'interroge. Nos personnalités sont différentes. Isabel a de l'asthme, alors que ce n'est pas mon cas.

Ces inégalités physiologiques sont assez fréquentes chez ceux atteints de troubles dissociatifs de l'identité. Comme cette femme, Diana, presque aveugle, mais dont l'un des alter pouvait lire parfaitement.

Mais je ne pensais pas qu'une blessure physique puisse avoir des effets distincts sur l'une et l'autre des personnalités.

Serions-nous compartimentées dans différents endroits du cerveau ? Ou bien y a-t-il une part importante de psychologique dans ce qui affecte l'état d'Isabel ?

Peut-être en apprendrai-je plus durant les prochains jours.

En attendant, je poursuis la lecture du dossier médical.

Le document suivant relate l'arrivée aux urgences à l'hôpital Paris Saint-Joseph, puis la chirurgie pour retirer les deux balles logées dans la cage thoracique (ainsi que celle qui est rentrée dans ma tête). Une des balles a fracassé la quatrième côte, ce qui a entraîné la perforation du poumon gauche. L'autre s'est fichée dans le manubrium. La blessure au poumon a causé un pneumothorax et un hémothorax.

Je découvre également qu'Isabel a failli mourir pendant l'opération, qui a duré près de dix-huit heures.

Je survole les lignes suivantes en pressant ma paume contre ma poitrine, envahie par l'angoisse. Un sentiment nouveau pour moi. Contrairement à mon alter, j'ai toujours été maîtresse de mes émotions, toujours en contrôle.

J'inspire et expire pour vérifier à quel point ma capacité pulmonaire pourrait être atteinte. Difficile de déterminer si ma respiration est affectée. Elle doit l'être, forcément, mais je ne me sens pas en détresse, loin de là.

Et cela rend encore plus étrange ce que je découvre dans le document suivant, relatant les conséquences de sa sortie de coma.

Isabel a besoin de sessions d'oxygénothérapie. Sa capacité respiratoire est atteinte, malgré deux poumons fonctionnels. Son asthme s'est beaucoup aggravé. En cas d'urgence, et si la Ventoline ne suffit pas, il lui est conseillé d'avoir une bouteille à proximité, au risque de mourir.

C'est donc cela, l'appareil sur lequel j'ai failli trébucher en sortant du lit. Une station portable.

J'ai du mal à réaliser. Isabel et moi sommes deux personnalités partageant le même corps, mais son état est catastrophique. Alors que le mien…

Si on met de côté le fait que je vive la nuit dans un laps de temps limité, ma difficulté à trouver mes mots et à articuler un raisonnement cohérent sans saigner des oreilles, je m'en tire plutôt bien.

Je réprime un bâillement et je m'attaque aux dernières photographies, le journal de…

— Isabel ? Tout va bien ?

Je me raidis et manque de faire tomber le téléphone.

J'avais prévu cette éventualité, mais Franck m'a prise de court.

— Ça fait bien vingt minutes que tu es aux toilettes, ajoute-t-il.

Je connais ma réplique, mais j'espère que je ne me trahirai pas. Tout est dans le ton. La voix semble toujours sur le point de se briser.

— Isabel ?

— Je suis constipée, désolée.

Un silence de deux secondes précède des bruits de tissu froissé. Ensuite, j'entends les pas qui se dirigent vers la porte de la salle de bains.

— Pas de chance, chérie, une des rares fois où tu manges plus qu'une demi-assiette et tu te retrouves dérangée. Tu as pris du Prodiem ? Tu veux que je t'en apporte ?

Il est là. Je peux voir l'ombre de ses pieds.

— Non, je veux juste pouvoir terminer. Laisse-moi encore quelques minutes, c'est gênant.

Il soupire.

— OK, mais ne tarde pas trop à libérer la place, j'ai l'impression que ma vessie va exploser.

— Franck, s'il te plaît.

Je pense être tranquille, mais ce fumier insiste.

— Sacrée soirée hier, hein. Mais cela m'a fait vraiment plaisir de te voir aussi rayonnante. Je te l'avais dit, cela te fait du bien de sortir. Bon, j'ai quand même noté que ce vieil obsédé de Nathan te tournait autour, mais on ne va pas le changer.

— Excuse-moi, mais je pourrais terminer tranquillement ?

J'ai été sèche, mais qu'aurait répondu Isabel ?

Je pourrais insister plus, mais j'ai peur qu'il ne soupçonne ma présence. J'efface les photos et mon historique de navigation.

De toute façon, c'est cuit pour cette nuit. Je lirai ses notes demain.

— C'est bon, j'ai fini.

Je tire la chasse d'eau, lave mes mains et ouvre la porte. Je tombe nez à nez avec lui.

Il a dû boire une grosse quantité d'alcool, je le sens à son haleine.

Il s'approche pour déposer un baiser sur mon front. Je dois me forcer pour sourire.

— Ça va ? Tu as l'air étrange.

— C'est la digestion, rien de plus.

— Dis-moi, comment va ta mémoire ? Tu te souviens de notre soirée, au moins ?

Je secoue légèrement la tête.

— Pas entièrement, dis-je en espérant qu'il n'insiste pas.

Son visage se rembrunit et son regard inquiet me scrute.

— Tu te souviens quand même que Lima a renversé la carafe de vin sur Nathan quand il lui a touché les fesses ?

Que répondrait Isabel ? S'en souviendrait-elle au moins ?

Est-il en train de me tester ? Aurait-il des soupçons ?

Je grimace et affiche un air peiné.

— Désolée Franck, j'ai oublié.

L'éclat qui pétillait dans ses yeux s'éteint. Il hoche la tête et m'adresse un regard compréhensif teinté de pitié.

— Toute la soirée ? Même notre discussion sur le balcon ? Tu te souviens que je t'ai parlé du chalet dans les Vosges ?

Une pensée angoissante naît dans mon esprit.

Et si Isabel se rappelait leur conversation ? Et qu'il lui repose la question demain ?

Je préfère éluder.

— On pourrait en parler plus tard ? Je ne me sens pas bien. Mon crâne va exploser.

— Si la migraine pointe son nez, c'est sûrement que tu as besoin d'oxygène.

Il pose sa main sur mes hanches, me caresse, fait courir ses doigts le long de mon dos.

Je refrène un frisson, je préférerais qu'on me frotte le corps avec du papier de verre. Je dois lutter pour ne pas me détacher de lui. Je tente de me décrisper pour ne pas éveiller les soupçons, mais je reste aussi droite et souple qu'un chêne.

— Je t'aime, me glisse-t-il dans le creux de l'oreille.

Paris, mercredi 1er novembre 2017, 02:29

Changement de bureau. Je suis assise sur la chaise haute de notre bar de cuisine, une tartine de beurre à moitié entamée à portée de main. Je ne peux pas prendre le risque de me retrouver dans la même situation que la nuit dernière. Si Franck se réveille, je prétexterai une fringale nocturne. Et puis j'ai faim. Isabel n'a jamais été une grande mangeuse. Consumée par ses angoisses, elle en perdait régulièrement l'appétit. Le coma et les blessures n'ont pas dû l'arranger.

Franck m'a surprise.

C'est sûrement mon imagination, mais pendant un instant j'ai cru qu'il m'avait reconnue. Il est loin d'être idiot et j'ai très bien pu me trahir. Il a pu déceler ma présence dans mon regard, ma façon de sourire (ou plutôt de ne pas le faire), mon ton, plus direct et moins mielleux que celui d'Isabel. Franck nous connaît par cœur et je ne lui ai jamais caché mon état. Comment aurais-je pu ? J'espère que ce n'est qu'une impression, je préférerais rester dans l'ombre pour ne pas éveiller ses soupçons, car si je me dévoile, il pourrait se verrouiller et compromettre mes chances de comprendre la situation. D'autant que je suis persuadée que mon *absence* l'arrange. Isabel a toujours été plus conciliante que moi, plus dévouée, plus tolérante. Je suis à l'origine du divorce ; pas elle.

Mais peut-être me fais-je des idées. On a tendance à devenir paranoïaque lorsque l'on agit dans le secret. Et puis, il venait juste de se réveiller. Il n'a peut-être rien remarqué.

Quoi qu'il en soit, je vais continuer à investiguer. Il ne me reste pas beaucoup de temps pour me pencher sur ses notes et son écriture en pattes de mouche ne me rend pas la tâche facile.

Dès les premières entrées, je comprends que Franck n'est pas avec Isabel que pour ses beaux yeux et qu'il a profité de sa faiblesse pour s'en rapprocher.

Le ton est clinique.

Session #1 : Isabel n'a aucun souvenir du divorce. Pas de l'avoir initié, pas de l'avoir signé. Ni de ce qui a causé notre séparation.

Session #2 : Camille n'est plus présente. Isabel me l'affirme. Aurait-elle disparu dans le coma ? Est-ce dû aux lésions ? Si c'est le cas, il n'y a plus qu'à espérer que l'information soit accessible dans la mémoire d'Isabel.

Sessions ? Est-ce de l'hypnose ?

Le plus troublant, c'est qu'Isabel est persuadée que je n'existe plus. Cela explique en partie pourquoi je ne me suis pas manifestée pendant les derniers mois.

Le carnet fait état de plusieurs autres sessions du même genre ; mais à chaque tentative, Franck se heurte à l'amnésie d'Isabel.

Quelle est donc cette information qu'il cherche ?

Je remarque également que sa façon d'écrire se modifie au gré de ses notes, plus agressives. L'expression de sa frustration.

Je poursuis ma lecture pour apprendre que l'oxygénothérapie d'Isabel n'est pas obligatoire et que l'appareil ne devrait servir qu'en cas de crise d'asthme sévère. Son usage actuel vise donc uniquement à la rassurer.

Une grande partie des maux dont elle est atteinte sont majorés par sa grande faiblesse psychologique. Sous hypnose, sa tension artérielle comme son taux d'oxygène dans le sang sont à des niveaux bien plus acceptables.

Cela pourrait expliquer pourquoi je ne ressens pas de faiblesse respiratoire.

Sur une autre photo, je lis :

Changement de protocole

et plus loin :

La réponse au Prazépam n'est pas celle espérée. Je pourrais continuer avec d'autres benzodiazépines, mais je ne pense pas obtenir de meilleurs résultats. L'aspect hypnotique est probablement contrebalancé par le facteur amnésiant de la molécule. À creuser. Je vais stopper le traitement. Conséquence : je dois trouver des anxiolytiques de substitution pour diminuer son stress.

Fumier. Je ne suis qu'un sujet de laboratoire pour lui. Il nous a bourrées de médicaments pour nous rendre dociles et nous sonder le cerveau.

La photo suivante manque de me faire lâcher le téléphone.

Il fallait que je le tente, mais le LSD est également un échec. L'état modifié de conscience s'est principalement traduit par des hallucinations. Pire : elle a revécu sa fusillade au point d'hyperventiler. Augmentation significative de la pression artérielle, hyperthermie. Note : l'opération ne doit surtout pas être répétée. Cela pourrait aggraver la dissociation et compromettre davantage sa mémoire.

Ce monstre nous a droguées. Pourquoi ? Que peut-il chercher dans notre tête de si important ?

Est-ce en rapport avec mon rendez-vous interrompu ? Si je pouvais me souvenir de la raison de cette rencontre !

Je me frotte les yeux et poursuis ma lecture.

Enfin une avancée significative. Je regrette de ne pas avoir choisi cette solution avant d'avoir opté pour les benzodiazépines et le LSD. L'utilisation de l'Aripiprazole est prometteuse. Le médicament agit sur le cerveau en augmentant la neurotransmission cholinergique ou en inhibant la transmission glutamatergique et cela a une incidence positive sur l'amnésie rétrograde d'Isabel. En revanche, je pense rapidement changer en faveur du Risperdal, moins dangereux pour son état de santé actuel.

Je lance une recherche rapide afin de savoir de quoi il parle. J'apprends que les médicaments qu'il cite sont utilisés pour soigner Alzheimer.

Isabel s'est souvenue de notre séance d'hypnose de la veille. Incidence positive sur son amnésie antérograde. À surveiller.

À surveiller? À le lire, on dirait que l'amélioration potentielle de mon état ne l'arrange pas.

Je pose le téléphone sur l'îlot et je me masse les tempes. Ma vision se brouille et je réprime un bâillement qui me crispe les mâchoires. Je vérifie l'heure: 2h30. C'est limite, mais je prends le risque de continuer. Une consultation prolongée pourrait m'exposer, mais tout autant qu'une nuit supplémentaire passée à analyser ces photos.

Le fait d'avoir complété l'hypnose avec l'intégration neuro-émotionnelle par les mouvements oculaires a été payant. Isabel a évoqué une cascade et un ruisseau. Pas de détails, ni de mise en contexte, mais je pense que c'est un début. Est-ce une métaphore? Un paysage de son enfance dans le Maine?

Des ruisseaux, oui. Mais je ne me rappelle aucune cascade à Winter Harbor. Je ne crois pas non plus à la métaphore; un souvenir compartimenté dans sa mémoire serait plus probable.

Je suis troublé. Isabel m'a parlé du chalet. Elle l'a décrit brièvement, mais je n'ai pas pu pousser pour en savoir davantage. Aurait-elle été là-bas ? Je ne vois pas comment. Peut-être a-t-elle été fouiller sur mon ordinateur. À surveiller, c'est un comportement qui ne lui ressemble pas.

Je me demande de quel chalet il peut bien parler.

À travers l'hypnose, Isabel a réussi à évoquer sa sœur. Un réel progrès. Il y a peu de temps, il était impossible de mentionner l'accident de Dave ou la disparition de Julie sans provoquer un blocage.

Je plaque le portable contre le bar et me lève d'un bond. Lire la suite des notes est devenu impossible. Ma tête tourne et je peine à garder l'équilibre sur ma chaise.

Ma sœur a disparu ?

Et je l'apprends au détour d'une stupide entrée dans le carnet de ce fumier !

Paris, jeudi 2 novembre 2017, 02:42

Drame chez les Richardson :

Après le terrible accident qui a ôté la vie à Dave Richardson dans les environs de Gérardmer, les enquêteurs recherchent activement Julie Richardson, présumée disparue depuis le vendredi 29 septembre 2017. Ils ont lancé via leur compte Twitter un appel à témoins pour retrouver la femme…

C'est le premier article qui mentionne la disparition de ma sœur parmi une bonne vingtaine (Dave étant un homme d'affaires très en vue et à la tête d'une fortune colossale, les médias se sont emparés de son accident avec ferveur). Cela fait quatre fois que je le relis, et je n'arrive toujours pas à réaliser. Toutes ces années passées à nous ignorer (et nous détester quelquefois). Je n'ai pas eu l'occasion de lui dire au revoir.

Pauvre Julie, même dans sa mort (si elle n'a pas été retrouvée après un mois, je ne peux plus parler de disparition) elle est occultée par son mari.

Dans *Capital*, le journaliste s'inquiète du sort de l'entreprise familiale :

> Quel impact aura le décès de son P-DG sur l'empire Richardson ?

S'ensuit une nébuleuse succession de spéculations financières.

La couverture de l'affaire s'est poursuivie sur une semaine.

> Le sort s'acharne sur la famille : après plusieurs jours de recherche intensive, Julie Richardson n'a toujours pas été retrouvée. Ses proches craignent le pire. Sa sœur Isabel est quant à elle toujours dans le coma...

Je viens de réaliser. 29 septembre 2017. Soit trois jours avant la fusillade. J'ai du mal à croire à une coïncidence, même si je ne vois pas de rapport... pour l'instant.

Paris, dimanche 5 novembre 2017, 02:34

Alors comme ça, Isabel rédige un blog ?

Je découvre avec surprise sa série d'articles postés sur sa page intitulée « Se reconstruire et retrouver l'éclat ».

Le premier ne date que du 20 octobre et déjà, cinq mille personnes jouent les voyeurs en suivant ses malheurs. Pas mal, en deux semaines seulement. L'effet médiatique de la miraculée de la fusillade est sûrement à l'origine de ce succès.

Je survole rapidement le blog, honteuse de ce que j'y lis.

Isabel confie ses états d'âme sans filtre ni réserve. Tout y passe, ses angoisses, ses blessures. Elle a même donné un nom ridicule à sa station d'oxygénothérapie : « monsieur O2 ». Si j'avais su, je me serais épargné la peine d'aller chercher dans les documents médicaux de Franck. Tout y est ou presque. Elle a également posté des clichés des radios et commenté les séquelles avec des liens renvoyant vers différentes pages expliquant les divers types d'amnésie ou son asthme. Pas de trouble dissociatif de l'identité, en revanche. Pourquoi n'en parle-t-elle pas ?

C'est parce qu'elle t'a définitivement gommée.

Le premier article est une présentation où Camille expose qu'elle ne veut rien cacher, que cet exercice est cathartique. Elle incite ses lecteurs à la solliciter, à lui poser des questions. Et visiblement, elle fait de son mieux pour n'en éluder aucune, même si souvent la réponse se résume à « Désolée, les détails sont flous » ou « Comme vous le savez, je souffre d'amnésie, je ne me souviens pas ».

Elle ne censure pas les commentaires et a même laissé quelques-uns des plus déplacés. Du genre : « Ça te fait quoi d'avoir survécu alors que d'autres sont morts ? »

Je passe rapidement les autres articles, qui relatent son humeur du jour. J'y découvre une Isabel fragilisée et dépressive, cantonnée à une vie cloîtrée dans l'appartement. Elle ne travaille plus et culpabilise de vivre aux crochets de son mari. J'imagine qu'elle doit trouver un réconfort dans les nombreux messages de soutien.

Elle est suivie par un psychiatre, le docteur Adam, qu'elle consulte depuis sa sortie du coma à raison de trois sessions par semaine.

Je me souviens de lui. Nous l'avons rencontré au Club Med d'Albufeira en 2013. Quelques repas arrosés et deux ou trois parties de golf avaient suffi à les rapprocher, Franck et lui. Et pourtant, il paraissait aussi guindé et raffiné que Franck est négligé et bordélique. Tiens, je me demande à quel point le docteur Adam est de connivence. Est-il est au courant des expériences de son ami ?

Quelques posts plus tard, Isabel explique qu'elle envisage de ne plus suivre la thérapie. « Une perte de temps et d'énergie », commente-t-elle.

Je pense surtout que nous avons eu notre compte de psychiatrie pendant notre enfance et plus encore après le diagnostic du trouble dissociatif.

Il me reste peu de temps et je saute directement à la dernière entrée.

Elle y relate son tout récent entretien avec le docteur. Elle évoque sa crise de somnambulisme (désolée Isabel, mais tu n'es pas somnambule, Camille est de retour et tu n'en as pas encore conscience), son hallucination (une copie d'écran de son agenda où elle a inscrit : « 16h30 : hallucinations chez le psychiatre, pas de dyspnée ») et son futur déménagement à Plainfaing.

Avec la drogue que Franck nous a injectée, pas étonnant qu'elle débloque.

Alors comme ça, nous allons déménager dans les Vosges. La destination exacte est inconnue, précise-t-elle. Une surprise de son mari.

Très bien, Franck, moi aussi j'ai une surprise pour toi. Tu veux savoir ce qui se cache dans ma tête ? Eh bien, moi je veux savoir ce qui te motive à le découvrir.

Mémoires #11

J'ai su que ma mère était morte quelques heures avant que Franck ne me l'annonce par téléphone, tout comme j'avais deviné qu'elle allait tomber gravement malade des jours avant que cela n'arrive. Appelez ça un don ou de l'intuition. Cela doit fonctionner comme cela chez les Northwood. Maman avait elle-même ressenti la perte d'Eliot. C'est ce lien invisible qui unit les membres de notre famille. Nous sentons les vibrations lorsqu'il menace de rompre.

Dave était à New York pour rencontrer un client lorsque Franck m'a contactée à deux heures du matin. J'étais réveillée, victime d'une terrible migraine. Il n'a pas eu besoin de prononcer un mot, et je l'ai écouté sans surprise m'annoncer sur un ton grave que ma mère était décédée pendant la nuit. Partie après un long combat contre la maladie. Sans tarder, j'ai pris le train pour me rendre à Strasbourg. Maman avait souhaité se faire enterrer auprès de ses parents ; au cimetière Nord. Elle voulait rejoindre Stéphanie et Jean Schneider, une grand-mère et un grand-père que je n'ai connus qu'à travers de vieilles photos jaunies et quelques anecdotes.

Durant le trajet, j'ai repensé à toutes les épreuves que nous avions traversées ensemble et à cette triste conclusion pour maman. Le diagnostic de la tumeur au cerveau d'Eliot, sa mort, la disparition de Granpa, l'assassinat de Liam, le divorce, la dégradation de l'état psychiatrique de Camille, son viol. Ma mère avait dû faire face à toutes ces tragédies tout en restant forte pour ses filles. Cette accumulation de stress et de drames l'a rongée de l'intérieur et a fini par la tuer. L'amertume, la culpabilité, les regrets forment un terreau fertile pour le développement des métastases. Et nous n'avions rien vu ou plutôt, nous avions fait semblant de croire en sa solidité. Toutes ses conquêtes éphémères, ses soirées passées entre faux amis, ses prestations au théâtre, ses chorales n'étaient que de la poudre aux yeux. De vains efforts pour combler un vide insondable. Ma mère n'était plus qu'une enveloppe depuis des années, son âme s'était flétrie le jour où elle avait perdu son fils. Seulement mue par l'instinct de survie et de protection, son existence n'avait alors eu qu'un unique objectif : assurer notre autonomie et notre sécurité. Une fois ses filles à l'abri, elle n'avait plus qu'à se laisser mourir.

Le plus triste, c'est qu'elle a échoué. Je ne suis pas en sécurité, je ne l'ai jamais été. Je me suis juste emmurée dans une prison dorée, dans le confort ouaté d'une vie passive. Dave est riche, plus encore que ses parents, et pourtant je ne me suis jamais sentie aussi pauvre. Pire, j'ai fini par devenir ce que je redoutais tant étant adolescente. Une coquille brisée dont aucune lumière n'a jamais jailli, un astre mort. Non, Granpa. Il n'est rien sorti de beau de ma souffrance, juste des larmes et du fiel. Mais je ne te blâme pas, c'est ma faute. Je n'ai pas compris que pour profiter de l'existence, il ne fallait pas la vivre en aval, tétanisée dans une posture défensive. Que devancer ses peurs ne les conjurait pas, que l'angoisse était un poison et la sécurité une illusion.

En définitive, je n'ai pas vécu, je me suis laissée guider. Oh, j'ai bien tenté de faire jaillir une étincelle. Mais toutes ces années à écrire de la poésie, à dessiner, à composer au piano et à la guitare n'ont servi à rien. J'ai exercé toutes ces activités sans passion ni réel talent, toujours enkystée dans la peur de l'insignifiance et du rejet. Dans l'ombre de Dave. Et rien ne pousse dans l'obscurité. Alors rien de ce que j'ai accompli ne me permettra de laisser une empreinte dans ce monde, et je n'ai pas d'enfants pour passer le flambeau et espérer vivre à travers eux. Je n'aurai pas non plus un enterrement flamboyant comme je l'imaginais étant petite et mon épitaphe se résumera sûrement à quelque chose du genre : « Ci-gît Julie Richardson, née Northwood, morte de ne pas avoir vécu ».

J'ai broyé du noir pendant la moitié de trajet, jusqu'à ce que des éclats de rire de bébé m'expulsent de mes pensées moroses. J'ai décollé ma joue de la fenêtre froide et humide pour jeter un œil par-delà les sièges.

Assise dans le sens contraire de la marche du train, une jeune femme blonde dans la vingtaine soulevait son enfant emmitouflé dans une grenouillère vert pastel. Le père, un beau type bronzé à la barbe naissante et aux yeux clairs, le chatouillait au niveau des aisselles. Ils rayonnaient, émerveillés par leur petit prodige. J'ai immédiatement ressenti une vive jalousie s'emparer de moi, puis une répulsion.

Il se dégageait d'eux une telle aura de bonheur et d'espérance qu'elle en était aussi aveuglante qu'insupportable. Trois êtres protégés par un cocon de lumière imperméable à la tristesse. À ma tristesse.

J'ai détourné mon regard, comme si j'avais fixé trop longtemps un soleil brûlant.

Mais mon supplice a continué. Impossible d'ignorer le rire des parents, les éclats de l'enfant. Je suffoquais, mon cœur se serrait, j'en avais la nausée et je me maudissais de ne pas avoir emporté d'écouteurs pour le voyage.

Je suis sortie du wagon les yeux rougis, avec l'envie de me jeter sur les rails et d'en finir une bonne fois pour toutes.

Mais j'ai décidé de reporter ce geste à plus tard. Je ne pouvais pas partir sans avoir donné un ultime au revoir à ma mère.

J'ai traversé la gare de Strasbourg, quitté le bâtiment historique, traversé la grande verrière qui l'entoure et couru vers un taxi qui patientait devant l'entrée.

Il était trois heures de l'après-midi lorsque je suis arrivée au centre funéraire. Il avait été aménagé dans une vieille demeure alsacienne aux façades jaunes et aux toits aigus.

Je suis restée plusieurs minutes à fixer le ciel azur marbré de fins nuages, incapable de bouger. J'appréhendais de revoir ma mère, revoir Camille (ou Isabel puisqu'elle avait changé de nom), revoir Franck. Presque dix années s'étaient écoulées durant lesquelles nous n'avions eu que quelques contacts téléphoniques, à l'exception de deux repas de Noël passés à Paris.

J'ai pris une grande inspiration et poussé la porte du funérarium.

En l'ouvrant, j'ai ressenti un choc. Camille et Franck étaient assis face à un homme habillé en costume noir, à la barbe fournie et aux cheveux longs. Mon père.

Ce vieil homme taciturne avait fini par quitter le Maine.

Il s'est tourné vers moi et m'a souri.

« Bonjour, ma colombe. »

J'ai fondu en larmes.

Revoir mon père m'a ébranlée. Tant d'années s'étaient écoulées depuis notre départ précipité et nous n'avions eu que de brèves conversations téléphoniques aux anniversaires, à Noël, au Nouvel An. Internet aurait pu faciliter les choses, mais papa avait banni l'usage des ordinateurs et vivait déjà comme un Hamish. Pourtant ce n'était pas une excuse, j'aurais pu lui rendre visite à maintes reprises. Je connaissais son adresse et j'avais eu de nombreuses occasions de venir. Dave partait souvent aux États-Unis pour son travail. J'aurais pu l'accompagner. Et quand bien même, nous avions suffisamment d'argent pour voyager à travers le monde à n'importe quelle période de l'année. Encore une fois, c'est la peur qui m'a tenue à l'écart de lui. Peur de la malédiction des Northwood. Peur de me confronter aux fantômes de mon passé.

Et pourtant en le voyant, si maladroit et étriqué dans son costume gris, la chemise trop serrée au niveau du cou, les traits tirés, je n'ai pas ressenti d'oppression ni de malaise. Au contraire, j'étais soulagée et émue. Papa avait dû faire un effort colossal pour sortir de sa réserve et j'aurais simplement souhaité que les circonstances fussent différentes.

Devant ma surprise, il m'a dit :

— Ta mère m'a envoyé une lettre pour me dire qu'elle sentait la fin venir. Je n'ai pas hésité une seconde et j'ai pris l'avion.

Ses yeux se sont embués de larmes.

— Mais je suis arrivé trop tard, j'aurais tant voulu la voir avant que…

Je l'ai serré dans mes bras.

J'étais touchée par sa tristesse tout autant que par ses efforts pour se rendre ici, lui qui n'avait jamais volé. J'ai insisté pour lui rembourser les billets et l'hôtel. Il a d'abord refusé – James Northwood était toujours aussi têtu – mais il a fini par accepter devant plus bornée que lui.

Nous avons passé trois jours tous ensemble, en famille. Dave a même pu se libérer pour assister à l'enterrement, écourtant un voyage d'affaires important à Londres. Une occasion de présenter à mon paternel ce « presque Américain » né en France, mais d'un père originaire d'Eau Claire dans le Wisconsin.

Pendant ce séjour, j'ai pu faire découvrir à papa la véritable gastronomie alsacienne chère à Maman. Il a appris à rouler les *flammekueches* et s'est hasardé à goûter les *lewerknepfles* qui n'avaient jamais été au menu à la maison. Ce fut l'occasion pour nous de nous remémorer les repas à Winter Harbor avec toute la famille réunie dans notre grand salon. À l'évocation de ces souvenirs pourtant douloureux, je l'ai trouvé serein et calme, loin de l'image du tyran irascible qui nous terrifiait étant enfants. Il semblait avoir fait la paix avec son passé, alors que j'en portais encore les stigmates. Sans doute était-ce lié à son nouveau chemin de vie. Il avait vendu sa maison, vidait régulièrement son compte pour stocker ses économies dans des coffres et se contentait désormais du minimum pour vivre. Et surtout, il se tenait à l'écart du monde civilisé qui, selon ses dires, « marchait sur la tête ». Lors de notre dernier repas, il a assené quelques piques involontaires à Dave en comparant les capitalistes, hommes d'affaires et banquiers à des criminels de guerre qui avaient « plus de sang sur les mains que n'importe quel dictateur ». Dave n'a pas cherché à polémiquer et l'a laissé continuer, mais je sentais poindre son énervement.

Papa envisageait d'habiter dans une cabane aux abords de la forêt pour cultiver son lopin de terre, chasser et pêcher. Il n'avait plus de téléphone, mais nous a assurés que nous pouvions toujours le contacter, par courrier ou en appelant Barry, un ami chasseur et gérant de l'Alamoosook Lakeside Inn, situé à quelques kilomètres de sa cabane.

— Je serai toujours là pour vous en cas de problème, mes colombes. Toujours, nous a-t-il promis sur un ton qui ne laissait aucune place au doute.

Granpa n'avait peut-être jamais décelé d'éclat chez son fils, mais j'y voyais autant de force que de résilience.

Ermite reclus dans une cabane, sans électricité, sans compte en banque. C'était la dernière étape de la transformation de James Northwood. D'artiste rebelle et drogué à prosélyte religieux, il s'était mué en survivaliste apôtre du minimalisme. Mais au moins semblait-il en paix. Et pour cela, je l'enviais.

Camille et Franck sont partis un jour avant papa. Je suis restée relativement distante avec ma sœur (nous étions brouillées depuis huit ans, depuis que je l'avais harcelée avec une thérapie pour guérir son trouble dissociatif), mais j'étais heureuse de la revoir et je pense que c'était réciproque. Quant à Franck, j'ai éprouvé une vague de nostalgie et un pincement au cœur. Nos regards se sont croisés plus d'une fois lors de ce séjour, et j'ai su qu'il ressentait la même chose à mon égard. J'ai imaginé la vie que j'aurais eue à ses côtés si je n'avais pas rompu des années auparavant. Sans doute n'aurais-je pas vécu dans l'ombre de mon mari. Sans doute aurions-nous eu des enfants.

Avant de prendre l'avion, papa m'a demandé de venir le voir dans sa chambre d'hôtel. Et curieusement, il a insisté pour que je sois seule.

Les anglophones ont un dicton : *« Beware what you wish for »*. En français, cela pourrait se traduire par : « Méfie-toi de ce que tu souhaites ». Je n'y ai jamais vraiment cru. Petite, je rêvais d'une vie extraordinaire, riche en histoires et en rebondissements. Mais je n'ai récolté que drames, trahisons et déceptions. Pourtant, quelques heures après avoir franchi le seuil de la porte de sa chambre, j'ai pu enfin comprendre le sens de cet adage.

Mon père m'attendait, assis sur son lit déjà refait (femme de ménage ou pas ; James Northwood avait des principes).

Il m'a invitée à le rejoindre d'une tape sur le matelas. Il a patienté quelques secondes, le regard fixé sur le mur. Puis il s'est tourné vers moi. Son visage est devenu grave et, pendant un court instant, j'ai revu l'homme sévère de la maison de Beach Street.

— Julie, il est important que je te raconte ce qu'il s'est passé lorsque tu étais enfant après… tu sais, après qu'Eliot… enfin, après qu'on a découvert qu'il était malade.

Malade. Un euphémisme lorsqu'on évoque une tumeur au cerveau.

— Je ne pouvais pas en parler tant que Camille était présente, mais j'ai des choses à te révéler. Nous nous étions dit avec ta mère… j'imagine que tu te souviens de la disparition de Granpa et de…

Il a marqué une pause et s'est passé la paume sur le visage avant de continuer.

— … la mort de Liam.

Il a pris une grande inspiration et m'a saisi les épaules.

À voir son air grave, j'ai compris qu'il allait me faire une révélation qui allait m'ébranler.

— Bon Dieu, je ne sais pas par où commencer.

Chapitre 2

Plainfaing, samedi 11 novembre 2017, 02:31

Ce chalet ne m'est pas inconnu. Cette poutre centrale et cette décoration ridicule à base de casseroles me disent vaguement quelque chose.

Serais-je déjà venue ici ?

Ce n'est pas aujourd'hui que j'aurai ma réponse. Je peux juste observer le comportement de Franck en espérant qu'il continue à consigner ses notes. Mais je ne vois pas de raison pour qu'il arrête ses expériences.

Dès qu'il y aura un accès à internet, je poursuivrai mon enquête.

Plainfaing, mardi 14 novembre 2017, 01:27

L'antre de Franck est toujours aussi bordélique. Ce crétin ne peut pas s'empêcher d'acheter des babioles et les entasse en vrac sur ses meubles.

Comme ce bureau surchargé de figurines, qu'il aurait dû laisser à Paris s'il avait eu une once de bon goût. Par chance, il a aussi tendance à s'enraciner dans ses habitudes et je n'ai pas eu de mal à trouver son carnet de notes, rangé dans le même tiroir.

Je le parcours avec une seule question en tête : pourquoi me suis-je éveillée plus tôt aujourd'hui ?

Dans les dernières entrées, rien n'indique un changement dans la posologie ni dans le protocole. Franck a continué les séances d'hypnose et d'EMDR tout en s'assurant qu'Isabel ne s'en souvienne pas, mais il ne stipule aucune modification. Ou alors Franck ne documente pas tout, mais je ne vois pas pourquoi.

Mais si ce n'est pas de son fait, alors quel est le facteur déclenchant ?

Je repose le carnet sur le bureau et fixe mon attention sur le masque africain – autre abomination issue de la collection hétéroclite de Franck – qui décore le mur de la pièce.

Et alors que je grimace devant le visage terrifiant de cet objet d'art salampasu, une idée me vient.

Isabel a peur. Plus qu'à Paris en tout cas. L'angoisse est déterminante dans le changement de personnalité.

Et je connais l'origine de cette peur : ce chalet. Il a un effet sur elle.

Je me détourne du masque qui semble m'observer avec malveillance.

Pas que sur elle, d'ailleurs. Je ressens moi aussi ce malaise. Il y a quelque chose de pas clair, ici.

Je souris.

La peur, l'angoisse, le stress.

Peut-être que si je trouvais un moyen d'altérer sa médication, de diminuer le dosage de ses anxiolytiques… d'accroître sa terreur.

Oui. Peut-être pourrais-je reprendre le contrôle.

Définitivement.

Plainfaing, jeudi 16 novembre 2017, 02:02

Je n'aurais jamais pensé que fixer le plafond pendant cinq minutes puisse être si libérateur et inspirant.

J'ai enfin compris ce que Franck cherche dans la tête d'Isabel. Ce drogué doit être endetté jusqu'au cou. Je l'aurais réalisé bien plus tôt si je n'avais pas les méninges en compote. C'est bien en raison de son addiction au jeu que j'ai demandé le divorce et ce lâche n'a pas dû changer.

Le reste est facile à deviner. Il n'y a qu'une raison qui puisse justifier un tel acharnement. (Le LSD, Franck ! Putain, je ne te le pardonnerai jamais !)

« Paysage avec chaumières » de Rembrandt Harmenszoon van Rijn ; ce maudit tableau volé en 1972 par trois fêlés, dont l'un était mon grand-père, le placide et excentrique Oswald Northwood.

Franck doit vouloir le retrouver pour rembourser ses dettes (et s'assurer quelques années de débauche supplémentaires dans les casinos clandestins). Isabel ne doit pas s'en souvenir.

Mais moi, si. Mes parents l'avaient caché, mais Julie m'a tout raconté.

Je me redresse et me tourne vers Franck. Il dort sur le ventre, son bras gauche pendouille le long du lit.

Comment as-tu appris l'existence de cette histoire, enfoiré ? Nous n'étions que quatre à le savoir. Mes parents, ma sœur et moi. Je ne me souviens pas de t'en avoir parlé et je ne vois pas pourquoi je l'aurais fait. Julie alors ?

Je ne vais pas te faciliter la tâche, Franck.

Tu te crois en sécurité ici, bien à l'abri. Tu crois pouvoir impunément nous fouiller la cervelle et obtenir ce que tu veux. Tu te trompes.

Je me lève et prends le téléphone posé sur la table de nuit. Une idée m'est venue et il me reste peu de temps pour l'exécuter.

De quoi accroître l'angoisse d'Isabel et mettre la pression sur Franck.

Parmi les tableaux revendus par ma mère, il y avait un Gustave Courbet. Je dois chercher sur internet (foutue mémoire) afin de me renseigner sur le vol du musée des Beaux-Arts de Montréal pour en retrouver le titre : « Paysage avec rochers et ruisseau ».

Ce sera la petite surprise laissée à mon alter. Un message énigmatique. Peureuse comme elle est, elle en parlera à Franck.

Je souris en imaginant la tête de ce fumier. Avec une note, ce sera encore mieux. Tiens, peut-être même qu'elle le soupçonnera d'être à l'origine de cet envoi.

Après un détour par le bureau de Franck pour prendre du papier et un crayon, je descends à la cuisine. Je dois combler une dent creuse. Si je compte sur Isabel pour nourrir ce corps, nous finirons bientôt à l'hôpital alimentées par perfusion.

Je griffonne quelques mots sur la feuille avant de la photographier et de la passer sous l'eau.

Une fois réduite en charpie, je jette les morceaux humides dans la poubelle.

Il ne doit rester aucune trace.

J'expédie ensuite le message avec un sourire satisfait.

Si seulement je pouvais installer une caméra et quelques micros ici, rien que pour apprécier le résultat de mes manœuvres.

Je m'apprête à retourner dans la chambre quand des aboiements retentissent dehors. Le premier me fait sursauter et mon cœur fait un bond.

L'animal doit être proche du chalet.

Les jappements continuent, accompagnés de quelques grognements.

Les chiens n'aboient pas pour rien. Une bête doit rôder… ou bien…

Je pose le téléphone sur l'îlot central et me précipite vers la fenêtre de la cuisine en espérant que Franck ne se réveille pas.

Je colle mon visage à la vitre pendant quelques secondes. Je ne vois rien, mais il me semble que les aboiements proviennent de la forêt qui entoure la maison.

Je continue d'observer l'extérieur, mais ne distingue que les arbres qui se balancent au gré du vent.

Et puis, je recule.

C'est peut-être mon imagination, mais j'ai l'impression d'avoir aperçu une ombre bouger à l'orée de la sapinière.

J'hésite (j'ai d'autres priorités et je ne voudrais attirer l'attention), mais la curiosité l'emporte.

J'ouvre la porte et j'allume la lampe extérieure.

Rien, pas de chien ni de silhouette.

Puis un aboiement retentit à nouveau, à quelques mètres sur ma gauche. Un doberman fixe la forêt, babines retroussées. Je reste immobile, avec l'impression que le moindre geste pourrait énerver la bête. J'amorce un pas en arrière, et le molosse se tourne vers moi.

Paniquée, je claque la porte et je cours vers les escaliers. Dans la précipitation, je manque de trébucher sur une marche et mon gros orteil percute la rambarde avec violence. Je continue en titubant, rentre dans la chambre et me faufile dans le lit, le cœur cognant dans ma poitrine.

Haletante, je dois patienter quelques bonnes minutes avant que la pression ne redescende.

Et je réalise que n'ai pas éteint la lumière de la cuisine. Mince, je devrais me lever et…

Plainfaing, vendredi 17 novembre 2017, 01:47

C'est intéressant de feuilleter les dessins d'Isabel. Je ne lui connaissais pas ce talent. Je pensais être la seule artiste, mais visiblement je me trompais. Pourquoi ne s'est-elle pas exprimée avant ? Par peur de mon jugement ? Par comparaison avec mes propres œuvres ?

Quoi qu'il en soit, en plus de son agenda, ses esquisses annotées me tiennent au courant de ses rencontres et de ses humeurs.

Cette « Agnès Metzger aide-soignante » dessinée il y a quelques heures m'intrigue. J'ai l'impression de l'avoir déjà croisée. Mais peut-être les souvenirs d'Isabel commencent-ils à se mêler aux miens. Si c'est le cas, elle devra forcément se rendre compte qu'elle n'est plus seule. Que Camille n'est pas « morte » dans le coma.

La toile posée sur le chevalet dans son atelier m'interpelle autant qu'elle me surprend.

Ce n'est pas que le dessin soit bon, tant s'en faut. Les traits manquent de finesse, de définition et des défauts de perspective sont présents. Mais il me touche d'une façon inexplicable.

Sans doute en raison de cette créature aux cheveux trempés, sortant de l'eau. Elle lui a prêté ses traits. *Nos* traits.

Arrogante et mutine. L'expression de défiance est bien rendue. Il y a de la sensualité dans la posture adoptée, ces mains posées sur la chevelure juste avant de l'ébrouer.

C'est ça. Consciemment ou non, Isabel m'a représentée. Un hommage « posthume » ?

Mais ce n'est pas tout ce qui m'attire dans cette peinture.

La mise en scène est étrange, surréaliste même. Et surtout, j'ai la vague sensation de reconnaître cet endroit perdu dans la nature. Elle a dû puiser dans un souvenir commun. Si c'est le cas, il doit être important pour qu'elle le couche sur la toile.

Je contemple encore quelques minutes le tableau, cherchant à y trouver une explication. En vain. Juste une impression de déjà-vu.

Et puis, une idée me vient.

Je dois absolument continuer à stimuler la mémoire d'Isabel et lui faire prendre conscience de mon retour de manière subtile.

Je pourrais me servir de la toile.

Tiens, que se passerait-il si elle observait un changement sur sa peinture ? Se croirait-elle folle ? Penserait-elle que cette bonne vieille Camille est de retour ?

Je saisis le pinceau et la palette en imaginant déjà les modifications que je pourrais apporter à son « chef-d'œuvre ».

Plainfaing, samedi 18 novembre 2017, 02:38

Ma tête tourne et j'ai le cœur au bord des lèvres.

C'est Franck. Ce fumier a dû changer la médication et opter pour un remède de cheval.

Je parviens à me redresser au prix d'un grand effort. Je dois pousser sur le matelas pour m'asseoir. Je grelotte, courbaturée et frigorifiée, malgré la couette me recouvrant jusqu'à mi-cuisses.

Et je suis seule dans le lit. Que peut-il bien faire à une heure si tardive ? Peut-être travaille-t-il dans son bureau ?

Un frisson traverse mon corps des pieds à la tête. Un bref instant, j'ai l'impression de m'être immergée dans un bain glacial.

Mon front perle d'une sueur froide, ma bouche dégage la chaleur d'une fournaise.

J'ai de la fièvre.

Franck n'est peut-être pas responsable après tout. J'ai pu choper une saloperie. Une grippe, ou une rhino. C'est bien possible. Surtout avec Isabel qui doit se trimballer en pyjama toute la journée et ce chalet aussi bien isolé qu'un squat à l'abandon.

Malade ou pas, il faut que je continue mon enquête. Le temps est compté.

Seulement, je suis coincée. Se déplacer dans la maison n'est pas sans risque. Si Franck est à l'étage, il pourrait très bien m'entendre et je ne me sens vraiment pas d'attaque pour une confrontation ou un dialogue. Pas dans cet état.

Pourtant, je dois tenter ma chance. Si je me fais repérer, je pourrai faire demi-tour et me carapater dans le lit. Je me contenterai de gémir et de le laisser jouer au médecin.

En me levant, je réalise à quel point je suis mal en point. Je me tiens à peine en équilibre.

Le chemin jusqu'à la porte de la chambre me paraît interminable.

La maison semble s'être allongée. Les murs se déplacent et se tordent. Un bourdonnement pulsatile fait des va-et-vient dans mes oreilles. Mon estomac menace de s'échapper par mon œsophage.

Si c'est une grippe, alors je frôle les quarante et un degrés pour être aussi assommée. Je dois m'y reprendre à trois fois pour attraper la poignée.

Je suis bourrée, ou défoncée. Ou les deux.

Enfin sortie de la chambre, je dois m'aider des murs du couloir afin de parvenir au niveau du bureau sans trébucher ni vomir. Aucune lumière ne filtre sous la porte. Franck peut très bien travailler dans l'obscurité, devant son écran. Ou bien il n'est pas là.

Mais où, alors ? Puisque le rez-de-chaussée est plongé dans le noir. Hein, où te caches-tu, sale fumier ?

Je répondrai à cette question plus tard. Ma priorité est ailleurs. Il faut que j'entre. Et tant pis si je suis forcée de jouer la comédie, me faire passer pour Isabel ou vomir sur le parquet.

Je toque à la porte.

— Franck. Tu es là ? Je ne vais pas très bien. J'ai besoin d'aide.

Ma voix est celle d'une mourante.

Aucune réponse.

Je réitère l'opération, sans prononcer un mot cette fois-ci.

Je patiente encore quelques secondes avant d'ouvrir.

La pièce est plongée dans une semi-pénombre, seulement éclairée par la faible lueur d'une lune obscurcie par les nuages et les lumières vertes dansantes d'un économiseur d'écran.

Franck n'est pas là. Sans chercher à atteindre l'interrupteur, je me dirige vers son bureau. Je m'écroule sur son fauteuil, éponge la sueur qui perle à mon front et prends une rasade d'un verre d'eau laissé à côté de son clavier. Ma gorge est sèche et la déglutition m'arrache une grimace de douleur.

Après m'être hydratée, j'ouvre le tiroir en haut à droite, celui où il range ses dossiers.

Je fouille, le cœur au bord des lèvres, les yeux brûlants, la vision trouble.

Dossiers médicaux, agrafeuse, agrafes, crayons, trombones colorés, post-it, sa montre Festina. Mais aucun carnet. Aucun putain de carnet.

Où sont tes foutues notes, Franck ?

Peut-être sont-elles ailleurs. Déroger à ses routines ne lui ressemble pas, mais qui sait ? Nouvelle maison, nouveau travail, nouvelles habitudes. Non, les nouvelles habitudes, ce n'est pas son genre.

Je m'attaque ensuite aux autres tiroirs. Rien. Puis je me dirige vers les deux bibliothèques surchargées d'ouvrages de médecine et de breloques rapportées de ses voyages. Sans succès.

Je fais le tour de la pièce une dernière fois, avant de me résoudre à m'asseoir sur le sol, exténuée.

C'est sûrement ma faute. Franck a dû remarquer que j'ai consulté ses notes. Désormais, il se méfie et il les a placées en lieu sûr. Peut-être m'a-t-il même démasquée. C'est évident, la docile Isabel n'aurait pas osé fouiller dans ses affaires. Mais cette garce de Camille, c'est une autre paire de manches.

Ou bien je me fais des idées. Mon imagination s'emballe, la fièvre me fait divaguer. Mais après tout, peu importe la raison. Je suis la seule responsable de cette négligence. J'aurais dû faire comme à Paris. Prendre des photos des notes, me les envoyer par mail et m'isoler pour les consulter. J'ai merdé. Point barre.

Mais il reste encore une autre possibilité.

Franck se terre quelque part dans cette maison. Et en ce moment même, il écrit dans ce putain de carnet.

Il m'a fait ingurgiter un nouveau cocktail de son cru et il patiente. Il attend que cela fasse effet avant de revenir et tenter son hypnose (ou n'importe quelle foutue expérience à la con).

Je dois retourner dans la chambre. Je vais faire semblant de dormir, aviser à ce moment-là. Inutile de poursuivre mes recherches sur internet ce soir. Je ne suis pas en état.

Je dois m'accrocher au bureau pour me relever. Au moment où je parviens à me redresser, une matriochka posée entre deux livres tombe de la bibliothèque et roule jusqu'à mes pieds.

Je cligne des paupières.

C'est la fièvre, Camille. Elle te fait perdre la boule. La poupée devait à peine tenir en équilibre. Ne va pas t'imaginer des trucs. Surtout pas.

C'est la raison qui parle. Mais je sens… non, je sais que ce chalet cache quelque chose et ce, depuis la première nuit où je me suis réveillée dans cette foutue chambre.

Comme pour me conforter dans cette idée, la porte du bureau s'entrouvre légèrement.

Un courant d'air. Un simple courant d'air. Cette maison est mal isolée.

— Franck ?

Toujours aucune réponse.

Je fais quelques pas en direction du couloir, de plus en plus frigorifiée, comme si la température à l'intérieur avait baissé de dix degrés.

C'est la fièvre, on frissonne lorsqu'on est fébrile. Même avec le chauffage poussé à fond.

Le plafond craque au-dessus de moi.

Non, pas des craquements. Plutôt des bruits de pas.

Franck. Il est sous les mansardes. Que ferait-il là-haut ?

À moins que…

Peut-être veut-il s'isoler.

Je devrais aller me coucher mais malgré l'épuisement, je monte les marches de l'escalier menant aux combles.

— Franck, tu es là ? J'ai besoin de toi, je suis malade.

Toujours aucune réponse.

Mon pouls – déjà rapide en raison de la fièvre – se met à cogner à une cadence infernale. Je pourrais m'évanouir tellement je me sens faible.

Les bruits de pas sont plus distincts désormais. Ils proviennent de la chambre de la fille. Je toque, mais personne ne me répond. Pourtant, je ne suis pas folle, il y a quelqu'un derrière cette porte.

Mais si Franck est là, pourquoi ne parle-t-il pas ?

Parce que c'est quelqu'un d'autre, Camille, c'est évident.

Ma main se pose machinalement sur la poignée.

Je la tourne et pousse la porte.

Les bruits de pas cessent.

Je ne perçois plus aucun son, hormis ma respiration lourde et un léger acouphène dans mon oreille droite.

La chambre est vide, et pourtant elle me semble *pleine.* Des souvenirs densifiés emplissent les volumes.

Pleine… et habitée. Quelqu'un m'épie dans l'ombre.

Je plaque ma main sur le mur à la recherche de l'interrupteur.

J'exerce une pression et l'ampoule illumine la pièce dans un flash jaunâtre avant de s'éteindre en claquant, tomber et se briser sur le parquet.

Je sursaute et pousse un cri aigu.

Les pas reprennent leur course, je peux la suivre à l'oreille.

Sans m'en rendre compte, magnétisée, j'avance jusqu'au centre de la chambre en évitant les morceaux de verre au sol. Je me fige, avec l'impression qu'on danse autour de moi, qu'une personne me frôle.

La pièce est parcourue par des courants d'air froid, alors que le hublot est clos.

— Que me veux-tu ?

Ma voix fend le silence. La question est ridicule, je ne sais même pas pourquoi je l'ai posée.

Sûrement pour me convaincre que j'hallucine, que c'est encore un tour joué par mon imagination.

La réponse arrive sous la forme d'un pic de glace qui me traverse de part en part. L'air se condense autour de moi.

Les pas s'accélèrent et bientôt le vacarme est celui d'une dizaine de personnes courant dans la pièce. Un bourdonnement s'amplifie dans mes oreilles qui finissent par se boucher. Pendant près d'une minute, j'ai l'impression d'être un passager dans la phase d'atterrissage d'urgence d'un avion de ligne. Pour finir, je n'entends plus que le son de ma circulation, les ventricules de mon cœur se contractent pour expulser le sang.

Et tout s'arrête soudainement.

Plus de bourdonnements, plus de vacarme, plus de pas.

Seul un froid glacial qui colle à ma peau. Une pellicule de givre que mes mains ne parviennent pas à chasser.

Je me rends compte qu'une larme coule sur ma joue et je ressens soudainement une grande tristesse.

J'ai halluciné. Franck m'a droguée. C'est l'unique explication.

Le bruit d'un moteur de voiture m'attire vers le hublot. Je manque de marcher sur les éclats de l'ampoule.

Le X6 s'engage dans l'allée du garage.

C'est Franck. Il est temps de regagner ma chambre.

Je veux bouger, mais je reste paralysée. Dans le reflet du hublot, juste derrière moi, une jeune fille me fixe.

Plainfaing, samedi 18 novembre 2017, 06:27

La fièvre a baissé, mais je suis encore faible et… confuse. Un goût infect a envahi ma bouche. Comme si j'avais mastiqué des cachets. Mon pyjama est trempé, ainsi que mon oreiller.

Je tente de chasser cet arrière-goût âcre qui s'accroche à mon palais et à ma gorge. Il ne disparaît pas.

Mais les bourdonnements et les sifflements ont enfin cessé.

En revanche, je suis toujours déboussolée et je ne sais plus quel jour nous sommes ni quelle heure il est. L'obscurité dans la chambre me paraît moins dense.

J'oriente ma tête vers le cadran, mais je dois me relever, car Franck obstrue ma vision.

6h27.

C'est une première. Je ne me suis jamais réveillée un matin. L'état d'Isabel doit évoluer. Est-ce le résultat des nouvelles expériences de Franck ?

Il me faut ses notes. Peut-être que…

Il dort à poings fermés, étendu sur le ventre, le visage écrasé sur l'édredon, la bouche entrouverte.

C'est peut-être le moment d'en profiter.

Plainfaing, samedi 18 novembre 2017, 21:04

J'ai repris connaissance à vingt et une heures dans le canapé du salon avec un goût de whisky dans le fond de la gorge. Après le réveil de ce matin, cela signifie deux choses : je gagne du terrain et Isabel s'est mise à boire.

Elle doit perdre pied, l'angoisse doit la ronger et la pousser à bout. Elle va finir par nous tuer si elle continue. Je dois l'en empêcher.

Avec les absences qui se multiplient, je me demande si elle a conscience de mon existence.

Je pourrais lui laisser un message. Écrire un mot sur ma paume : « Je suis de retour, je t'ai manqué ? »

C'est tentant… mais prématuré. Et peut-être inutile, puisqu'elle pourrait très bien s'imaginer en être l'auteure.

Et surtout, je dois obtenir des réponses.

Je suis plus tranquille pour opérer la nuit. Là, il faut d'abord m'assurer que je suis seule. À cette heure, Franck devrait être à la maison, devant la télé, un verre d'alcool à la main, ou encore dans son bureau. Mais l'odeur de brûlé émanant de la cuisine m'indique que le repas est en train de (trop) cuire. Nous avions l'habitude de manger vers vingt heures à Paris. Franck quittait son cabinet vers dix-neuf heures, sauf situation urgente ou astreintes.

Le téléphone portable est posé sur l'accoudoir du canapé. Isabel a dû se ronger les ongles jusqu'au sang en attendant son « cher mari » et l'a bombardé d'appels.

Je prends l'appareil. Je ne me suis pas trompée. D'après l'historique, elle a tenté de le joindre huit fois entre dix-neuf heures et vingt heures. Je peux facilement l'imaginer blêmir à chaque tentative ; les images d'accidents, la certitude que ses scénarios deviennent réalité, les vagues d'angoisse qui la submergent. Jusqu'à l'attaque de panique. C'est cette crise qui m'a réveillée.

C'est vrai que l'absence de Franck est inquiétante, mais elle me donne aussi le champ libre pour continuer mes recherches.

Sans plus attendre, j'éteins le feu sur la plaque de cuisson (il était temps) avant de monter à l'étage.

En rentrant dans le bureau, mon premier réflexe est de jeter un œil à la bibliothèque. La poupée est à sa place et semble m'interroger du regard.

« Je n'en sais pas plus que toi », suis-je tentée de lui répondre.

C'est la vérité. Je n'arrive pas à faire le tri dans mes pensées entre ce qui est réel et fictif. J'ai vécu quelque chose d'extraordinaire la nuit dernière.

Certes, l'épisode fiévreux aurait très bien pu causer des hallucinations, mais j'en doute.

Si je n'ai pas rêvé, alors une fille hante ce chalet. Et elle veut communiquer avec moi.

C'est ce qu'aurait conclu Julie, en tout cas.

En repensant à ma sœur, mon cœur s'alourdit ; elle n'a pas été retrouvée et je ne peux pas imaginer qu'elle soit en vie après tout ce temps.

Je ferai une recherche sur internet pour en apprendre plus sur cette maison ou sur une ado disparue. Mais avant tout, je dois trouver le carnet de notes.

Je m'installe sur la chaise. Franck a accru sa consommation d'alcool. Une bouteille de Jack est posée à côté du clavier. Avec celle aperçue dans le salon, cela commence à faire beaucoup. Lui aussi est à bout.

J'ouvre le tiroir et pousse un soupir de soulagement.

Ses notes sont bien là, cette fois-ci.

Je referme le carnet en grimaçant. Contrairement à ce que je pensais, Franck n'a pas beaucoup écrit depuis ma dernière consultation. Il stagne. Isabel n'a rien révélé de plus sur sa description du chalet. Ni sur le Rembrandt. En revanche, il a découvert l'existence des SMS.

Si Isabel n'a aucun souvenir des tableaux, qui a pu lui envoyer ces messages ?

Il a entouré « tableaux » et « messages » de traits de crayon. Il a appuyé si fort qu'il a transpercé la feuille.

Au cours des dernières sessions, Isabel évoque également son malaise et sa sensation d'être observée dans la maison.

Je range le carnet dans le tiroir et allume l'ordinateur.

Je me demande ce qui se passerait si j'étais la cible de ses manipulations plutôt qu'Isabel. Pourrait-il aller trouver les informations dans les méandres de mon inconscient ?

L'écran s'ouvre sur une forêt d'icônes émaillant une photo du chalet prise récemment : moi, sur le pas de la porte d'entrée, tout sourire.

Cette vision de bonheur factice m'arrache une grimace de dégoût.

Ensuite, je passe aux recherches. « Disparition fille Vosges » et « Disparition Plainfaing » ne donnent pas grand-chose. Je varie avec « Adolescente » puis ajoute des dates à rebours en commençant par 2017.

Je finis par me perdre en sautant de lien en lien. Je suis bombardée d'articles de *Vosges Matin* ineptes ou d'archives sur l'affaire Grégory. Je suis sur le point d'abandonner lorsque je tombe enfin sur quelque chose d'intéressant.

Une photographie de *L'Est Républicain*, postée sur un groupe Facebook public dont le titre est « Aidez-nous à retrouver Sabrina ».

L'article date du 13 juillet 2016 et évoque la disparition de Sabrina Didier au début de ce même mois.

La jeune fille, âgée de quinze ans, aurait fait une fugue et n'aurait pas encore été retrouvée. Ses parents offrent une récompense pour tout renseignement.

Je continue ma recherche sur cette Sabrina en fouillant sur ledit groupe. J'apprends que ses amis l'appellent Léna.

Je poursuis avec le sentiment étrange de connaître ce surnom.

Et puis, dès les premières photographies, l'impression se transforme en malaise. Le visage de la jeune fille est celui que j'ai aperçu dans le reflet du hublot.

Et au moment de sa disparition, elle habitait ce chalet.

On la voit devant la cour, avec sa mère et son chien. Un doberman.

Le doberman.

— Bon sang, lâché-je sans m'en rendre compte.

Et ce n'est pas fini.

J'apprends que le voisin a été interrogé par la police. Un certain Gustave Metzger.

Metzger. Agnès, l'aide-soignante qui s'occupe d'Isabel, porte le même nom.

Mémoires #12

J'ai franchi la porte de la chambre d'hôtel complètement sonnée, mise au tapis par une succession de révélations.

Pendant plus d'une heure, j'ai encaissé les mots assenés par mon père comme autant d'uppercuts.

Et alors que je me dirigeais vers la voiture, chancelante et abritée sous un parapluie bien trop petit pour les trombes diluviennes, je n'arrivais toujours pas à réaliser toute la portée de son récit. J'étais bousculée par tant de questions que j'en perdais l'équilibre. À l'occasion de cette ultime visite, je m'étais pourtant attendue à ce qu'il me dévoile des pans occultes de notre famille. Quelques explications sur leur divorce, sur le départ précipité de maman, sur la maladie d'Eliot, sur Camille. Pendant des années, ma mère avait été une tombe. Jamais elle ne parlait de notre passé à Winter Harbor. Cette période était taboue.

Non, jamais je n'aurais imaginé qu'une telle histoire franchisse un jour les lèvres de mon père.

Dans un premier temps, papa m'a narré l'incroyable saga d'Oswald Northwood.

Artiste bohème, peintre, musicien, écrivain, patriarche… et truand.

Qui aurait pu se douter que derrière le sourire, les grimaces et la bonhomie de ce personnage extraordinaire se cachait un voleur, un faussaire, un receleur, et peut-être même un meurtrier ? Il aura fallu attendre que cet esprit brillant perde peu à peu son « éclat » pour qu'il révèle sa véritable nature, en 1987. Une confession concédée par la maladie qui bouffait les cellules nerveuses de son cerveau.

Granpa a quitté le monde criminel avec panache en 1972. Avec deux amis, ils avaient fait le chemin depuis Boston, traversé la frontière pour se rendre à Montréal en août. Le 4 septembre, le gang s'était introduit de nuit dans le musée des Beaux-Arts. Après avoir ligoté les gardiens, ils les avaient enfermés dans un local puis s'étaient emparés de dix-huit peintures et d'une quarantaine de bijoux anciens, juste avant que les forces de l'ordre ne fassent irruption. Un butin estimé à l'époque à deux millions de dollars. De quoi le mettre à l'abri et lui permettre de s'occuper de sa famille. Après avoir partagé ce « trésor » avec ses complices et en avoir revendu une partie auprès de ses contacts dans le milieu mafieux, Granpa aurait conservé trois tableaux : « Paysage avec rochers et ruisseau » de Gustave Courbet, « La Sorcière » de Narcisse-Virgile de la Peña et le plus précieux de tous : « Paysage avec chaumières » de Rembrandt.

Et de 1972 à 1987, ni James ni Liam et encore moins notre grand-mère n'ont deviné l'existence de ce butin. La relative aisance de la famille (qui ne se manifestait jamais de manière ostentatoire) n'a éveillé aucun soupçon, d'autant que la carrière artistique d'Oswald Northwood commença à décoller à la fin des années soixante-dix.

Lorsque papa m'a raconté cette histoire, j'ai cru à une blague pendant quelques secondes, avant de me rappeler que l'humour ne faisait pas partie de l'éventail des émotions de James Northwood.

Pourtant, même si ce récit était déjà incroyable en soi, il n'était que le préambule d'un autre, plus surprenant et tragique encore. Une histoire qui n'aurait jamais vu le jour si Eliot n'avait pas été gravement malade.

Chapitre 3

Plainfaing, dimanche 19 novembre 2017, 04:38

Une blessure au pied, au niveau de la voûte plantaire.

La douleur est vive et a dû me réveiller.

Et avec l'autre qui ronfle, je ne suis pas près de me rendormir. J'en viendrais presque à souhaiter qu'Isabel prenne le relais.

Une boîte de Dafalgan codéiné est posée sur la table de nuit à côté d'un verre d'eau.

Isabel en a peut-être avalé il y a quelques heures, mais puisque je n'ai aucun moyen de le savoir avec certitude…

Je prends un cachet et loge un coup de coude dans les flancs de Franck avant de cacher ma tête sous l'oreiller.

Plainfaing, mardi 21 novembre 2017, 02:25

Franck est encore parti en pleine nuit. J'ai pu apercevoir le X6 s'enfoncer dans la forêt. Je me demande où il va à deux heures du matin. Si son objectif est de trouver des réponses dans ma tête, pourquoi ces escapades nocturnes ?

Retrouver une maîtresse ? Un associé ? Que cache-t-il d'autre ?

Malheureusement, les possibilités sont aussi infinies que les scénarios que j'échafaude.

Cela m'ennuie de l'avouer, mais il faudrait que j'aie une petite discussion avec lui. Il faudra bien que je me manifeste.

En attendant, j'ai le champ libre. Il est temps d'aller faire un tour dans son bureau.

Plainfaing, mardi 21 novembre 2017, 02:32

Le bruit est venu d'en bas.

Ce n'est pas Franck. J'aurais forcément entendu la voiture s'engager dans l'allée. Le vent ne souffle pas assez fort pour couvrir le moteur du X6 ni même le crissement du gravier. Et puis pourquoi serait-il de retour si rapidement ?

Non, ce sont probablement des voleurs.

Il n'y a que deux maisons ici, et celle des voisins est une véritable forteresse. En cas de cambriolage, le choix est vite fait. De plus, on doit être au courant que le nouveau docteur du coin habite ici. Les nouvelles se répandent comme une traînée de poudre et les médecins sont riches, tout le monde sait ça.

Ils ignorent que leur généraliste est complètement fauché.

Le parquet craque au rez-de-chaussée.

J'ouvre le tiroir sans faire de bruit et m'empare d'une paire de ciseaux.

Ensuite, en me faisant la plus légère possible, j'avance en catimini vers la porte du bureau. Je la ferme et me plaque contre le mur.

Si quelqu'un entre dans cette pièce, je n'hésiterai pas à attaquer.

On monte les marches. Le pas est léger, discret. Je ne détecte qu'une personne, ce qui me donne plus de chances en cas de confrontation.

Ma main se crispe sur la paire de ciseaux. Je ferme les yeux et tente de deviner le trajet qu'emprunte le voleur.

L'intrus progresse dans le couloir en direction de la chambre mais les pas s'arrêtent au niveau du bureau.

Seule la cloison nous sépare désormais. Je chasse une goutte de sueur dégoulinant sur mon œil et je bloque ma respiration pour éviter qu'il ne me repère.

Mes muscles sont si tendus que je ne suis pas loin de la tétanie.

La porte s'ouvre et se rabat lentement vers moi. Je me décale de quelques centimètres afin qu'elle ne me touche pas.

Sans refermer derrière lui, le voleur progresse ensuite vers le bureau. Je dois agir immédiatement, car s'il fouille les tiroirs je serai alors dans son champ de vision.

Je me décolle du mur le plus discrètement possible et me glisse dans le sillage de l'intrus, prête à le poignarder. La silhouette est petite et râblée, je la domine de presque une tête.

Comme je le pensais, le cambrioleur contourne le bureau par la gauche, sûrement pour atteindre les tiroirs.

Je suis à moins de vingt centimètres de lui et il ne m'a pas encore vue. Je frappe avant qu'il n'arrive au niveau de la chaise.

Les ciseaux s'enfoncent au niveau de l'épaule et il pousse un cri.

Aigu. Celui d'une femme.

Surprise, je recule d'un pas en lâchant la paire de ciseaux.

Erreur.

L'intruse se retourne et je ne vois pas le coup de coude partir ; il m'atteint juste au-dessus de l'arête du nez.

Je chancelle et tombe sur les fesses.

Je veux me relever, mais la femme me fonce dessus avec une vivacité étonnante. Elle me plaque au sol d'un coup de pied à la poitrine, avant de s'asseoir sur mon abdomen en me saisissant le cou.

Sa poigne est ferme.

Je m'agrippe à ses avant-bras aussi durs que du bois et fais jouer mon bassin pour me dégager, mais les forces me manquent.

Le souffle court. La blessure au poumon. La pression sur mes artères.

Je n'entends plus que le bourdonnement de mon sang et ma vision se voile de rouge. Elle m'étrangle. Elle va me tuer.

La femme se penche davantage sur moi. Nos visages se touchent. Son haleine empeste le tabac froid. Mais elle n'aurait pas dû se rapprocher autant. J'empoigne la paire de ciseaux encore enfoncée dans son épaule et je mouline dans sa chair.

Elle pousse un hurlement et relâche son étreinte, suffisamment longtemps pour que je puisse me dégager et lui expédier un coup de genou dans le ventre.

Je rampe sur quelques mètres avant d'atteindre la porte. Je m'aide de l'encadrement pour me relever et je cours vers l'escalier. Il y a une batterie de couteaux à la cuisine. C'est ma seule chance.

Je n'ai pas l'occasion d'arriver au rez-de-chaussée. D'une poussée dans mon dos, elle me déséquilibre. Je dégringole les trois dernières marches et me fracasse sur le sol, à moins d'un mètre de la cheminée.

J'ai le souffle coupé sous l'impact. Ma lèvre supérieure est ouverte et le goût métallique du sang envahit mon palais. Encore sonnée, je me retourne pour me redresser, juste à temps pour apercevoir la femme qui me toise, une seringue dans sa main droite.

Non. Définitivement pas une voleuse.

— Qui êtes-vous ? dis-je dans un murmure.

Elle ne me répond pas, s'agenouille et plonge l'aiguille dans mon bras.

Mémoires #13

En repensant au récit de mon père et en me replongeant dans mes souvenirs d'enfance, je me rends compte à quel point notre vie n'a été qu'un jeu de dominos.

Deux pièces ont déclenché la cascade : le cancer d'Eliot et l'Alzheimer de Granpa.

À peine quelques jours après la première crise, l'épilepsie revenait à la charge. Plus virulente et accompagnée d'autres symptômes cette fois-ci : difficultés d'expression, perte de l'équilibre. Un état suffisamment alarmant pour que mes parents se précipitent en urgence chez le médecin.

Après plusieurs examens auprès de divers spécialistes, le diagnostic est tombé : astrocytome anaplasique. Une tumeur de grade 3 s'était logée dans le lobe temporal de mon frère.

Et comme si cela ne suffisait pas, son emplacement la rendait inopérable. Aussi avait-elle de fortes probabilités d'évoluer et de causer un décès dans les deux ans.

Faute de pouvoir recourir à la chirurgie, l'oncologue a proposé une combinaison de chimiothérapie et de radiothérapie. Les chances d'éliminer la tumeur étaient infimes (car ce traitement devait normalement suivre une résection, pour le coup impossible), mais mes parents ont accepté, déterminés à se battre jusqu'au bout.

Évidemment, ces soins n'étaient pas gratuits et ni mon père ni ma mère n'avaient souscrit une assurance maladie.

L'un était artiste et l'autre mère au foyer. Alors il a fallu payer plein pot.

Ce qu'il restait de la fortune épargnée par Granpa a permis de couvrir les soins pendant un temps. Très vite hélas, l'état d'Eliot s'est dégradé. Non seulement la tumeur n'avait pas bougé, mais la chimio avait affaibli mon frère, diminuant ses défenses immunitaires.

En désespoir de cause, mes parents ont lancé des recherches sur des thérapies alternatives et expérimentales avec l'aide d'un ami de la famille, le médecin traitant de Granpa. En moins de deux semaines, ils ont découvert l'existence d'un nouveau médicament prometteur, en phase de test en Angleterre : le témolozomide. Il était certes loin d'être opérationnel et encore moins commercialisable (il n'a été disponible sur le marché que dix ans plus tard). Mais ils étaient prêts à tout, et puis qu'avaient-ils à perdre ?

Ils ont contacté le laboratoire en question afin que mon frère puisse participer à des tests cliniques. Après d'âpres discussions, le laboratoire a fini par accepter d'expérimenter sur Eliot contre compensation financière.

Hélas, la somme demandée était conséquente et l'argent de Granpa ne suffisait pas à couvrir les frais.

Si cela n'avait tenu qu'à mon père, cette histoire se serait arrêtée là. C'était la volonté de Dieu et papa avait remis le sort d'Eliot entre ses mains. Pour lui, il n'y avait qu'une chose à faire, prier. Mais c'était sans compter sur la détermination de ma mère, prête à tout pour sauver son fils. Elle avait déjà entamé des démarches auprès de plusieurs banques pour obtenir des prêts, malheureusement sans succès.

Pas d'historique de crédit, pas de travail stable, pas d'argent. C'est comme cela que le système fonctionne.

L'enfer est pavé de bonnes intentions, dit-on. En voulant aider Eliot, tous n'ont fait qu'aggraver la situation de la famille et accélérer la chute des dominos.

Car pendant que ma mère partait chasser les financements, Granpa et Liam ne sont pas restés les bras croisés ; ils ont réagi en « bons » Northwood. Mon oncle s'est remis à dealer pour le compte de son fournisseur habituel et mon grand-père a renoué contact avec un de ses anciens commanditaires.

S'ils ont bien fini par réunir la somme nécessaire, ils ignoraient que le prix à payer n'était pas chiffré qu'en dollars ou en livres sterling. D'autant que, comme vous le savez déjà, le traitement n'a pas empêché le cœur de mon frère de s'arrêter.

Nous avons tous souffert durant cette période difficile, mais aucun autant que Camille.

Mon père m'a appris ce qui s'était réellement passé le jour où il a giflé maman. Leur altercation concernait les tableaux de Granpa. Elle avait insisté pour que papa fasse pression sur mon grand-père afin qu'il vende les toiles ou, a minima, leur communique l'emplacement de sa planque.

Lors d'un de ses épisodes de démence, il leur avait en effet dévoilé l'existence de son butin. Dans une logorrhée intarissable, il avait raconté son histoire d'une traite ; l'escapade au Canada, le vol au musée, le recel et les trois tableaux qu'il avait conservés. Après son récit, sans doute parce qu'il s'était rendu compte de son erreur, il s'était rétracté et avait accusé sa tête de lui jouer des tours, une confusion entre la réalité et un des romans qu'il projetait d'écrire. Mais maman – qui avait toujours nourri des soupçons quant à l'appartenance de Granpa au monde criminel – avait insisté pour qu'il leur dévoile l'emplacement de son trésor.

Ma mère ne connaissait rien au milieu du crime. Pour elle, la solution était simple. Vendre les toiles, récupérer l'argent, payer le traitement d'Eliot. Fin de l'histoire.

Devant le refus de Granpa et le manque de soutien de papa, elle n'a pas capitulé et s'est débrouillée à sa manière. Je ne sais pas comment elle a fait, mais elle a réussi à retrouver la trace d'un des deux anciens acolytes d'Oswald.

À mon avis, ses indiscrétions ont causé la mort de Granpa. Ça, ou le fait que lui-même commençait à devenir une menace pour le « milieu ». Sa maladie le rendait dangereux pour ses anciennes fréquentations. Quel autre secret aurait-il pu trahir s'il avait continué de parler ?

Ironie du sort, Granpa a révélé à mes parents comment obtenir les trois tableaux deux jours avant qu'il ne disparaisse.

Pendant des années, j'ai pensé que la mort de mon oncle était également liée à son mode de vie et à la faune peu recommandable avec laquelle il traînait. Mais l'histoire derrière son assassinat est bien plus sordide encore.

Liam adorait son neveu, plus que ses nièces. Eliot était le fils qu'il aurait toujours voulu avoir. Trouver de l'argent pour financer son traitement était devenu sa priorité. Et puisque dealer quelques grammes de cocaïne n'était pas suffisant pour remplir les caisses, il a voulu faire davantage. Parmi ses contacts, il y avait un biker, un Hells Angel nommé Thomas « Crisp » Peacock. Le genre de type patibulaire qu'on souhaiterait ne jamais croiser dans une ruelle. Papa l'avait déjà aperçu une ou deux fois rôder avec d'autres motards dans les alentours de Winter Harbor. Il me l'a décrit comme un grand roux barbu et obèse, au visage partiellement brûlé. Je ne sais pas à quoi Liam s'attendait en faisant affaire avec ce genre de malfrat. Je ne suis pas experte, mais je sais que le business des motards tourne principalement autour du trafic d'armes, de la drogue et de la prostitution.

Quoi qu'il en soit, Liam a fini par le rencontrer. Malheureusement, ce jour-là, Camille était présente à ses côtés. Encore un mauvais concours de circonstances. J'avais contracté la varicelle et ma mère m'avait conduite aux urgences. Mon père était indisponible, car il avait accompagné mon frère pour une séance de chimiothérapie. Et puisque Granpa n'était pas fiable, mon oncle avait hérité de sa garde pour la journée.

Liam aurait pu annuler le rendez-vous, mais au lieu de cela, il a fait le chemin jusqu'à Beddington, à une heure de route au nord, pour rejoindre Peacock.

Comment savoir ce qui s'est réellement passé dans sa tête pour prendre cette décision ? La peur de manquer une opportunité ? Peut-être s'était-il dit que Camille pouvait attendre dans la voiture le temps qu'il discute affaires. Pour ma part, je pense que la malédiction des Northwood était à l'œuvre, et Liam un domino de plus.

Lorsque mon père m'a raconté ce qui s'est passé dans la maison du motard, je l'ai vu contenir sa fureur. Les poings fermés, les mâchoires crispées et une lueur de haine dans son regard. Une rage que les années n'avaient jamais réussi à atténuer. Comme le cœur d'une centrale nucléaire abandonnée que l'on doit isoler, faute de pouvoir l'éteindre.

Les phrases ont eu du mal à sortir de sa bouche ; chaque mot prononcé était un charbon ardent lui brûlant les lèvres et le palais. Et bien qu'il ne se soit pas attardé sur les détails, j'ai saisi toute l'horreur de son récit.

Liam est arrivé chez Peacock en fin de matinée. Le motard l'a accueilli avec deux autres membres de son chapitre. À la base, le Hells Angel voulait utiliser mon oncle pour écouler de l'héroïne dans toute la zone sud (d'après mon père, Liam avait un réseau qui s'étendait d'Ellsworth jusqu'à Winter Harbor). Ils se sont installés autour d'une table pour discuter du business pendant que Camille regardait des dessins animés à la télévision.

Liam est sorti de chez Peacock vers quinze heures avec une drôle d'impression. Il ne se souvenait pas d'avoir mangé ni d'avoir passé autant de temps en compagnie des motards. Il avait mis cela sur le compte de l'alcool mélangé à la came. Il s'était réveillé sur le canapé et avait retrouvé Camille là où il l'avait laissée ; devant la télévision. Il avait ensuite salué Peacock avant de prendre le chemin du retour. Ma sœur était restée silencieuse pendant tout le trajet, mais il ne s'était pas inquiété, davantage troublé par ses propres absences.

Ce n'est que des années plus tard que Liam a appris ce qui s'était passé à Beddington. Un de ses clients l'a contacté pour lui demander de venir chez lui. Le type avait acheté une cassette vidéo clandestine, le genre de VHS illégale qui se vendait sous le manteau. Mon oncle n'était pas un adepte de pornographie, torture ou pédophilie, mais son « ami » avait insisté pour qu'il la visionne, persuadé d'avoir aperçu une de ses nièces dans le film.

C'était bien Camille sur la VHS. Grimée, mise en scène et violée par deux salopards en cagoule pendant que Peacock filmait. Ils avaient drogué Liam avec du GHB et ensuite il avait amené ma sœur au sous-sol. Après le tournage, ils étaient remontés à l'étage.

Lorsque mon père m'a raconté ce passage, j'ai manqué de m'évanouir avant d'éclater en sanglots.

Le regard vide sous le porche, le syndrome de Capgras, le trouble de l'identité. Je réalisais que tout avait commencé dans la maudite maison de ce taré de motard.

Mon père a découvert cette histoire dans une lettre laissée par son frère. Liam n'avait pas eu le courage de le lui avouer et avait décidé de disparaître un temps.

Après avoir lu la lettre, papa a pris son fusil. Il savait où Liam se cachait. Une cabane forestière dans les terres, au nord-ouest, entre Bangor et Winter Harbor.

Il voulait lui régler son compte avant de s'occuper de Peacock. Mais lorsqu'il est arrivé sur place, Liam était déjà mort, certainement abattu par le motard ou un de ses sbires.

Mon père m'a avoué qu'il n'aurait pas pu tirer sur son frère et que le voir gisant sur le sol l'avait dissuadé de s'attaquer aux motards. Pas par peur ; mais pour que les filles ne perdent pas leur père inutilement.

Avant moi, papa n'avait jamais dévoilé cette histoire, pas même à ma mère. Pour la préserver, m'a-t-il dit. Pour qu'elle ne se brise pas. Alors, il a vécu avec ce secret pendant trente ans avant de m'en parler. Il ne me l'a pas révélé pour se soulager, mais afin que je renoue le contact avec Camille. Pendant le séjour, il avait remarqué notre éloignement. Il voulait que je comprenne ce qu'avait traversé ma sœur et que je lui accorde mon pardon.

Je suis sortie de la chambre en état de choc, incapable d'exprimer ce que je ressentais. Colère, culpabilité, tristesse. Ma poitrine allait exploser.

J'ai repensé à mon envie de me jeter sous les rails. Et j'ai reconsidéré ce geste. Je n'avais pas le droit. Un grand-père et un oncle assassinés, un frère terrassé par une saloperie de maladie, une sœur mise en miettes, des parents détruits.

J'étais celle qui avait été la moins frappée par la malédiction des Northwood.

Alors je n'allais pas fuir les démons de la famille en me suicidant. C'était hors de question.

Avant mon départ, mon père m'a dit que je pouvais venir vivre avec lui dans le Maine en cas de problème et que je ne devais pas hésiter à le contacter par courrier ou en passant par son ami.

Sa proposition de me faire revenir au pays était surprenante, mais je pense qu'il avait déjà décelé la fêlure dans mon couple.

Et s'il avait pu la découvrir en moins de trois jours, c'est qu'elle était difficile à ignorer.

Chapitre 4

Plainfaing, mardi 21 novembre, 04:33

Pourquoi suis-je allongée dans le garage ?

Je suis si vidée et si engourdie que je ne sens presque plus mes membres.

Je pousse un gémissement et ouvre un œil avec difficulté. Ma paupière est collée.

Pas de voiture… Franck n'est pas rentré.

Je me redresse et remarque le seau métallique posé à côté de moi. Et l'odeur.

Que s'est-il passé ?

Isabel a dû être salement secouée.

Je fixe la petite rougeur au creux de mon bras.

Oui, cela me revient. J'ai été agressée par une femme. Elle a dû m'injecter un anesthésiant.

Pas le comportement d'une voleuse. Déjà, elle n'a pas cherché à explorer le chalet et s'est dirigée sans hésiter vers le bureau.

Que pourrait posséder Franck qui justifierait cette intrusion ?

Et puis, elle aurait pu m'achever. Mais au lieu de cela, elle m'a droguée.

Cela n'a aucun sens. Sauf si elle voulait être tranquille pour fouiller la maison.

Je n'ai pas pu voir son visage, mais cela pourrait très bien être Agnès. Elle sait qu'Isabel souffre d'amnésie et de prosopagnosie. Elle n'a donc pas trop à s'inquiéter d'être découverte.

Oui, cela pourrait très bien être elle.

Avant d'aller me coucher, je vais m'arranger pour qu'Isabel se méfie un peu plus de la personne qui s'occupe d'elle pendant la journée.

Plainfaing, mardi 21 novembre, 22:53

Isabel a peint un autre tableau. L'ancien a été négligemment posé contre le mur de l'atelier.

Je n'avais pas remarqué cette nouvelle toile. Les thèmes et le décor sont sensiblement identiques, mais l'œuvre est bien plus fascinante. La palette est sombre, enfin débarrassée de ses couleurs vives et de sa féérie naïve. Les champignons rouge et blanc ont disparu, la cascade se résume à un mince filet d'eau s'écoulant entre les roches moussues. La lumière crépusculaire crée des reflets jaune pâle miroitant à la surface d'un large ruisseau. Le personnage n'est plus une dryade, mais une femme famélique aux vêtements déchirés. Sa chevelure noire tombe sur ses épaules décharnées. Le désespoir se lit sur son visage implorant et maculé de terre. Sa main tendue vers nous est un appel à l'aide.

La flore – fougères, pins Douglas, épicéas, hêtres –, identique à celle que l'on peut croiser à l'extérieur du chalet, est peinte avec beaucoup plus de réalisme et de précision.

La scène est saisissante, quasi hypnotique. Et le talent d'Isabel, indéniable.

Je me demande ce qui a pu causer un tel changement dans le style et le ton. Son humeur dépressive ne peut pas en être l'unique raison.

Aurait-elle été témoin d'un événement ayant marqué son inconscient ?

Je n'ai rien vu dans les notes de Franck à ce sujet. Les souvenirs compartimentés dans la mémoire de ma sœur demeurent inaccessibles.

D'ailleurs, je pense avoir suffisamment attendu. Et il faut que ses expériences cessent ou nous finirons par en pâtir. J'ai obtenu ce que je voulais. Je suis de retour et je vais le lui signifier. Il est dans le salon, devant le poste de télévision. Un verre de whisky à la main et les pieds posés sur la table basse, j'imagine.

Je m'apprête à descendre lorsque je suis attirée par la lueur de phares à l'extérieur.

La vitre est constellée de petits flocons, mais je parviens à distinguer une voiture – une BMW série 5 noire – progresser au ralenti dans l'allée enneigée.

Elle se gare et deux hommes en sortent. L'un des deux est massif. Un physique de videur de night-club.

Ils se dirigent vers l'entrée d'un pas rapide. Le plus mince des deux, un blond, porte un pistolet.

Ils sont ici pour Franck !

J'hésite. Je pourrais descendre l'avertir, ou crier, mais je me ferais repérer à coup sûr. Prévenir la police. Je ne vois que ça. Ensuite, déguerpir d'ici jusqu'à ce que les secours arrivent.

Sauf que ce sera peut-être trop tard. Et je ne sais pas où est le téléphone.

Tant pis pour la discrétion.

Je sors de l'atelier et me précipite vers la rambarde. Franck est avachi dans le canapé, presque assoupi, malgré les rires abrutis qui s'échappent de la télévision.

— Franck, il y a deux types armés dehors ! Ils vont rentrer !

Il a une seconde d'hésitation lorsqu'il lève un œil endormi vers moi.

Une seconde de trop.

La porte s'ouvre avec fracas – cet imbécile ne l'avait même pas verrouillée – et laisse entrer un homme blond et sec. Il pointe son arme vers Franck, qui bondit en renversant la bouteille de whisky.

— Hey Doc, tu as de la visite ! crie le plus mince. Je te conseille de ne pas bouger.

Son regard croise le mien et il m'adresse un sourire mauvais.

— Jumbo, va chercher sa copine !

L'adrénaline m'électrise sur place. J'ai à peine le temps d'apercevoir Franck se prendre un coup de crosse sur la tête.

Fuir, je n'ai pas le choix. Par l'atelier.

Je cours, ouvre la porte, la verrouille.

Réfléchis, Camille. Réfléchis.

J'attrape un post-it et un crayon et note « Fuis » avant d'ouvrir la porte-fenêtre.

Sans hésiter davantage, je saute.

Je cours dans la nuit glacée. J'ignore le froid, j'ignore les aboiements et le type qui me hurle de m'arrêter.

Je m'enfonce dans la forêt.

Je ne sais pas où je vais, et si jamais Isabel reprend le contrôle, j'espère qu'elle connaît les lieux et pourra s'échapper d'ici.

Mémoires #14

Je suis arrivée à Plainfaing avec deux valises et un enthousiasme inhabituel. J'allais pouvoir vivre, enfin. Mais passé l'émerveillement et la quiétude des deux premiers jours, j'ai ressenti un malaise.

Le chalet est beaucoup trop immense pour une seule personne et je n'ai pas mesuré l'impact de ce vide écrasant.

Sans doute aurais-je dû attendre qu'il soit entièrement meublé avant de m'y installer. Mais je ne pouvais pas rester une seconde de plus dans un palace où je n'étais qu'un objet parmi d'autres dans la collection du grand Dave Richardson.

Je ne réalise toujours pas la folie de mon geste. Je ne l'avais jamais vu aussi furieux et froid que lorsque je lui ai annoncé que je le quittais. Pas de tirades passionnées, de larmes. Ni de regrets exprimés, sincères ou non.

Seulement des « Tu penses à notre avenir ? » ou des « Comment tu vas vivre ? Nous sommes en séparation de biens » dont la signification réelle était : « Tu penses à mon image et à ma carrière ? » et « Tu n'es rien sans moi ».

Il n'y a pas cru et à cette heure-ci, il doit me pister à travers la France. On ne disparaît pas comme cela de l'univers de Dave Richardson. Pas sans son autorisation expresse. J'ai pris certaines précautions, j'ai acheté un téléphone portable à carte avec de l'argent liquide, je me suis même teint les cheveux en noir, mais il possède autant de ressources que de volonté. J'espère également qu'avoir vidé mon compte (en plusieurs fois durant quelques mois) et être passée par l'intermédiaire de Franck pour acquérir le chalet était une bonne idée.

Je sais qu'il m'aide autant pour me rendre service que pour l'argent que je lui ai promis plus tard. À moins qu'il y ait autre chose. La flamme est encore présente entre nous deux. Je quitte Dave, ma sœur est en plein divorce. Toutes les conditions sont réunies. Et puis j'aurais pu passer par ma sœur (même si je n'ai jamais fait confiance à la personnalité d'Isabel) et pourtant, je me suis adressée à son mari. Cela en dit long.

D'ailleurs, je n'ai rien à lui reprocher, il a rempli sa part du contrat.

Mais le vide n'est pas l'unique raison de ma détresse, pas plus que cette morne fin de septembre embrumée et la lumière déclinante passé cinq heures de l'après-midi.

L'origine de mon malaise se trouve ailleurs ; dans un cumul d'événements insolites survenus depuis le premier jour.

À peine arrivée sur place, j'ai dû patienter une heure sous la pluie avec les valises avant qu'on ne m'ouvre le portail cadenassé. J'ai dû expliquer à une petite femme rondelette que j'étais sa nouvelle voisine pour qu'enfin on me laisse entrer. Elle m'a confié la clé, mais elle est restée évasive quand je lui ai posé des questions sur ce dispositif de sécurité.

« Il y a des voleurs, vous avez vu le dépotoir à côté ? »

Je n'ai pas insisté, d'autant qu'elle a eu la gentillesse de me déposer devant le chalet.

Et puis, il y a deux jours, alors que je partais faire le tour de la propriété, j'ai aperçu un chien rôder autour du chalet. Un doberman, assez maigre, visiblement mal nourri. Il a aboyé dans la cour avant de venir renifler sous la porte de la maison. J'ai eu peur qu'il ne m'agresse, mais la pauvre bête m'a surtout fait de la peine. Je ne sais pas s'il appartient aux voisins, mais si c'est le cas, ils sont à dénoncer pour maltraitance. La prochaine fois que j'irai faire les courses, je prendrai de la nourriture pour chiens.

Et puis, ce matin, j'ai reçu la visite d'un vieux policier, probablement proche de la retraite.

Au départ, j'ai pensé que Dave m'avait retrouvée. Mais non, l'agent m'a expliqué qu'une adolescente de quinze ans qui habitait cette maison avait disparu l'année dernière.

J'ai été surprise qu'il puisse être déjà informé de ma venue pourtant restée secrète, et qu'ils continuent les recherches après autant de temps. Avant de regagner son véhicule, il m'a donné son numéro pour le contacter au cas où j'apprendrais quelque chose susceptible de l'aider. Je suis restée dubitative sur le seuil de la porte et je l'ai regardé partir en imaginant ce que je pourrais bien découvrir dans ce chalet qui serait d'un quelconque secours.

Hasard, coïncidence ou destin des Northwood, j'ai obtenu un élément de réponse en fin d'après-midi, une dizaine de minutes après m'être allongée dans le canapé-lit installé dans le salon.

Cela a commencé par des frissons, malgré le feu dans la cheminée, puis des bruits de pas à l'étage. Et enfin, la sensation d'une présence juste à côté de moi.

J'ai tout de suite pensé à un courant d'air et au travail du bois. Quoi de plus normal dans un chalet en rondins ?

Et puis les bruits sont devenus plus distincts et insistants, comme si on voulait attirer mon attention.

Avec ce que j'ai vécu étant enfant, je n'ai jamais eu peur des apparitions. Granpa disait à juste titre qu'au contraire des vivants, les morts n'étaient pas dangereux.

Mais aujourd'hui, ma peau s'est hérissée et je suis restée tétanisée sur le canapé, mes mains accrochées à mon livre. Une petite voix m'intimait de ne pas bouger, de faire la sourde oreille. J'ai malgré tout voulu en savoir plus. Alors je suis montée à l'étage, guidée par le son des pas.

Les bruits provenaient du grenier; une pièce aménagée sous les combles, sûrement la chambre de la gamine.

Elle n'a pas été totalement déménagée. Plusieurs affiches sont encore accrochées aux murs. Des groupes de rock et de métal.

La présence était plus forte dans cette pièce et j'y ai ressenti une immense tristesse. J'ai immédiatement pensé à l'adolescente disparue.

Les bruits de pas se sont arrêtés, puis une punaise s'est détachée d'un poster de Metallica.

Je me suis agenouillée pour la ramasser, intriguée.

Elle s'était coincée entre deux lattes, juste au-dessus d'un objet métallique caché sous le plancher.

L'objet en question était une large boîte à biscuits, couverte d'une pellicule de poussière humide.

J'ai hésité avant de l'ouvrir. Une petite voix dans l'arrière de mon crâne m'intimait de m'en tenir à distance.

Mais la curiosité a été la plus forte.

À l'intérieur, j'ai trouvé un album de scrapbooking assemblé par une certaine « Léna ». Elle y décrivait ses humeurs et ses centres d'intérêt en les illustrant de photos collées et d'annotations. En parcourant les pages, je me suis mise à pleurer sans raison. Et puis j'ai ressenti de la détresse.

J'ai compris que derrière le surnom Léna se cachait Sabrina, la fille disparue en 2016.

L'adolescente craignait ses voisins au point de leur avoir consacré une section.

J'ai refermé le carnet avec le cœur serré.

Parmi d'autres objets se trouvait également un smartphone, un Samsung.

Je l'ai pris. S'il avait été dissimulé, c'est qu'il devait être important.

J'ai rangé la boîte sous les planches et je suis redescendue, vidée. J'avais perdu l'envie de poursuivre la lecture de mon roman.

À l'heure où j'écris ces lignes, je n'ai pas encore consulté le contenu du téléphone portable. Il se recharge dans la cuisine. Je ne sais pas ce que je vais en faire. Il doit sûrement être verrouillé par un code. Je devrais l'envoyer à la police ; ils en tireront certainement quelque chose.

Chapitre 5

Plainfaing, mercredi 22 novembre, 02:40

— Je suis étonnée, madame Northwood. Je ne vous connaissais pas ce caractère belliqueux ni cette colère envers votre mari.

Agnès me dévisage en plissant les yeux ; un faux sourire étire ses lèvres rouge carmin.

C'est de cette façon qu'elle dissimule sa véritable nature, sous une surcharge de maquillage bon marché et une abondance d'eau de Cologne. La gentille Agnès n'existe pas ; c'est juste un rôle qu'elle joue pour endormir la méfiance. Peut-être a-t-elle réussi à duper Isabel, mais pas moi.

L'homme – son mari ? son compagnon ? son complice ? – soulève Franck en poussant un grognement puis se dirige vers la porte du garage restée ouverte.

— Qu'allez-vous faire de lui ?

Agnès hausse les épaules.

— Je ne sais pas encore, j'y réfléchis. La donne a changé à partir du moment où ces types ont fait irruption chez vous. Et je dois improviser et je n'aime pas ça.

Réfléchir à un plan pour se débarrasser de tout le monde sans faire de vagues, sans aucun doute.

Elle arbore toujours ce sourire de fausset. Mais ses doigts crispés sur sa seringue indiquent sa tension.

Agnès s'avance d'un pas. Je remonte mes poignets vers ma poitrine de peur que le sécateur coincé dans ma manche ne glisse.

Il faut que je parvienne à gagner du temps ou mieux, que je détourne son attention pour la surprendre.

— Et moi alors ? Je reste attachée ici ? Que me voulez-vous ?

Elle fait un pas supplémentaire et me toise. Dans cette position, avec les mèches de cheveux rabattues sur ses joues, sa peau blanche et ses lèvres rouges, elle m'évoque une matriochka géante.

— Je ne sais pas pourquoi, mais j'ai l'étrange impression que vous connaissez déjà la réponse, Camille Northwood.

Sa dernière remarque écaille le masque impassible que je m'efforçais de garder. Ma surprise a dû transparaître sur mon visage ou dans mon regard. Assez pour qu'elle s'agenouille et hoche la tête.

— C'est fascinant… vous êtes fascinante.

Le ton employé est celui d'une scientifique folle devant un nouvel organisme à disséquer.

— Vous avez lu le journal de Franck. Vous avez consulté ses notes. C'est comme cela que vous savez.

— Et que pensez-vous que je fais ici ? demande-t-elle.

— Je suppose que cela a un rapport avec la disparition de la jeune fille. Le nom du voisin interrogé s'appelait Metzger, tout comme vous. Et…

Je fais mine de réfléchir. La situation est dangereuse et mes options limitées. Si j'en dis trop, elle pourrait vouloir se débarrasser de moi sur-le-champ et je n'aurais qu'une chance de frapper…

Agnès claque des doigts. Son sourire s'est évanoui. Son regard est charbonneux. Le monstre a brisé la couche superficielle qui le camouflait.

— Continuez, dit-elle, plus menaçante.

— Je pense que vous…

La matriochka dans le bureau.

— … avez un rapport…

La poupée est tombée de l'étagère.

— … avec la disparition de la fille l'année dernière.

C'était un signe. Un signe de la jeune fille pour me prévenir.

— Et si je suis là, c'est que vous pensez que je pourrais avoir découvert quelque chose de compromettant ou que je suis sur le point de le faire.

Le visage d'Agnès est impossible à décrypter. Le monstre s'est de nouveau réfugié sous les traits de l'aide-soignante. Mais il est présent, prêt à jaillir. Elle pourrait décider de me tuer en une fraction de seconde. Je n'ai aucun doute.

Elle laisse s'écouler quelques secondes.

— Vous n'êtes pas loin de la vérité. Votre sœur Julie a découvert quelque chose dans cette maison…

Julie. Entendre prononcer son nom me donne un coup de fouet et pendant quelques secondes, je n'écoute plus Agnès.

Ma sœur était dans ce chalet ? Et Franck n'était pas au courant ? Pour quelle raison serait-elle venue ici ? Dave est mort dans un accident à Gérardmer, cela n'est pas une coïncidence.

— … téléphone. Nous avons fouillé toutes les pièces, sans jamais le trouver.

Julie a dû découvrir l'implication des voisins dans la disparition de Sabrina.

— C'est vous ! Vous l'avez tuée. Vous avez tué ma sœur !

Agnès secoue lentement la tête.

— Non, elle a réussi à s'enfuir, sûrement avec le téléphone en question. Je suppose qu'elle a dû mourir quelque part dans cette forêt. Elle a pu se blesser et le froid et la faim auront fait le reste. Nous avons cherché, sans rien trouver. Nous avons tout d'abord pensé qu'elle s'en était tirée. Mais si cela avait été le cas, nous ne serions pas en train d'avoir cette discussion.

Avec cette révélation, elle vient de confirmer notre mort prochaine. Impossible qu'elle nous laisse repartir vivants d'ici.

Calme-toi, Camille. Si tu veux t'en sortir, calme-toi.

— Et Dave ? Son accident n'est pas le fruit du hasard.

Agnès se contente de sourire. Elle ne me répondra pas, mais son silence est un aveu.

L'accident de Dave a été mis en scène et c'est aussi ce qu'ils ont prévu pour nous. Mais elle ne le fera pas sans avoir obtenu des renseignements. C'est pour cette raison qu'ils n'ont pas laissé les deux brutes nous tuer. Le hic, c'est que je n'ai pas ce qu'elle recherche et qu'elle va assez rapidement s'en rendre compte. Je dois continuer à la faire parler.

— Et vous ne pensez pas qu'avoir éliminé ces hommes va vous attirer des problèmes avec le milieu parisien ?

Elle lève les yeux vers le plafond.

— Oh, vous savez, un accident est si vite arrivé, madame Gros. Surtout avec ce temps. Ces truands vous kidnappent, conduisent de nuit et manquent un lacet sur une petite route de montagne. Avec cette neige, rien d'étonnant. Ils ne sont pas du coin et ne se sont pas méfiés.

— Et vous pensez qu'ils vont gober ça à Paris ? Vous ne connaissez pas ces gens, vous allez vite vous retrouver dans leur collimateur. Je ne vous envie pas.

Une lueur de contrariété traverse son regard. Ses zygomatiques se crispent.

J'ai réussi à la faire réagir. Elle me fixe avec une telle intensité que j'ai l'impression qu'elle va me bondir dessus pour me déchiqueter.

Mais elle secoue la tête, lentement.

— Vous devez nous prendre pour des demeurés congénitaux et vous ne seriez pas la première à faire cette erreur. Réfléchissez. Pourquoi votre mari a-t-il été agressé à son cabinet ? Pourquoi y a-t-il eu une enquête pour meurtre le concernant ? Et comment se fait-il que j'aie eu connaissance de la preuve que détenait votre sœur ? Madame Gros, c'est *vous* qui ne nous connaissez pas.

Je digère ces nouvelles informations sans rien laisser transparaître sur mon visage. Agnès a déjà oublié que je n'étais pas Isabel. Que par conséquent, j'ignore tout de l'agression ou de l'implication de Franck dans une quelconque enquête. Je comprends également que son compagnon et elle ne sont pas qu'un couple d'illuminés. Ils ont des contacts, des protections. Peut-être même dans la police.

— Mais assez parlé. Si vous me donnez ce que je cherche, je n'aurai pas à vous extraire l'information par la torture. Croyez-moi, expérience d'infirmière oblige, j'en connais un rayon sur l'anatomie et les terminaisons nerveuses.

Tu n'es pas la seule à t'y connaître en torture, espèce de salope ! Je viens d'être interrogée par deux cinglés et j'ai déjà perdu un bout de doigt.

— Et qu'est-ce qui vous fait penser que je sais quelque chose sur ce foutu téléphone ?

En guise de réponse, Agnès sort un petit cahier à spirale Clairefontaine à la couverture orange de la poche intérieure de son blouson.

Elle se racle la gorge, l'ouvre et débute la lecture à voix haute :

— Sept ans. J'avais sept ans lorsque j'ai cessé de croire au bonheur. Avant mon septième anniversaire, les Northwood n'avaient pas commencé à traverser la tourmente qui allait les faire voler en éclats. Nous menions l'existence paisible et harmonieuse d'une famille américaine typique des années quatre-vingt... etc., etc.

Elle le referme d'un geste sec.

Je l'interroge du regard.

— Ce sont les mémoires de votre sœur. Vous devriez les lire, c'est très instructif. Elle parle beaucoup de vous, de votre enfance et de votre Franck. Elle évoque vos troubles psychiatriques et bien sûr, votre dédoublement de personnalité. Vous voyez, je l'ai su bien avant d'avoir consulté les notes de votre mari. Elle a fui en laissant son journal sur le canapé-lit.

Elle range le cahier.

— C'est pour cela que je sais que vous avez parlé à votre sœur, la veille du jour où elle s'est enfuie du chalet. Elle vous a appelé.

Peut-être bien, mais je ne conserve aucun souvenir de cette conversation qui doit probablement être isolée dans la mémoire défaillante d'Isabel.

— Mais il y a autre chose qui m'a intriguée, madame Gros : la toile. La première fois que je suis entrée dans l'atelier, j'ai tout de suite reconnu le paysage dans l'esquisse. Pourtant, d'après votre mari, vous ne vous êtes jamais aventurée dans cette partie du domaine. Alors je me suis posé la question. Comment pouviez-vous peindre à l'identique un lieu que vous n'aviez jamais vu ? Vous avez également évoqué le chalet au cours d'une hypnose. C'est écrit dans les notes de votre mari. Finalement, il n'y a qu'une explication possible. Suite à son appel, vous avez rendu visite à votre sœur, ici, à Plainfaing.

Agnès soupire et joue avec la seringue.

Je prie pour qu'elle ne remarque pas le sécateur caché sous la manche.

— J'ai espéré que le docteur puisse trouver la réponse dans votre tête. Cela aurait été beaucoup plus simple. Nous n'aurions même pas eu à nous débarrasser de vous. Dommage que ces deux imbéciles soient venus tout gâcher, même si j'ai cru comprendre que votre mari était le principal responsable. Mais là, je suis à court d'options, madame Gros. Je ne vais pas avoir d'autre choix que de vous faire parler. Et rapidement.

On y est. Elle va passer à l'action. Il faut que je trouve une idée et vite. Il doit bien y avoir une solution. Je refuse de finir comme cela. Torturée – pour la deuxième fois – et tuée par une cinglée dans ce chalet perdu.

Réfléchis, Camille. Tu as connu pire. Tu vas t'en sortir. Un coup de sécateur dans le cou au moment où elle s'approche de toi. Et après, tu improvises. Elle est seule et…

Mon plan s'envole dès que je vois la brute entrer dans la pièce. Il est passé par le garage et je n'ai pas entendu le moteur de l'ouverture automatique.

— C'est bon. Ils sont tous dans la voiture. Enfin presque, ajoute-t-il en me regardant.

— Parfait, répond Agnès avant de se tourner vers moi en glissant une mèche de cheveux rebelle sous son bonnet à pompon. Bien, à nous deux alors.

Mon regard balaie le sous-sol une dernière fois en détail, à la recherche d'une solution.

Et soudain, il me vient une idée aussi redoutable que dangereuse.

Pas sûre que j'en réchappe. Mais je n'ai rien à perdre.

Plainfaing, mercredi 22 novembre, 02:47

— C'est Isabel qui a les réponses. Alors, c'est elle qu'il va falloir interroger, pas moi.

À la façon dont Agnès me fixe, j'ai l'impression de lui avoir révélé que j'avais deux paires de seins. Mais passé ce moment d'égarement, son horrible faciès refait surface.

— J'ai eu le temps de me renseigner sur votre condition et je sais que vous avez des souvenirs en commun. N'essayez pas de me prendre pour une idiote.

— Il y a ce qu'on peut lire et la réalité. Vous avez sans doute creusé le sujet, mais pas assez, visiblement. Isabel ignore tout de mon retour. Nos souvenirs ainsi que nos consciences sont compartimentés. Mais je pense pouvoir la faire venir. La toile dans l'atelier semble avoir un effet sur elle. Il faudrait que vous la descendiez.

Un léger tiraillement au niveau de la commissure de ses lèvres trahit son agacement.

— Je n'ai pas le temps de jouer et j'ai du mal à croire qu'un simple tableau…

Je la coupe.

— Le temps est tout ce qu'il me reste et je n'en ai plus beaucoup. Je vais mourir cette nuit, nous le savons toutes les deux. Alors j'aurais une autre requête. Je veux juste une cigarette. Je sais que vous fumez, j'ai senti l'odeur du tabac quand vous m'avez étranglée dans le bureau.

Agnès et l'homme s'échangent un regard.

— Si vous pensez que je vais vous détacher avant d'avoir obtenu des réponses…

— Pas besoin de me détacher. Vous n'aurez qu'à l'allumer pour moi. Et pour la toile, demandez à votre compagnon d'aller la chercher. Ou demandez-lui de me surveiller pendant que vous le faites vous-même.

J'indique les liens à mes chevilles.

— Je ne peux pas aller bien loin de toute façon.

Agnès me dévisage en silence. Serait-elle capable de voir clair dans mon jeu ? Certaines personnes sont douées pour déceler la duplicité dans les regards, même si elle est profondément enfouie. J'espère qu'elle n'en fait pas partie parce que je n'aurai qu'une seule chance et que tout va dépendre de sa décision.

Après un long moment, elle hoche la tête en signe d'approbation.

— Bien. Mais si vous cherchez à me tromper, madame Gros, vous allez le regretter.

Si tout se déroule comme je l'espère, non, Agnès, je ne pense pas.

L'aide-soignante se tourne vers son mari.

— François, va me chercher la toile dans l'atelier, s'il te plaît.

L'homme acquiesce et se dirige vers l'escalier.

Dès qu'il ouvre la porte du rez-de-chaussée, je fais glisser le sécateur dans ma main.

J'ai peu de temps pour agir.

Mémoires #15

Malgré toutes mes précautions, je n'arrive pas à m'ôter de la tête l'idée que Dave m'a retrouvée et qu'il risque de débarquer dans les prochains jours. Est-ce lui ou un de ses hommes de main qui viendra me chercher ? Connaissant son caractère, il n'a pas dû ébruiter notre séparation pour ne pas créer d'esclandre, alors je pense qu'il sera seul. Pas pour me supplier, mais pour m'acheter.

Si cela arrive, je ne reviendrai pas en arrière. J'ai pris ma décision. S'il croit qu'il peut me tenir en laisse avec son argent, il se trompe. Et puisque le contrat de mariage joue en ma défaveur, je vais devoir vendre le Rembrandt.

Je ne peux pas le faire sans Camille, alors je vais tout lui raconter. Papa voulait la préserver de cette histoire, mais elle mérite de connaître la vérité. J'espère simplement qu'elle ne sera pas trop choquée d'apprendre que Granpa était un truand. Mais avec tout ce qu'elle a déjà traversé, j'en doute. Demain je vais l'appeler et lui dire de contacter Luciano Ravelli. Il habite Paris, ce sera plus commode pour elle que pour moi.

J'ai honte, c'est de l'argent malhonnête, mais je n'ai pas le choix. Et puis, plus nous conserverons ce tableau, plus le fardeau pèsera sur nos épaules. Je ne comprends pas pourquoi maman n'a jamais voulu s'en débarrasser. Peut-être avait-elle estimé avoir trop attendu ; ou encore, que nous n'en avions pas besoin. Je ne serai pas aussi hésitante ; autant en finir une bonne fois pour toutes. Qui sait ? Peut-être que cette vente pourra lever la malédiction des Northwood.

Il serait temps.

Même ici, isolée dans les Vosges, je subis son influence. Sinon, pourquoi serais-je tombée sur ce chalet ? Quelles étaient les probabilités pour que j'achète une maison habitée par un esprit tourmenté ?

Je suis convaincue que l'adolescente a été tuée et qu'elle veut m'orienter vers ses assassins.

Sinon, pourquoi m'attirer dans sa chambre ?

Je me suis réveillée ce matin avec une migraine carabinée et une série de chiffres imprimée dans mon esprit, persistants comme la rémanence d'un rêve fiévreux. 0801.

Ils m'ont accompagnée sous la douche, puis au petit-déjeuner, sans que je puisse m'en défaire.

Ensuite, je n'y ai plus prêté attention jusqu'à ce que je me rappelle une recherche effectuée sur l'adolescente disparue, peu après la visite du vieux policier. Sabrina était née le 7 août 2001.

J'ai laissé tomber mon roman et me suis empressée de tester les chiffres sur le téléphone trouvé dans la boîte métallique.

Je n'ai pas été étonnée de pouvoir le déverrouiller.

La surprise est venue du contenu. Sabrina faisait une fixation sur ses voisins. J'ai découvert des dizaines de photographies de leur maison, des murs, et surtout de l'intérieur de la cour. Sur la plupart, on peut voir la femme qui m'a ouvert le portail à mon arrivée, ainsi qu'un vieil homme vêtu d'un costume beige et soutenu par une canne. D'après une rapide recherche effectuée sur mon portable, il s'agit de Gustave Metzger, un notaire originaire de Gérardmer, désormais à la retraite. Je n'ai rien trouvé sur la voisine, en revanche.

Mais plus encore que cette série de clichés, ce sont les deux dernières vidéos prises depuis le hublot de sa chambre qui m'ont perturbée.

La première a été filmée de nuit. On y voit un fourgon passer le portail pour entrer dans la propriété des voisins. Un type assez massif – on peut difficilement distinguer son visage en raison de l'angle et de l'obscurité – en sort et débarque un sac noir. C'est déjà inquiétant en soi ; mais sans commune mesure avec ce qu'on peut visionner à la fin de la vidéo. Le sac bouge. On peut apercevoir de petits mouvements, comme des battements de pieds, juste avant qu'il ne quitte le champ et entre dans la maison. Aucun doute, l'homme transportait quelqu'un sur ses épaules.

La deuxième vidéo a été filmée en journée. Elle ne dure que quelques secondes ; je pense que l'adolescente a eu le réflexe de sortir son téléphone lorsqu'elle a été attirée par des bruits à l'extérieur.

Toujours depuis le hublot, on aperçoit un garçon marteler ses poings sur une vitre de la maison voisine avant de disparaître, comme s'il avait été tiré par les pieds.

J'ai visionné ces vidéos en boucle. Chaque passage m'a rendue plus mal à l'aise que le précédent. L'enfant a l'air désespéré, j'ai du mal à croire à une crise ou un caprice.

Est-ce lui qui a été transporté dans le sac ? Cette idée me fait frissonner d'horreur.

Pourquoi Sabrina a-t-elle caché son téléphone dans une boîte ? Elle devait avoir peur d'en parler. Ou peut-être n'était-elle pas sûre ? Elle n'a pas dû en parler à ses parents non plus…

Pourtant, même si ces enregistrements ne constituent pas de preuves flagrantes d'un enlèvement, ils soulèvent suffisamment de questions pour interpeller les forces de l'ordre. Encore plus maintenant que la jeune fille a disparu.

D'ailleurs, je pense que Sabrina n'a pas dû contacter la police, et c'est sans doute ce qui lui a coûté la vie. Je ne ferai pas la même erreur.

En tout cas, je tiens là un signe supplémentaire que la malédiction des Northwood n'en a pas fini avec moi et qu'elle me traque jusqu'à un chalet isolé dans la forêt.

Mais j'ai aussi l'impression qu'elle n'en a pas fini non plus avec ma sœur, et c'est ce qui m'inquiète le plus.

Après avoir visionné une dernière fois les vidéos, j'ai éprouvé une désagréable sensation ; identique à celle précédant l'annonce de la grave maladie de ma mère. Le fil invisible a tremblé pour m'avertir d'un drame imminent.

Camille est en danger. Et je culpabilise. Lui parler du tableau et de Luciano Ravelli n'était sûrement pas une bonne idée.

Je vais changer mes plans. Je vais aller à Paris et m'en charger personnellement. De toute façon, je ne vais pas pouvoir vivre longtemps ici sans meubles dignes de ce nom.

Mais avant toute chose, je vais appeler le policier et lui confier le téléphone. La petite est morte, j'en suis convaincue, mais peut-être pourra-t-elle trouver la paix.

Chapitre 6

Plainfaing, mercredi 22 novembre, 02:51

Agnès est encore tournée vers l'escalier que vient d'emprunter son mari. Je profite de cette fenêtre d'opportunité et sectionne le collier de serrage qui lie mes chevilles.

Je n'aurai pas d'autres chances de pouvoir la frapper.

Je me redresse et me précipite vers elle le sécateur à la main pour franchir les deux mètres qui nous séparent.

Il ne faut pas qu'elle hurle. Il ne faut pas qu'elle alerte son François, sinon tu es cuite.

L'aide-soignante se retourne au dernier moment mais, surprise par mon assaut, elle n'a pas le temps de crier.

Je la percute, tête en avant, au niveau du sternum. La matriochka bascule sous l'impact de ma charge et s'écrase de tout son long sur les cartons mouillés. L'arrière de son crâne heurte le sol, le choc libère ses cheveux du bonnet. La seringue qu'elle tenait dans ses mains roule sous le tréteau accoté au mur.

Sans lui laisser le temps de se redresser, je grimpe sur elle pour me retrouver à califourchon sur son abdomen.

Agnès pousse alors un beuglement de rage que j'étouffe en plaquant ma paume sur ses lèvres. Sous la pression, mes doigts s'enfoncent dans sa bouche. Elle en profite pour me mordre et je dois serrer les dents pour ne pas hurler à mon tour. Elle agite sa tête et donne des coups de bassin pour se libérer, mais je maintiens ma prise. Je m'écrase un peu plus encore sur elle pour qu'elle ne m'échappe pas. Et puis, je lève le sécateur et frappe de toutes mes forces.

Je l'atteins au visage et transperce sa joue gauche, le bout de la lame effleure mes doigts coincés dans sa bouche.

Ses yeux s'écarquillent autant de douleur que d'effroi. Les miens se durcissent.

La panique enflamme ses iris. Elle vient de réaliser que je n'hésiterai pas ; que je vais la tuer.

Elle tente une ultime fois de se dégager dans une ruée désespérée et mord plus fort encore. J'enfonce ma main blessée dans sa bouche et serre mes cuisses au niveau de son bassin.

Je frappe à nouveau, dans la gorge cette fois-ci.

Le sang éclabousse mon visage et gicle sur le sol.

Je continue à m'acharner, jusqu'à ce que ses traits se figent et que son regard se fixe sur le néant. Une mare d'hémoglobine poisseuse s'écoule sur le carrelage et les cartons.

Je me redresse, essoufflée et le corps tremblant sous l'afflux d'adrénaline. Le monde tourne autour de moi et j'ai une soudaine envie de vomir. Le petit doigt et l'annulaire de ma main gauche saignent en abondance. Cette garce m'a mordue jusqu'à l'os.

Mais je n'ai pas le temps de me reposer. Ce n'est pas fini. Il faut s'occuper de l'autre mastodonte qui sera là d'un moment à l'autre. Et armée d'un simple sécateur, je n'ai aucune chance.

Je pourrais fuir, mais à quoi bon ? Il me rattraperait. S'il a pu se débarrasser des deux truands, il doit sûrement posséder une arme à feu.

Mon plan initial est toujours valide. Je vais l'attendre, cachée dans le garage. Lorsqu'il sera descendu, il va se précipiter vers sa femme.

Et mon piège pourra fonctionner.

Mais j'ai peu de temps pour le mettre en place. À cet instant, il doit déjà avoir décroché la toile et s'apprêter à regagner le rez-de-chaussée.

— Pas le moment de reprendre le contrôle, Isabel, dis-je en murmurant.

Mais il y a peu de chance que cela se produise. Elle s'est cachée et ne reviendra qu'une fois l'orage passé. C'est toujours moi qui me charge du sale boulot.

Je fouille le blouson d'Agnès. À l'intérieur, j'y trouve le carnet de Julie, un paquet de cigarettes et un briquet. J'aurais préféré un pistolet, mais cela suffira.

Je me précipite ensuite vers l'appareil à oxygénothérapie et sectionne le détendeur de la bouteille.

C'est là que les choses peuvent se corser. L'oxygène est un comburant puissant. Le moindre corps gras dans la pièce et tout peut s'embraser spontanément, même sans présence de flammes. Et dans ce cas, c'est le feu d'artifice. C'est un miracle qu'aucune catastrophe ne se soit produite quand le mafieux a cautérisé ma plaie.

J'ai juste le temps de rapprocher l'appareil du cadavre d'Agnès que j'entends déjà les pas lourds dévaler les marches de l'escalier.

Une surprise l'attend en bas.

Je me rue vers le garage et me colle à la cloison qui le sépare du sous-sol, une cigarette dans une main, le briquet dans l'autre.

Quelques secondes plus tard, la voix de François se brise de douleur.

— Agnès !

Un silence, suivi d'un son mat. Il vient de lâcher la toile.

— Agnès ! Oh, non ! Oh, non ! Chérie… oh non…

La bête sanglote. La bête est vulnérable.

Je coince la cigarette entre mes lèvres et je jette un coup d'œil rapide par l'embrasure ; François est penché sur le corps d'Agnès. Il n'a rien remarqué.

C'est le moment. J'active la pierre du briquet en espérant être suffisamment à distance. Je tire une grande bouffée sur la cigarette pour la faire rougir.

Pile à l'instant où je m'apprête à la lancer, François lève ses yeux vers moi.

Il n'a pas le temps de comprendre ce qui lui arrive.

La cigarette n'a pas touché le sol que la pièce s'embrase instantanément, transformant le sous-sol en fournaise. La chaleur dégagée est si intense que je dois plonger pour en éviter le souffle ardent.

Je cours vers la porte du garage. Les oreilles saturées de cris inhumains. Impossible que François survive à ça. Parvenue à l'extérieur, je jette toutefois un coup d'œil derrière moi, afin de m'assurer qu'aucune torche humaine ne se précipite à mes trousses.

Au même moment, une explosion retentit.

Plainfaing, mercredi 22 novembre, 03:02

Le brasier s'est propagé à une vitesse inouïe. On entend à peine les hurlements de l'alarme, couverts par le rugissement des flammes dévorantes et les vitres qui explosent. Le rez-de-chaussée est à moitié englouti par la fournaise. Des langues de feu s'échappent par les fenêtres et lèchent les façades. Les pompiers seront bientôt sur place, mais je suis certaine que le chalet sera déjà consumé avant même que la première lance à incendie ne l'atteigne.

Je recule de quelques pas, fascinée par le spectacle apocalyptique.

Mais le cauchemar n'est pas fini pour autant ; je viens de tuer deux personnes. Elles sont loin d'être innocentes, mais je n'ai rien pour le prouver. Pire, si Agnès a dit vrai, ils étaient protégés.

Politiciens ? Police ? Et pourquoi ?

Je me détourne du chalet qui se consume, soudainement lasse. L'adrénaline quitte mon organisme et une immense fatigue prend le relais.

Que faire maintenant ? Je ne peux pas me reposer et attendre l'arrivée des secours. Je dois trouver un moyen de prouver qu'Agnès et François étaient des monstres.

Julie possédait un téléphone portable dont le contenu incriminait les voisins, mais s'il était dans la maison, alors il est parti en fumée.

Tu pourrais faire confiance au système, après tout, tu es la miraculée de la fusillade. Et puis ils ont tué les types venus de Paris, sans compter que tu as été torturée...

Oui, j'imagine que ma phalange manquante et les morsures susciteraient quelques interrogations, sans parler de l'état de Franck.

Franck.

François a dû l'enfermer dans une voiture. Certainement celle des truands, puisqu'il avait prévu de la faire chuter d'un lacet de montagne pour camoufler le carnage en accident.

Sous les lumières rougissantes, j'aperçois l'intérieur de la BMW. Un des mafieux – le petit blond – est installé sur le siège avant. Sa tête repose contre la vitre. Je distingue également deux autres silhouettes sur la banquette arrière. L'une d'elles est forcément Franck.

Je m'approche du véhicule avec prudence. Le passager a été abattu de deux balles dans la poitrine. Sa chemise est maculée de sang. À l'arrière, le malabar occupe les deux tiers de la banquette. Il s'en est pris une dans le front et une autre dans la gorge. Je me demande comment ils comptaient s'y prendre pour camoufler l'assassinat. Peut-être en s'assurant que la voiture brûle ?

Franck est assis juste à côté. Son visage a encore enflé, il doit avoir subi plusieurs fractures. Sa tête repose sur l'épaule du cadavre de Jumbo. Je contourne la BMW pour ouvrir la portière.

Il est immobile et sa respiration est faible…

Je tâte son pouls.

… mais il est vivant. Le contenu de la seringue devait être un puissant sédatif, comme celui qu'Agnès m'a injecté la nuit où elle m'a agressée dans le bureau.

— Franck, réveille-toi !

Il ne bouge pas d'un pouce.

— Franck ! On doit partir !

Je n'ose pas le gifler. Les os de son crâne doivent être aussi friables qu'une biscotte.

Je détache la ceinture de sécurité, secoue ses épaules et hurle à ses oreilles :

— Mais putain, bouge !

Je n'obtiens même pas un grognement. Ce n'est pas la peine d'insister, il est dans les vapes.

Tant pis. Je vais devoir l'abandonner ici. Il sera pris en charge par les pompiers. Je n'ai rien pour appeler une ambulance et je m'imagine mal sonner chez les voisins.

Je tourne mon regard vers l'impressionnante maison.

Je me demande si ce fameux Gustave Metzger observe le spectacle depuis une fenêtre de sa foutue forteresse. Tant mieux, si c'est le cas.

Je pousse un long soupir.

Quelle nuit !

Je ferme la portière, m'adosse à la voiture.

Je voudrais rester ici moi aussi. Attendre la venue des secours près du feu. J'ai fait ma part et j'aimerais qu'Isabel prenne le relais. Peut-être le fera-t-elle quand la douleur irradiant de ma blessure sera devenue plus supportable.

Pourtant, une partie de moi désire poursuivre. Mille questions me tourmentent et me maintiennent éveillée. J'ai l'étrange conviction que cette histoire n'est pas finie, que j'ai manqué quelque chose d'important.

L'aide-soignante était persuadée que Julie s'était enfuie dans les bois avec le téléphone. Je sais que cela équivaut à chercher une aiguille dans une meule de foin, surtout en pleine nuit, mais si je pouvais réussir à retrouver le corps de ma sœur et ces preuves…

Et puis, il y a ces toiles. La première m'avait interpellée, la deuxième m'avait fascinée. Et là, Agnès m'apprend que c'est la reproduction parfaite d'un paysage que l'on trouve dans cette forêt. Cela ne peut pas être une coïncidence. Pas après les événements étranges survenus dans le chalet. Les bruits de pas, la fille aperçue dans le hublot, la poupée qui dégringole de la bibliothèque. Quant à la femme au centre du tableau : elle nous ressemble et appelle à l'aide. Non, plus j'y pense, plus…

Un craquement étourdissant retentit, suivi du fracas de la destruction d'un des murs en rondins. La maison commence à se disloquer. Les flammes s'élèvent plus haut encore, l'incendie s'est maintenant propagé à l'étage et s'attaque au grand balcon.

L'odeur de bois brûlé est à la limite du supportable et je dois nicher mon visage dans le creux de mon coude pour en filtrer les effluves.

… Oui, l'idée est folle. Mais si la toile était une manifestation inconsciente d'un souvenir d'Isabel ? Elle n'est pas venue au chalet retrouver Julie, comme le pensaient Agnès ou bien Franck, j'en suis convaincue. Mais Julie aurait pu nous appeler à Paris et tomber sur Isabel. Nous décrire le paysage, comment la retrouver et…

Non, Isabel aurait tout de suite prévenu la police, Franck, ou n'importe qui d'autre. Essaie encore !

Je me redresse.

Est-ce une sirène que j'entends au loin ? Ou mon imagination qui me joue des tours ?

En revanche, admettons que Julie se soit enfuie dans la forêt. Dans l'urgence, elle prend une photographie de l'endroit où elle se trouve et l'envoie à la dernière personne contactée. Le message ne peut pas partir tant qu'il n'y a pas de réseau. Elle continue de courir et à un moment… la photographie est expédiée.

Non. Réfléchis ! Cela ne tient pas debout. Il y a eu une enquête sur la disparition de ta sœur. Les policiers auraient forcément relevé les numéros appelés depuis son portable ainsi que les messages expédiés.

— Allez. Réponds-moi, Julie. Que s'est-il passé ? dis-je à haute voix.

Un craquement sinistre me répond, comme si un géant venait de piétiner un arbre.

Et puis soudain. Mon esprit s'illumine.

Bon sang, les mémoires de ma sœur !

J'ouvre le carnet récupéré sur Agnès. Je passe rapidement les premiers chapitres.

Je suis arrivée à Plainfaing avec mes deux valises et un enthousiasme inhabituel...

Nous y voilà. J'ai l'impression de tenir un lingot d'or entre mes mains.

Fébrile, je tourne les pages et avale les mots comme si plus rien n'existait autour de moi. Je ne sens plus la douleur ni la chaleur. L'odeur âcre s'est volatilisée.

Je referme le cahier avec la satisfaction d'avoir presque reconstitué un puzzle de dix mille pièces.

Julie quittait Dave. Elle était passée par Franck – drôle de choix – pour acheter le chalet après avoir vidé ses économies. Elle ne voulait pas qu'il la piste. Elle s'était aussi procuré un « burner » pour échapper à sa surveillance et teint les cheveux en noir.

Cela explique pourquoi on n'a pas pu retracer ses appels. Quant aux cheveux noirs, impossible de ne pas penser à la femme peinte dans la toile.

Ensuite, à peine arrivée ici, Julie tombe sur la voisine, rencontre un vieux policier et même ce foutu doberman qui rôde dans les parages. Plus tard, tout comme moi, elle est guidée vers la chambre sous les mansardes.

Sauf qu'elle y trouve le fameux téléphone portable que cherchait Agnès.

Ses derniers mots évoquent un appel à la police. Après, plus de nouvelles. Julie disparaît. Facile de deviner la suite.

Quant à Dave, il a dû se pointer le jour où...

Je me redresse d'un bond.

... le policier venait récupérer les preuves. Peut-être Julie a-t-elle parlé de son histoire à Dave.

Bon sang, bon sang… Oui. Il y avait le téléphone, mais aussi deux témoins qu'il fallait faire disparaître. Il ne se serait sans doute rien passé si Julie n'avait pas visionné ces vidéos. Le policier serait reparti et…

Un aboiement manque de me faire lâcher le carnet.

— Oh merde !

La grande silhouette émaciée du doberman est plantée à deux mètres de moi.

Le chien. Je l'avais complètement oublié celui-là.

Je tends une main vers lui, l'autre est posée sur la poignée de la voiture.

Je ne peux pas me battre contre cette bête, mais je peux me réfugier dans l'habitacle.

— Tout doux. Tout doux.

Il se contente de me fixer et avance vers moi. Pas de babines retroussées ni de grognements.

— Bon chien… voilà. Du calme.

Julie l'avait nourri, c'était le chien de la petite Sabrina. Il ne doit pas être si dangereux…

La bête émet un jappement sec puis fait quelques pas vers la forêt avant de me fixer et d'aboyer à nouveau.

Et si…

J'ouvre la portière avant et fouille le passager. Le blond porte un holster dans son blouson, le pistolet est encore rangé dans la gaine. Dans une poche extérieure, je trouve une lampe de type Maglite. Je pourrais tuer le chien avec l'arme, mais j'ai une autre idée.

Je me tourne vers le chien qui m'attend, la langue pendante. Il jappe une dernière fois avant d'entrer dans la forêt.

J'allume la lampe et je le suis.

Au loin, j'entends les sirènes des pompiers. Ce n'est pas une impression, cette fois-ci.

Plainfaing, mercredi 22 novembre, 03:17

Le chien freine sa course et décrit des cercles en aboyant. À quelques mètres de l'animal, je pose ma main sur un sapin pour reprendre mon souffle.

Je tousse à plusieurs reprises avec la sensation d'avoir eu les bronches râpées au papier de verre.

Heureusement que j'étais aux commandes, Isabel n'aurait pas pu tenir la cadence. Elle se serait évanouie bien avant.

Et plus de monsieur O2 pour venir à sa rescousse, il s'est sacrifié.

Après avoir récupéré, je chasse quelques flocons de mes lèvres et mon nez et parcours la distance qui me sépare du chien. Le paysage qui se révèle sous le faisceau de ma lampe torche est incroyable.

Même sous la neige, on reconnaît facilement le tableau peint par Isabel.

Le filet d'eau qui s'écoule entre les pierres, le ruisseau, les conifères et les hêtres. Il ne manque plus que la femme en haillons pour me retrouver dans la toile. Une femme aux cheveux noirs. Comme ceux de Julie.

Et maintenant que je suis ici, que dois-je faire ? Où dois-je chercher ?

Le doberman s'assoit sur un rocher moussu partiellement recouvert de neige et aboie.

— Alors, mon chien, c'est ici ? Que veux-tu me montrer ?

J'approche, le ventre noué par la peur de me retrouver nez à nez avec le cadavre de ma sœur, gisant sur le sol, putréfié.

Du calme, Camille, les tarés de voisins n'ont jamais rien trouvé…

Pas à cet endroit, non. Mais si ma théorie du message est juste, peut-être a-t-elle poursuivi son chemin avant que l'image puisse être expédiée.

Comme pour me répondre, le chien reprend sa course. L'animal franchit le ruisseau d'un bond et entame la montée d'une petite butte couverte de feuilles mortes à moitié ensevelies sous la neige. À le voir patiner, j'ai l'impression qu'il me faudrait des chaussures à crampons et un piolet pour m'aventurer sur ses pas.

Suivre le doberman n'est pas évident. Le courant n'est pas très fort, mais dans un premier temps je dois marcher et tenir en équilibre sur les rochers glissants.

Plus loin, cela se complique encore. La pente est raide, sans compter ma main blessée que je parviens à peine à plier. La neige, même peu abondante, ne facilite pas l'ascension. Je dois m'aider de branches et de fougères pour me hisser, mais je dégringole et manque de tomber à la renverse. Je me rattrape in extremis à la racine d'un hêtre. Plutôt que de retenter de grimper, je décide alors d'emprunter un chemin moins abrupt. Heureusement, je n'ai pas à parcourir une centaine de mètres pour trouver un autre accès et je parviens à rejoindre le doberman qui m'attendait en haut de la butte.

— Tu vas t'arrêter quand ? Tu veux me faire mourir d'épuisement, c'est ça ?

Le chien me promène encore pendant cinq bonnes minutes. Cette partie du domaine forestier est plus clairsemée, les arbres plus espacés. On compte plus de hêtres que de sapins. Finalement, l'animal stoppe (pour la dernière fois, j'espère) et s'assoit sur ses pattes arrière.

Il jappe, aboie, couine et m'observe avec de grands yeux tristes.

Un frisson électrique me parcourt le dos. Et il n'est pas provoqué par le froid que je ne ressens déjà plus depuis une demi-heure.

Je m'approche, la main crispée sur la poignée de la lampe. L'animal se tient au bord d'un trou mesurant deux mètres de long pour un de large. Une cicatrice lézardant le sol qu'une épaisse branche morte traverse comme un pont de fortune.

Nous y sommes. C'est le moment de vérité.

— Julie… dis-je dans un murmure.

Je prends une grande inspiration et braque la Maglite, prête à affronter la vision d'horreur qui m'attend.

Je ne distingue pas le fond, les parois rocheuses ne sont pas droites et forment des angles dans la cavité.

Je contourne le gouffre, en apnée, jusqu'à apercevoir le sol, environ trois mètres en contrebas. Je me penche et inspecte le trou avec la lampe.

Il me semble capter quelque chose dans le faisceau. Un bout de tissu.

Non. Une basket rose.

Mon Dieu…

Les larmes me montent.

— Julie !

Mon cri brise le silence.

C'est ma sœur. C'est ma sœur au fond de ce putain de trou.

Épilogue

Winter Harbor, samedi 11 août 2018, 20:07

Ce matin, j'ai insisté pour que papa quitte sa cabane et m'accompagne pour la cinquante-quatrième édition du « Winter Harbor Lobster Festival ». Je tenais absolument à assister à cette fête avec un regard d'adulte et en sa compagnie. Et puis j'éprouvais un besoin impérieux de revisiter le Maine de mon enfance.

Le village a bien changé depuis les années quatre-vingt. Beaucoup de commerces ont fermé, les voiries sont moins entretenues, même l'humeur générale s'est dégradée. Seul l'océan Atlantique a conservé sa superbe et me rappelle combien la vie côtière était agréable.

J'espérais sûrement trop de cette visite. Et surtout, j'ai eu la naïveté de croire que Winter Harbor n'aurait pas subi les outrages du temps, les guerres, les crises économiques, la diminution du pouvoir d'achat, la pauvreté. J'aurais souhaité qu'il m'attende, protégé de la misère, bien à l'abri dans l'espace de mes souvenirs, et qu'il me soit restitué à l'identique.

Toutefois, passée cette première impression et malgré le ciel couvert pour un mois d'août, j'ai été conquise par ma visite. Autant par la gentillesse des habitants que par le folklore désuet mais authentique de cette fête estivale. Badauds déguisés en clowns, tentes dressées proposant dégustations de homards et de maïs grillés, caserne de pompiers aménagée en réfectoire le temps d'un week-end. J'ai même eu le droit aux prosélytes religieux brandissant leurs pancartes *« Jesus is our savior »*.

Et quel plaisir d'arpenter les abords de la jetée et respirer les embruns iodés de l'océan.

J'ai quitté le festival vers dix-sept heures, juste entre le « Ice Cream Eating Contest » et la parade de fin. Mes yeux larmoyaient et une boule de nostalgie s'était logée dans ma poitrine. Même mon père a été ému par ce petit voyage dans notre passé. En revanche, il n'a pas voulu m'accompagner lors de ma visite à l'ancienne demeure des Northwood. Elle est habitée par un jeune couple venu de Caroline du Nord, ils l'ont rachetée il y a deux ans. J'ai eu le droit à un parcours commenté des pièces sous les braillements d'un bébé qui refusait de dormir. Je n'ai rien reconnu de la maison. La cloison entre le salon et la cuisine a été abattue. L'ameublement est moderne, des spots ont été incrustés dans le plafonnier, les murs ont été repeints en couleurs pastel. L'atelier de Granpa s'est transformé en buanderie où s'accumulent des piles de linge sur une machine à laver. Je suis ressortie souriante, mais déçue de n'avoir pas pu me plonger davantage dans mes souvenirs.

Mais après cette visite, j'ai réalisé que mon passé ne me hantait plus. J'ai fini par comprendre que le seul démon à combattre était celui qui m'observait dans le miroir chaque matin et qu'une fois libérée de son emprise, je pouvais vivre sans peur ni mémoires douloureuses.

Je n'ai rejoint mon père que le lendemain. Avant de regagner sa cabane et poursuivre mon séjour dans le Maine avec Diabolo (vous savez, le doberman grâce auquel je peux écrire ces mots), j'ai tenu à m'isoler dans une chambre du

Winter Harbor Inn pour continuer à travailler sur mon manuscrit.

D'ailleurs, je compte changer le titre de mon futur roman. Enfin de notre futur roman.

Il s'intitulera « Dans la toile ».

Il relatera le destin incroyable des Northwood et plus particulièrement les trajectoires de deux sœurs, fausses jumelles, nées à quelques minutes d'intervalle.

Je ne veux pas de pathos, d'effusions inutiles, et j'espère trouver le ton juste. Ce n'est pas un exercice facile, je ne suis pas romancière. Mais j'ai suffisamment de matière dans l'histoire de notre famille pour écrire une saga en plusieurs tomes.

Je compte tout de même modifier quelques détails. Dans le livre, Granpa aura vendu tous les tableaux. Pas question de nous créer des problèmes. Le Rembrandt n'aura jamais été retrouvé. Je vais également alléger le côté prosélyte et fanatique de papa. Il a bien changé et je ne voudrais pas le blesser.

Toujours au chapitre des édulcorants, je serai plus tendre avec Camille. Non parce qu'elle est co-autrice du livre, mais parce que je l'ai jugée trop sévèrement par le passé. Je n'ai compris que trop tard ce qu'elle avait enduré. Et surtout, c'est grâce à elle que je suis en vie.

J'étais sur le point de mourir quand elle m'a retrouvée. Les médecins avaient même du mal à croire à ma survie. J'étais presque un cas d'école. Je n'avais plus que la peau sur les os et les tissus avaient commencé à se dégrader ; j'en garde de lourdes séquelles. On peut vivre pas loin de deux mois sans manger, à condition de boire et d'avoir quelques réserves de graisse et de muscles. Je peux remercier ma gourmandise, mes fesses et ma ceinture abdominale qui n'a jamais voulu partir malgré les séances de pilates et de yoga. Et surtout, dans mon malheur, d'avoir eu un filet d'eau de source pour m'abreuver. Après le roman, je pourrais très bien parler du régime cétogénique.

Chance, malédiction des Northwood, ou je ne sais quelle foutaise de mon grand-père ? Peu importe. Je suis à quelques mètres de la côte atlantique, je respire l'air marin et j'ai foi en mon avenir.

Et puis, je suis tante. À la surprise générale, Camille (qui a d'ailleurs entrepris une thérapie pour « fusionner » ses personnalités) a accouché il y a deux semaines d'un petit Eliot, un autre miraculé si on tient compte du stress et des drogues. Ma sœur m'a raconté avoir été incommodée par des odeurs durant son court passage au chalet, mais elle était si stressée qu'elle n'avait pas fait le rapport avec sa grossesse. Pour le moment, les deux parents ont fait une trêve et mis sur pause leur séparation. Pour le reste, c'est toujours le chaos. Franck doit être entendu pour des histoires de fraudes financières et a encore creusé sa dette lorsqu'il était dans les Vosges. Il sortait la nuit pour aller jouer dans des casinos clandestins. Camille est également aux prises avec la justice concernant l'homicide d'Agnès et François ainsi que pour avoir provoqué l'incendie. Mais d'après son avocat, les probabilités d'acquittement sont très élevées. Après tout, sans elle, le réseau pédophile dont Gustave Metzger, sa sœur Agnès et le lieutenant Fracher étaient les chefs d'orchestre n'aurait pas pu être démantelé. Et l'on n'aurait pas non plus élucidé le meurtre de Sabrina, dont les ossements ont été retrouvés dans le jardin des Metzger.

Ma situation est moins compliquée, malgré quelques soucis administratifs et le harcèlement des parents de Dave qui me jugent responsable de son assassinat. À la mort de mon mari, j'ai hérité une grande partie de ses avoirs financiers, et je dois composer avec les conseils d'administration de plusieurs entreprises. C'est l'enfer, mais cette situation sera bientôt réglée, je veux me tenir le plus loin possible de ce monde que je ne comprends pas.

Après tous ces épisodes, j'aspire à plus de spiritualité. En ce sens, j'ai enfin trouvé l'éclat de Granpa, ou presque. Pour lui, l'éclat représentait un talent qui ne pouvait naître que des blessures de l'âme. Un écho à la célèbre citation de Nietzsche « Ce qui ne me tue pas me rend plus fort ».

Je n'ai pas éveillé de talent artistique particulier, mais j'ai obtenu une vision plus claire du monde et de la place que j'y occupe. En plus d'écrire, je vais développer mon don et l'utiliser afin d'aider d'autres personnes. Cette expérience au chalet avec Sabrina m'a fait comprendre que j'étais passée à côté de ma véritable vocation. Ma sœur pensait que j'avais expédié un message, une photographie, mais elle se trompait. Je n'avais pas de téléphone hormis celui de Sabrina. Je n'ai pas d'explication rationnelle pour expliquer le tableau. J'aime croire que si Camille m'a donné naissance dans ce paysage, c'est l'adolescente qui l'a guidée vers mon oubliette.

Et puis il y a une autre raison, plus importante encore. J'ai besoin de me prouver que je ne suis pas une mauvaise personne, qu'à défaut de disparaître, cette noirceur au fond de moi peut être contrôlée ou atténuée.

Car les parents de Dave n'ont pas tort sur un point. Je suis bien responsable de sa mort.

Depuis que j'ai repris connaissance, j'ai repassé plusieurs fois le film dans ma tête en espérant éprouver du remords, en me demandant si une issue alternative aurait été possible. En vain.

Dave m'a rendu visite dans les Vosges, quelques minutes avant que tout ne vire au cauchemar.

J'ai pensé qu'il avait fini par retrouver ma trace en espionnant les comptes de mes amis et connaissances ou encore que les mouvements sur les relevés de Franck l'avaient alerté.

Il est rentré dans la maison comme un ouragan, en hurlant mon nom. Je m'étais assoupie sur le canapé-lit et j'ai tout d'abord cru à une attaque ou un cambriolage.

Et puis je l'ai aperçu, en costume, col débraillé, cheveux ébouriffés.

— C'est fini, je t'ai retrouvée, a-t-il dit, comme si m'avoir pistée dans les Vosges allait *de facto* me faire revenir à ses côtés.

Il m'a tendu la main pour m'inviter à le rejoindre. À ses yeux, j'étais la petite fugueuse irresponsable qui devait rentrer à la maison après avoir essuyé quelques remontrances et une punition.

Voyant que je ne bougeais pas, il m'a raconté tous les efforts qu'il avait déployés pour me retrouver, ajoutant que tout serait pardonné si je rentrais immédiatement à la maison.

Je me suis levée, prête à la confrontation, avant de me stopper net à quelques pas de lui. Son visage était déformé par une expression que je ne lui avais jamais connue auparavant. Je le connaissais ferme, déterminé, impitoyable surtout en affaires, mais Dave savait toujours garder son calme. Mais ce jour-là, il avançait vers moi démasqué. Et il y avait de la haine dans son regard.

Il m'était impossible de repartir avec lui ; alors j'ai simplement secoué la tête. Un geste qui a allumé la mèche de la dynamite Dave Richardson.

Il a foncé vers moi et m'a saisie par le poignet. Profitant de l'effet de surprise et de mon hébétude, il a tout d'abord réussi à me traîner sur quelques mètres en direction de l'entrée avant que j'aie le réflexe de lui mordre la main.

Enfin libérée, je me suis précipitée vers la cuisine, sous le choc, tremblante. Je ne savais pas à quoi m'attendre, ce n'était plus l'homme que je connaissais, mais un tourbillon de colère.

Je me préparais à ce qu'il me saute dessus encore une fois, mais il s'est contenté d'avancer, la mâchoire crispée, tandis que je reculais vers l'évier, acculée.

Et là, alors que je ne m'y attendais pas du tout, il m'a dit :

— Je suis au courant pour ton foutu tableau. Tu penses vraiment que je vais laisser passer ce genre de transaction ? Tu imagines les dégâts si on apprenait que ma femme était une putain de receleuse !

Et j'ai compris. Pire encore que ma fugue, c'était mon émancipation financière et surtout la façon dont j'allais procéder pour y parvenir qui l'avait rendu fou de rage.

Quant au Rembrandt, une seule personne avait pu en parler : Camille. Ou plutôt Isabel, avec qui le courant n'était jamais passé.

La stupéfaction avait dû se lire sur mon visage. Il en a profité pour enfoncer le clou.

— Oui, c'est ta sœur qui m'en a parlé. Et en toute franchise, je ne sais pas si j'aurais pu te trouver sans son aide. Mais il faut croire qu'elle n'a pas supporté que tu tournes autour de Franck.

L'entendre prononcer ces mots était pire que prendre un coup de poignard dans le cœur.

— Tu peux baiser avec, je m'en branle. Mais tu peux faire une croix sur ta foutue transaction.

Évidemment. Sa carrière, sa réputation, son business. Le reste ne comptait pas, ou si peu.

Je me suis demandé ce qu'il pouvait bien faire pour empêcher la vente, mais je n'ai pas eu besoin d'attendre longtemps une réponse.

— Tu sais ce qui est vraiment arrivé à Slit et Fingers, Julie ?

J'ai secoué la tête sans prononcer un mot, en espérant qu'il n'avance plus vers moi.

— Non ? J'ai payé deux types pour leur régler leur compte, en m'assurant juste avant qu'ils ne meurent qu'ils sachent d'où venaient les coups de couteau.

Il a laissé passer quelques secondes avant d'ajouter dans un américain impeccable :

— *Don't fuck with the Richardson.* C'était vrai à l'époque, c'est vrai dans le business et ça l'est encore aujourd'hui.

C'est à ce moment-là que j'ai compris qu'il projetait d'éliminer Luciano Ravelli et que Camille était aussi en danger.

Mais j'ai à peine eu le temps d'accuser le coup qu'il était déjà sur moi. Il m'a frappée d'un revers de main. Puis il m'a saisie par la gorge.

— Rentre à la maison, sois raisonnable. Je n'ai pas envie d'être violent, Julie. Vraiment. Mais je le serai si tu ne m'écoutes pas. Je peux encore annuler l'ordre, tu sais. Je le ferai, c'est promis.

Si je ne m'étais pas rebellée, tout aurait été si différent. Camille n'aurait pas été victime de la fusillade, et je n'aurais pas eu à fuir dans la forêt. Mais j'ai vu rouge. Et pendant que d'une main je tentais de me dégager de l'étreinte de Dave, de l'autre je tâtonnais, à la recherche de n'importe quel objet. Mes doigts se sont refermés sur le manche d'un couteau de cuisine.

Sans réfléchir, j'ai assené un coup en hurlant.

Dave a poussé un cri et s'est détaché de moi lentement, avant de porter la main à son flanc. Elle était poisseuse de sang, tout autant que la lame que je brandissais encore en tremblant.

Il a posé un genou à terre et m'a fixée avec un regard halluciné.

— Julie ? Mais putain…

Et il a tourné de l'œil avant de s'écrouler.

Sur le coup, je n'ai pas eu vraiment le temps de réaliser la portée de mon geste. Je ne voulais pas le tuer, juste qu'il me laisse tranquille. Je n'avais rien prémédité, c'était un acte de défense désespéré. Un tragique accident, ai-je tenté de me persuader au cours des semaines passées dans mon oubliette. Une certitude à laquelle je me suis accrochée pour ne pas basculer dans la folie. Mais plus le temps passait, plus le doute s'insinuait. Aux portes de la mort et perdue dans mes délires, ma conscience, telle une mer déchaînée s'attaquant à une falaise de calcaire, érodait mes convictions en me posant sans relâche cette simple question : *As-tu poignardé Dave pour punir Isabel ?*

Non, bien sûr que non, répondais-je quelquefois dans un murmure. Mais souvent, je demeurais silencieuse.

Je ne sais pas combien de temps je suis restée devant le cadavre de Dave, crispée sur l'arme, immobile.

Mais une fois délivrée des brumes de la fureur et de la peur, j'étais prête à appeler la police et les secours. Prête à me rendre, à avouer mon meurtre.

C'était sans compter sur la voisine. J'étais sur le point de monter les escaliers pour chercher mon téléphone lorsque j'ai entendu sa voix, dans mon dos.

— Nous pouvons nous aider mutuellement, madame Richardson.

Je me suis retournée, incrédule et encore sonnée.

— Quoi ?

Elle a désigné le corps dans la flaque de sang.

— Vous avez quelque chose que je veux et je peux vous apporter mon aide pour faire disparaître le corps. Tout le monde sera gagnant.

J'ai reconnu la femme que j'avais aperçue sur la vidéo et dans les photographies de l'album.

Avec aplomb, elle venait de confirmer son implication dans un possible crime impliquant un enfant et ainsi que dans la disparition de la jeune fille.

Et là encore, si j'avais accepté son marché, l'issue de cette journée aurait été différente.

Mais je n'aurais jamais pu, surtout pas avec ce qu'il s'était passé avec Camille.

L'expression de terreur du petit garçon sur la vidéo était encore vrillée en moi.

— Je vais appeler la police, ai-je répondu.

Au même moment, j'apercevais une voiture de la police à travers la fenêtre de la cuisine. Elle venait de quitter la forêt et avançait au ralenti vers l'entrée de la maison.

La femme m'a souri et j'ai compris.

Le policier qui était venu me voir, la voisine, la vidéo, tout était lié.

La suite s'est passée très vite. J'ai couru vers la porte d'entrée, déterminée à fuir et à me rendre plus tard.

La voisine s'est interposée et toute expression de bienveillance a disparu de son visage. Elle m'a attrapée par le poignet avec une force surprenante. Encore en possession de mon couteau, j'ai assené quelques coups circulaires.

Je l'ai atteinte au visage, au niveau de l'arcade sourcilière et au menton. Elle a poussé un grand cri et m'a lâchée, j'ai profité de ce moment de faiblesse pour donner un grand coup de pied dans sa rotule, afin d'être certaine de l'immobiliser.

En fuyant vers les bois, j'ai juste pu apercevoir le vieux policier claquer la porte de sa voiture et lever un regard ahuri vers moi alors que je courais à m'en faire brûler les poumons.

La suite, vous la connaissez. J'ai fini au fond d'un trou, persuadée qu'on allait me retrouver et morte d'angoisse à l'idée de ne pas pouvoir contacter ma sœur pour lui demander d'annuler sa prise de contact avec Ravelli. La malédiction des Northwood avait fini par me rattraper et m'avait piégée dans une oubliette naturelle.

Ironie de cette histoire, les Metzger ont camouflé mon propre meurtre en accident pour ne pas attirer l'attention sur eux.

Agnès et François ne pourront plus parler, mais je me demande à quel moment Fracher ou Gustave Metzger pourraient devenir un problème pour moi. Je me rassure en me disant que si cet épisode refait surface, cela sera ma parole contre la leur.

Reste que la seule preuve matérielle est le couteau de cuisine. Et il n'a pas été retrouvé au fond du trou.

Je sais que Camille est descendue avec les secours. Et pendant des mois, je me suis demandé si elle l'avait récupéré.

Elle ne m'a rien dit et je ne lui ai pas posé la question. Je préférerais ne pas révéler la vérité.

Mais à notre dernière rencontre, peu avant que je parte aux États-Unis, elle m'a adressé un clin d'œil et m'a dit :

— Ne t'inquiète pas. Je te protégerai, toujours.
Je lui ai répondu :
— Promis ?
— Promis.

Remerciements

Dans les remerciements de mon précédent opus, *Le Brasier*, j'avais débuté par cette phrase : « L'écriture d'un roman est un long processus, à la fois énergivore et chronophage. » Un an après, elle est toujours vraie. Mais j'ajouterais également : processus ô combien enrichissant et passionnant. Tant les recherches que la genèse du récit procurent les sensations d'un voyage immobile dans un autre monde. Un monde peuplé de personnages, un monde empli de noirceur, un monde où l'on se découvre.

Car écrire, c'est aussi plonger en apnée dans les profondeurs de sa conscience. Dans cette recherche de « l'éclat » (je me permets un emprunt à Granpa Oswald), on s'explore, on se questionne, on se fragilise... on se fait peur.

Écrire, c'est également douter, naviguer dans le brouillard et dans la nuit, tourner en rond, se heurter à des murs, pester de frustration. Pour ma part, je ne connais aucun raccourci ni itinéraire balisé pour parcourir la longue distance qui sépare le commencement d'un manuscrit et les derniers mots posés sur le papier.

Dans cette aventure littéraire, il est donc important d'avoir de solides partenaires pour vous épauler et vous faire maintenir le cap.

Une relectrice consciencieuse : je remercie ma mère Anne-Marie pour sa lecture assidue et ses corrections. (Sophie, tu participes au prochain ?)

Des éditeurs vigilants : merci Bertrand Pirel et Sophie Le Flour, professionnels et consciencieux, capables de corriger la trajectoire d'un navire à la dérive, de le réorienter au besoin afin qu'il atteigne sa destination.

Un soutien indéfectible au quotidien : merci à ma femme Anne-Sophie et mes enfants Clément et Noah, sources de chaleur inextinguibles, à la fois mes ancres et mes phares.

Évidemment, l'aventure d'un livre ne s'arrête pas à ce voyage et une fois le manuscrit finalisé, d'autres acteurs entrent en jeu pour que le roman arrive entre vos mains.

Alors merci à ma maison d'édition Hugo Thriller, aux libraires, journalistes, blogueuses et blogueurs.

Et bien sûr merci à vous, lectrices et lecteurs, de nous faire exister.

Imprimé en France par CPi
en avril 2019

N° d'impression : 2044234